U0476522

2024年
山西省委宣传部重点选题

林小静 著

钢铁重器

山西出版传媒集团
SHANXI PUBLISHING MEDIA GROUP
山西经济出版社
·太原·

图书在版编目（CIP）数据

钢铁重器 / 林小静著. -- 太原 : 山西经济出版社, 2025. 2. -- ISBN 978-7-5577-1380-5

Ⅰ. I25

中国国家版本馆CIP数据核字第2024MP3814号

钢铁重器

GANGTIE ZHONGQI

著　　者： 林小静
出 版 人： 张宝东
责任编辑： 赵　娜
助理编辑： 姚　岚
封面设计： 阎宏睿
责任印制： 李　健

出 版 者： 山西出版传媒集团 · 山西经济出版社
地　　址： 太原市建设南路21号
邮　　编： 030012
电　　话： 0351-4922133（市场部）　0351-4922085（总编室）
E-mail： scb@sxjjcb.com（市场部）　zbs@sxjjcb.com（总编室）

经 销 者： 山西出版传媒集团 · 山西经济出版社
承 印 厂： 山西出版传媒集团 · 山西人民印刷有限责任公司

开　　本： 787mm × 1092mm　1/16
印　　张： 19
字　　数： 210千字
版　　次： 2025年2月　第1版
印　　次： 2025年2月　第1次印刷
书　　号： ISBN 978-7-5577-1380-5
定　　价： 78.00元

目录

壹　1950 年的冬天

1950 年的冬天，凛冽的寒风常常夹杂着雪花，从太原城的上空吹过。这座华北地区的重工业城市，此时经过一年多的战后重建，各条街道、各个厂矿，都呈现着一派勃勃生机。

坐落在城北的太原钢铁厂，四周虽被枯黄的芦苇荡包围着，但无论从哪个方向望去，都十分醒目。

12 月中旬的一天，从北京开来的一列火车缓缓驶入太原站，寒风中，重工业部钢铁局技术处炼钢组的电炉工程师王国钧和他的老上级、技术处副处长、合金钢专家丘玉池，计划处机械专家张行廉，以及苏联专家吉米多夫和翻译走下列车。他们此行的目的，是了解太原的重工业发展情况。其中，太原钢铁厂是重点调研对象。

只是，王国钧不知道，此次太原之行，将让太钢的命运发生转变。他自己，也在后来的岁月中，与太钢紧紧地联系在了一起。他心中的特殊钢理想，也将在太钢得以实现。

王国钧等人到太原后，被安排住进了工程师街招待所。虽然太原是省会城市，工程师街招待所条件也相对不错，但在王国钧这位出生于天府之国四川成都，上过学、留过洋的年轻人眼里，太原的生活条件还是有些不尽如人意。他想，难怪钢铁局总有同事说：谁要是被调到了太钢和龙烟，那就意味着不受信任和贬谪。

第二天一早，太钢负责人请王国钧等人到当地最有名的清和元饭店吃早餐。早餐是头脑和烧卖，头脑端上桌后，王国钧一看，碗内浮着一层密密的油，还夹杂着一股中药和黄酒的味道，于是勉强尝了一口，便皱着眉头放下了碗。再看烧卖，一个个像极了面包糯米团，油腻腻的，看上去更没有食欲。

其实，清和元的头脑和烧卖，很受当地人喜爱，只是南北方饮食的差异，让王国钧一时对这些美食还不习惯而已。

早饭过后，王国钧一行人来到太钢，参观了太钢的厂房和设备。来之前，王国钧便了解过太钢的历史，知道这座钢厂是阎锡山于1934年创建的，当初名为西北炼钢厂，是我国最早的不锈钢生产厂。在抗日战争和解放战争时期，这座钢厂曾经有过一段血与火的传奇经历。1949年8月，西北炼钢厂被改组为西北钢铁公司，并隶属于重工业部。次年5月，重工业部又将该厂改组为太原钢铁厂，简称太钢。

参观中，王国钧发现太钢整个厂区并没有想象中的大，只有两座小高炉、两座平炉、一座小焦炉和一列中型轧钢机，没有花费多大工夫便参观完了。接着，他们又去了育才机器厂和太原兵工厂，对太原的其他重工业情况进行了全面的了解。

晚上，太钢负责人又请他们几位客人到剧院看晋剧，这是山西有名的四大梆子剧种之一，可王国钧和大家看来看去，谁也看不懂。出于礼貌，他们一直等到名角丁果仙出场，看了一会儿，这才借口第二天还有工作，起身告辞。

虽然吃不惯太原的饭，也听不懂山西的戏，但王国钧对此次考察任务是极为用心的。在考察中，他发现太钢设计了一个铸造厂，厂内有两座厂房，其中一座准备用于冶炼铸钢。而当时，重工业部已经决定在太原建设一座重型机械厂，其中就有铸钢这个项目。他想，如果太钢和不久后建起来的太原重型机械厂都搞铸钢，那不就重复了吗？想到这里，王国钧建议太钢将铸钢厂房改作他用。

可是，改作什么用呢？王国钧开始认真地思考起来。首先，新厂房生产的产品必须是国家急需的产品；其次，新厂房投产后，所需设备和原材料尽量能就地取材、就近供应。

顺着这个思路，王国钧脑子里渐渐有了一个大胆的念头，那就是将太钢的铸钢厂房改作冶炼特殊钢用。

特殊钢顾名思义，就是由特殊化学成分组成，采用特殊工艺冶炼生产，产品用于特殊行业、特殊装备的一种合金钢，有不锈钢、碳工钢等。当时在我国，特殊钢才准备起步。

王国钧打算利用太钢的铸钢厂房搞特殊钢冶炼，这个念头不是凭空而来、突发奇想，而是他在充分考虑了太钢周围的工业环境，尤其是想到在太原兵工厂考察时，得知该厂制造出的两台3吨气锤，还没售出去，而3吨气锤正是冶炼特殊钢需要的设备之一。因此，王国钧才产生了把太钢铸钢厂房改为冶炼特殊钢厂房的念头。

想清楚这一切后，王国钧顾不上连日劳累，兴冲冲地敲开丘玉池的房门，说出自己的想法，和丘玉池一起商量。

王国钧之所以第一个找丘玉池商量，是因为他俩之前都曾在抚顺和广州搞过特殊钢试验。由于当时抚顺和广州两地的钢厂都没有 3 吨气锤和大的轧钢机，所以他们在两个地方的特殊钢试验都搞得不算太成功。

王国钧找丘玉池商量的另一个重要原因，是因为他俩都十分清楚特殊钢对我国国防事业的重要性。他相信，丘玉池一定会赞同自己的想法。果然不出所料，当王国钧把自己的想法和盘托出，讲给丘玉池后，丘玉池也正有此意，两个人不谋而合，彻夜长谈，越谈越觉得这是搞特殊钢的大好机会。第二天，他们又一起去找张行廉商量。张行廉此时也正在考虑如何把太原兵工厂的大气锤就近利用起来，听了他们的建议，十分赞同。于是三人又去征求苏联专家吉米多夫的意见，吉米多夫是搞电炉出身的，对电炉冶炼特殊钢很熟悉。因此，当他听翻译介绍完王国钧他们的想法后，也极为赞同。就这样，一行人的考察重点变成了研究特殊钢在太钢生产的可能性。

对太钢来说，要想生产出特殊钢，3 吨气锤只是诸多条件中的一个。当时，王国钧和大家面临的第一个问题，是能不能在现有铸钢厂房的空地上，合理布置出生产特殊钢的厂房。于是，王国钧、丘玉池和张行廉在图纸上涂涂擦擦、勾勾画画，可无论怎么勾画、布置，他们都觉得不太理想，后来还是吉米多夫拿出一本从苏联带来的《机械设计者手册》。大家参照手册中的设计，经过一番研究，这才画出一套相对理想的特殊钢生产厂房布置图。

厂房布置初步方案拿出来后，王国钧他们又找到太钢厂厂长李非平，和他商量此事，指出在太钢搞特殊钢生产的三个便利条件:

一是山西有煤、有电，适合发展特殊钢厂；二是太原有重点兵工厂，便于就地供应材料，对发展军工十分有利；三是太钢有650毫米中型轧钢机，这比全国其他特殊钢厂的条件都好，不但能大规模生产，还能保证质量。说完三个便利条件，王国钧又向李非平补充了一个很关键的原因：时值抗美援朝战争爆发，特殊钢厂都在东北，离战场较近，因此国家计划在后方再建一座新的特殊钢基地，而太钢，完全符合这个条件。

李非平1937年在天津从事地下工作，领导过工人运动，1939年到延安抗大学习，1940年到太行兵工厂工作。唐山解放后，成为接管唐山的一员，之后到唐山钢厂任军事代表兼党委书记，1950年调太钢任厂长。从枪林弹雨中走出来的他，对特殊钢在军工产品中的重要作用十分清楚。

所以，没有犹豫，李非平就完全接纳了王国钧等人的建议。

只是王国钧没想到，正是他的这个建议，决定了他后来终身留在太原的命运。

出发来太原考察之前，有人告诉王国钧，太原有三宝：海子边、顺风烟、梆子戏。王国钧不抽烟，也听不懂梆子戏，所以对这两样都没多大兴趣。只在返京前夕，去了一趟海子边，沿海子边花园一圈走下来，他觉得这座花园太小了，远不如北京的北海公园，因此对太原的这最后一宝也失去了兴趣。

对太原三宝没有兴趣，并不代表王国钧对太原之行也不感兴趣。因为此次考察，他的收获还是很大的，那就是即将促成太钢成为一座特殊钢生产厂。每每想到这些，王国钧心情就有些激动。

几日后，王国钧等一行人返回北京，向重工业部钢铁局作了汇报，也提出了具体建议。做完这一切后，王国钧便忙其他工作去了。因为他认为自己已经完成了太原考察的任务，至于下一步派谁去帮助太钢完成特殊钢生产，从理论上来讲，应该与他没有关系了。

但令王国钧没想到的是，他们的建议汇报上去后，由于重工业部的副部长刘鼎等人对军工生产所急需的特殊钢十分重视，所以短短几天后，便批准了王国钧他们提出的在太钢搞特殊钢的建议。接着，在重工业部高度重视下，钢铁局也立即确定到太钢执行这一任务的最佳人选：王国钧。

王国钧接到这一通知时，正伏在案头专心工作。听到通知，他不由得愣了一下，因为他一点儿思想准备都没有。他心想，自己在钢铁局负责电炉项目，而且工作一直都很不错，怎么会突然把自己调走呢？

于是，他向来给他传达命令的同事打听此事，那位同事笑着告诉他："你放心去吧，你的工作将由唐山钢厂的王乐基来接替。"

"那为什么不让王乐基去太原呢？"一向斯斯文文的王国钧脱口问道。

"这是上面的决定，另外，陆达副局长请你到他办公室一趟，他要找你谈话。"同事说。

贰　陆达是谁

王国钧离开北京时，和他进行谈话的是重工业部钢铁局的副局长陆达。此时，朝鲜战场炮声隆隆，陆达选中王国钧，并坚持把他派往太钢搞电炉炼钢，生产特殊钢，以支持军工需要，可以说，是经过深思熟虑的。

陆达是谁？他为何要坚持派王国钧到太原完成这一任务呢？

陆达原名叫陆宗华，1914 年出生于北京的一个知识分子家庭。从小受父母教导和中国传统文化教育的影响，他自幼便懂得“天下兴亡、匹夫有责”的道理。1929 年，陆达从北京汇文中学毕业，随全家迁往上海，继续读书。1931 年，九一八事变发生，17 岁的陆达作为热血青年，在上海参加了学生救亡活动。两年后的秋天，在上海圣约翰大学化学系读书的陆达，抱着工业救国的思想，从上海出发，远涉重洋，到德国柏林工业大学学习深造。在德国期间，陆达选择攻读的专业是钢铁冶金工程。因为他希望能用自己所学的知识，来报效祖国，使祖国强盛，不受欺辱。

在德国留学期间，陆达参加了中国旅德抗日救国联合会组织的活动，时刻关注着祖国的安危。1937 年七七事变爆发后，面对国家生死存亡，陆达再也无法安心学习。他中断在柏林工业大学的学业，决定放弃即将获得的学位，立刻启程回到祖国，奔赴延安，参加抗日。

去时也为国，回时也为国。赤子之心，莫过于此。

1937 年冬天，陆达从德国动身，经香港、西安，于 1938 年 1 月辗转到达延安。延安是陆达梦寐以求到达的革命圣地，如今终于来到这里，来到宝塔山下。那一刻，他正式将名字陆宗华改为陆达。

陆达到延安后，脱掉一身的西装，换上粗布军装，开始和大家一起开展抗日工作，并积极向党组织递交申请。不久，这位从德国留学归来的青年学生，如愿加入中国共产党。

1938 年 7 月，陆达家人得知他已回国并投身革命工作，于是从上海给陆达发来一封电报，电报中说爷爷生病，让他速归。陆达从小就备受爷爷爱护，得知老人家生病，十分着急，于是向组织说明情况，并在得到组织批准后，匆匆从延安赶回上海。

陆达走后，不少同志都猜测他可能再也不会回来了，因为他的家庭条件十分优渥，而延安条件如此艰苦，他一个过惯了大都市生活，出过国、留过学的书生怎么能待得下去呢？但几天后，陆达又回到了延安，继续和大家为抗日工作。原来，陆达回上海看望爷爷后，家人朋友都劝他不要再去延安了，为了挽留他，还给他介绍了女朋友。但陆达态度坚决，辞别了家人，从上海启程，返回延安。

当时，八路军各个根据地都在想办法建立自己的兵工厂，以解决缺枪支少弹药等军火问题，所以急需懂得冶金的技术人员。

学习钢铁冶金专业的陆达，主动要求到太行抗日根据地工作。

1939 年，陆达随中共中央军委兵工局工人营的同志，从延安徒步上千里路，过黄河、汾河，穿同蒲、白晋铁路，翻座座高山，越敌人道道封锁，到达太行抗日根据地。此时，正在太行抗日根据地指挥作战的朱德听说陆达是一位冶金专业技术人员，专门与陆达见面，希望他能为抗日多生产武器。

于是，在没有任何设备的情况下，陆达作为太行抗日根据地唯一的冶金技术专家，投入了八路军军工厂建设中。

太行抗日根据地，地处群山之中，资源匮乏、贫瘠落后，生活条件异常艰苦，但陆达从没考虑过这些。当时，八路军从敌人那里缴获了不少的枪支和大炮。由于没有子弹和炮弹，陆达就运用自己所学的知识，土洋结合，创造性地研制出了用白口生铁铸件韧化处理加工制作迫击炮弹的工艺，使八路军有了自己的炮弹，狠狠地打击了敌人。

这是陆达用自己所学的知识，第一次实现了工业救国的心愿。这一年，他二十五岁。他立志一定要尽自己所能，为抗日部队生产更多的武器。

在根据地后方搞生产，虽然不像在前方战场那样与敌人面对面拼杀，但是陆达所从事的炼钢生产、武器制造，一点儿也不比战场上轻松，而且危险也常常出现。

1941 年初春，太行抗日根据地柳沟兵工厂研制出一种手榴弹引信，需要试掷。时任工程处副处长的陆达听说后，急忙赶到现场，提出由自己试掷。谁知就在手榴弹从他手中掷出的一刹那，爆炸便发生了，飞迸的弹片把陆达的帽子都炸飞了，衣服也被炸出一个大窟窿，露出一团团棉絮。现场的同志看到后，每个人都惊出一身汗，陆达却说没事，并安慰大家，试验武器哪有不危险的。

除了在制造和试验武器时存在的危险，日军的扫荡也常常使陆达他们的工厂遭到破坏。

1945 年上党战役后，根据当时的形势发展，八路军军工部和晋冀鲁豫边区政府经过筹划，决定兴建大型兵工基地。陆达作为当时根据地唯一的钢铁冶炼专家，责无旁贷，挑起了重担，担任科技方面的负责人。

军工部选择在故县建设一座铁厂。之所以把铁厂选择在这里，是因为此处地势隐蔽，且矿产资源丰富。但这里的条件，也相对有些艰苦。

故县铁厂开始建设后，可以说只有几名像陆达一样愿意献身抗战事业的知识分子和几百名不懂得炼铁炼钢的农民。

陆达丝毫没有被这些困难吓倒。他来到故县，带着大伙儿以天为被、以地为床，点着煤油灯，啃着窝窝头，一点点建起了故县铁厂。

故县铁厂建起来后，生产出的钢铁有力地支援了抗日战争，成为八路军抗击日军的后盾。尤其在后来的解放战争中，故县铁厂更是发挥了重要作用。

由于故县铁厂是我党创建起来的第一家钢铁企业，而陆达又曾担任过故县铁厂的厂长，所以许多人都把陆达称为我国红色钢铁的缔造者。

1948 年 7 月，晋中解放。陆达奉命带领一部分人员到达榆次，此时，解放大军已做好解放太原的准备。

根据部署，太原解放前夕，成立太原市军事管制委员会，下设接管组，其中工业接管组组长由曾任八路军总司令部军工部的政治委员赖际发担任，陆达担任副组长。工业接管组成立后，从晋察冀和晋冀鲁豫两大根据地抽调了一批干部作为接管组成员，在榆次集合、驻扎，准备在太原解放之时，接管太原城内的工业企业。这些企业中，就包括太钢的前身——西北炼钢厂。

西北炼钢厂是阎锡山 1932 年 6 月开始筹备，1934 年 8 月破土动工，1937 年秋建成投产的一座小型钢铁厂。主要设备有 36 孔小焦炉一座、103 立方米和 287 立方米高炉各一座、30 吨平炉两座、650 毫米中型轧机和 360/250 毫米小型轧机各一套、60 周波的发电机三台。1937 年 7 月 7 日，卢沟桥事变爆发。不久，日军侵占山西，并占领了这座炼钢厂。1945 年日本投降后，这座炼钢厂又被阎锡山接收，成了为国民党作战生产枪支、大炮、炮弹等原料的供应地之一。

鉴于西北炼钢厂的重要性，陆达等接管组成员在榆次待命之际，便对这座炼钢厂进行了周密的调查研究和接管部署。

1949 年初，太原城内民不聊生，许多工厂关闭，生活难以为继的市民、工人纷纷携家人逃出太原城，前往解放区。这里面，就有不少是西北炼钢厂的工人。陆达得知后，通过一位熟悉当地的向导，将从晋冀鲁豫军区军工部长治枣臻炼焦厂调到榆次、编入工业接管组的杜毓铣送到太原城外围的城工队，让杜毓铣随城工队活动，专门负责收容从炼钢厂逃出城的工人和技术人员，并把这些人送往设在榆次的接管组，准备待太原一解放，就组织大家回厂复工。

就这样，从城内逃出来的西北炼钢厂的工人和技术员，在饥寒交迫中，被接管组及时收容。

1949 年 4 月 20 日，解放大军以迅猛攻势占领了太原城的北郊，一举解放了位于城北的西北炼钢厂。

炼钢厂解放后，陆达和接管钢厂的军代表、毕业于北洋大学矿冶系的张培疆带着十多名接管人员进厂接收。其间，他们遇到了第二十兵团司令员杨成武。杨成武嘱咐他们接管钢厂后，务必尽快恢复生产，积极支援人民解放战争。

彼时，太原城内的国民党守军还在做最后抵抗，把炮弹射向炼钢厂。陆达和大家一进厂子，不顾炮火袭击，直奔高炉旁了解情况。当看到炼焦炉、炼钢炉和一号高炉尚未熄火，陆达心里有了底。接着他又带着大家来到厂里的防空洞。到达防空洞，陆达发现炼钢厂的副厂长梁海峤也在里面，于是向他了解厂子的设备和生产情况，并召开会议，代表工业接管组宣布军代表的任命和进行军管的决定，号召工人尽快复工。

在同一时间，陆达又让人打开炼钢厂的仓库，给处于饥饿中的工人发放救济粮食。20 日当天，给每名工人发放三斤小米；21 日，又给大家每人发放二十斤杂粮。之后，陆达组织车辆和人员，从榆次运来一批粮食、油盐，解决了炼钢工人们最为迫切、也最为担心的生活问题，使获得新生的两千六百多名炼钢工人的心一下子安稳了下来。

当时，接管炼钢厂的人员，有陆达和张培疆，还有副军事代表郭奇应，以及杜毓铣、马光国、李世英、宋忠恕、张肯功、郝玉明、李树人、宋琮璟、余璘、安化普、徐益、周善民、郭廷杰、方炎堃、李献璐、柯成等人，这些来自太行兵工厂和晋察冀军工系统、从战火中走出来的革命者，分别以军事联络员的身份走进炼钢厂的各个车间和生产科室，与工人们一起想办法恢复生产。

此时，正在太原前线指挥作战的彭德怀副司令也来到炼钢厂，叮嘱陆达他们:“尽快恢复生产，多产钢铁，支援大军南下，解放全中国。”

炼钢厂的生产在逐步恢复，敌人却未放弃对炼钢厂的毁坏。

一天晚上，炉前工韩桂五等人正在一号炉前忙着出铁出渣，火光把四周照得通亮。敌人发现了目标。很快，敌人的四枚炮弹从太原城内向着炼钢厂的亮光处射来，其中一枚炮弹不偏不倚正好落在一号炉背面的热风炉东南角，差点炸毁热风炉，所幸热风炉内衬砌着厚厚的耐火砖，外加钢板箍着，所以炮弹炸过之后，没有造成太大损失，只在热风炉上留下几个凹进去的弹印。4 月 23 日，敌人又派了四架飞机飞到炼钢厂上空，向厂子里的高炉和发电机组继续投炸弹。

除了敌人的频繁骚扰，复产面临的最大问题就是缺动力源。如果没有动力源，就没有电，所有问题就都无法解决。因而负责动力源的动力部成了钢厂复产的关键。可是，动力部的两台透平发电机和几台高压锅炉，都是老掉牙的设备，之前一直处于超负荷运行状态，毛病不断、故障频出。现在炼钢厂要复产，这两台透平发电机和几台高压锅炉的抢修任务便显得刻不容缓。

此时，之前被陆达收容在榆次的炼钢厂工人，陆续返回。他们找到陆达，纷纷要求投入复工复产中。

陆达结合他们之前的工作特点和技术能力，把这些工人安排到合适的岗位，充分发挥了每一个人的作用。

在这些回来的工人中，有周文生和章文焕两位老师傅。他们是一对维修锅炉的老搭档，长期与动力部的几台老锅炉打交道，久而久之成了这方面的专家，干起活来俩人配合默契，形同兄弟。当得知炼钢厂解放后，他们立刻动身返回厂里，奔向自己日思夜想的动力部锅炉旁，二话不说甩开膀子就修理起来。经过日夜抢修，几台锅炉终于恢复了活力，动力部开始向全厂正常供电，炼钢厂的设备也都隆隆地转了起来。

由于锅炉老旧，许多部件运行不了多长时间就会出现故障。每当这时，两位老师傅不等炉内温度完全降下来，就把全身用水淋湿，再披上浸过冷水的麻袋，轮流进入锅炉内修复。

炉内高温难耐，连呼吸都十分困难，但他们无论是谁先进入炉内，都会仔细检查，进行修理。有时高温烤得实在不行了，他们才换另一个人进去。就这样，锅炉随时有故障，他们随时处理，尽最大努力保证设备运行。

负责维修透平机的老师傅刘玉生，与周文生和章文焕一样，对透平发电机的工作原理和维修方法十分熟悉。他还是一位技艺高超的老钳工。西北炼钢厂解放后，他看到大家忙不过来，就把小儿子刘世英从家中喊来，给他当帮手，精心修理透平发电机，使机器顺利运转起来。

4 月 24 日，太原解放。第二天，炼钢厂正式恢复生产。平炉开始出钢，287 立方米的高炉却迟迟出不了铁，这让陆达心中很是着急。为此他日夜守在高炉前，随时发现异常，随时研究解决。那几天，炼钢工人常常看见陆达晚上睡在高炉上，他的警卫赵长明睡在高炉下。直到高炉出了铁水，陆达才从高炉上撤了下来。

在陆达等人的努力下，炼钢厂很快为山西境内的南同蒲铁路生产出了一批 17 公斤的钢轨，使南同蒲铁路在短时间内恢复运输，尤其是保证了南下部队的军事运输，有力地支援了解放战争。

新中国成立后，当年 12 月 16 日至 25 日，陆达参加了重工业部在北京召开的第一次全国钢铁会议。会议的议题之一是确定 1950 年各大行政区的钢铁生产任务与投资，其中给太钢下达的任务是年产 8 万吨铁、4.5 万吨钢以及 2.5 万吨材。这组数据在各大行政区生产任务中排名第三，按当时的市价，大约折合 11 万吨小米。由此可见国家对太钢的信任。陆达代表太钢，接受了这一任务。

新中国刚刚成立，百废待兴，中央各部委遍寻良将。很快，年轻有为、又经过战争洗礼的陆达进入了重工业部的视野。1950 年初，陆达从太原调至北京，被任命为重工业部钢铁局副局长。

陆达带着对太钢的挂念，进京赴任。到重工业部后，陆达在工作中非常关注全国各地的钢铁冶金人才。一听说哪里有钢铁专家，哪里有技术人才，就赶忙亲自联系，或派人去请。

一天，陆达收到了一封从天府之国寄来的求职信。他打开后，脸上不禁流露出万分惊喜的表情。

写信之人，正是王国钧。陆达认真把信看完后，意识到这是一个难得的人才，于是很快按照地址给王国钧发了封电报，邀请王国钧到重工业部钢铁局工作。没两日，陆达就收到了回复，王国钧在电报中表示愿意到重工业部钢铁局工作。陆达接到这份回复，立即给王国钧寄去四百元的车马费用，然后，等待着王国钧的到来。

几天后，两个互不相识的人，因为共同的志向，在北京相见，并在接下来的岁月里，为了我国特殊钢的发展，成为朋友、知己。

当时，陆达虽身在北京，却一直心系太钢，时常关注太钢的生产情况。1950 年 6 月，朝鲜战争爆发，战火很快烧到了鸭绿江畔。我国的边境，也屡屡遭到空袭。10 月，中共中央作出抗美援朝、保家卫国的决定。

这是新中国成立后的第一战。

抗美援朝的前夜，一个秋风瑟瑟、秋雨绵绵的夜晚，陆达接到中央关于沿海企业电炉迁往内地的指示。唐山钢厂的两台 8 吨电炉需要迁至太钢。

电炉迁至太钢，意味着将在太钢生产特殊钢，而特殊钢是军工产品所需要的重要材料。这些，陆达太清楚了。

一边是即将打响的抗美援朝战争，一边是毫无特殊钢生产经验的太钢。太钢，能否担此重任？尽管太原解放时，是陆达亲自带人接管的这座炼钢厂，而且他也曾在那里工作过一段时间，对太钢的情况也算熟悉，但如今要在太钢搞电炉炼特殊钢，为军工生产提供保障，还是需要慎重对待。

于是，陆达决定派人去一趟山西，对太钢进行考察调研。就这样，他把曾经在美国学习过电炉炼钢，并在抚顺钢厂用电炉炼出首批冠以“中国”字样特殊钢的王国钧和丘玉池等人，派往太原。

王国钧一行到太原的考察调研，没有让陆达失望。他们回京后不久，重工业部就正式确定了在太钢搞电炉炼特殊钢的计划。但前提条件是，钢铁工业局需要派一个得力的人去主持此项工作。

那么，派谁去呢？

没有太多的犹豫，陆达便又想到了王国钧。

因为他相信，这个有着爱国之心和远大理想的年轻人，是派往太钢最合适的人选。

就这样，刚从太原考察调研回来的王国钧，接到了二下太原的通知。

王国钧离开北京前，陆达找他谈了一次话。他比王国钧大不了两岁，年龄相仿，且都有过留洋的经历，也都怀着一颗报国之心回到祖国，都想在国家的钢铁冶炼事业上有所作为。所以，他想对王国钧说的话，实在是太多了。

那次长谈之后，惺惺相惜的两个人，就此道别。

而后来的事实证明：陆达确实没选错人。

叁　选择离京

陆达选择王国钧到太钢主持特殊钢冶炼工作，是经过充分了解和考虑的。

王国钧，1916年3月出生于重庆的一个手工业家庭。为了谋生，在他幼年的时候，祖父便带着一家人前往成都，从事丝绸锦缎织造。在成都，一家人的生活虽然谈不上大富大贵，但也无温饱之忧。遇到好年景，家中还常有盈余。可以说，他们的生活尚算安宁。

在王国钧的记忆中，这种安宁的生活没几年便被打破了，而打破这安宁的，是一种叫人造丝的国外产品。这种人造丝由机器成批生产，进入我国后，在很短的时间内便占领了市场，给我国民族手工业的丝织业带来了很大的冲击。在这种冲击下，王国钧的家族也毫不例外受到影响。少年王国钧，先是目睹祖父的脸上日渐布满愁容，整夜长吁短叹，接着家境一天天走向破落。

1936年，王国钧高中毕业，他和几位同班同学相约从成都到北平，准备去考北平的大学。时值日本人正在北平到处横行，许多爱国青年学生为此奔走街头，大声疾呼“科学救国”。王国钧在群情激奋的人群中，一遍遍听着那振聋发聩的呼声，不由得想起自己的家境以及饱受侵略的国家。他深知，自己的国家之所以积贫积弱、受人欺负，与国家工业落后有很大的关系。要想改变这一切，就必须富国强兵。那一刻，他心中猛地腾起好男儿必须发愤图强、立志救国的强烈愿望。

于是，王国钧下定决心报考工学院，走工业救国的道路。

由于时局动荡，王国钧到北平的第一年并没有考上自己理想的大学，于是他在平汉铁路车务见习所找了一份差事，准备一边工作，一边学习，来年再考。第二年，就在王国钧做好一切准备，对考取工学院志在必得之际，震惊中外的卢沟桥事变爆发。混乱之中，他和那些从南方来的学子思来想去，既不愿流落他乡，也不甘心当亡国奴。于是在一个深夜，他化装成商人模样，悄悄出了北平城，然后经天津、济南，到武汉落下了脚，并在粤汉铁路局顺利谋到一份工作。

虽然有了一份相对稳定的工作，但王国钧上工业大学、走工业报国之路的愿望从未放弃。1938 年秋，王国钧再次参加考试，并且以第一名的好成绩考取交通大学唐山工程学院矿冶工程系。

此时，随着全民抗日，所有学校开始南迁，唐山工程学院也迁往贵州。王国钧和新入学的同学们沿着湘桂铁路翻山越岭徒步前行，一边躲避日军的轰炸，一边在途中学习、休整，到达贵州平越。不久，唐山工程学院与交通大学北平铁道管理学院两院合并，院长是茅以升，王国钧成为联合学院的一员。

在平越，王国钧和大家度过了短暂的学习生活。

王国钧攻读的是矿冶工程。学习中，他越来越清楚地意识到，要想实现工业救国的愿望，就必须先有钢铁，而且是特殊的钢铁。没有这种钢铁，就无法制造飞机、大炮、坦克和军舰，更谈不上富国强兵。

大学四年，王国钧以全校第一名的好成绩毕业。1945 年，抗日战争即将结束。王国钧通过考试，获得赴美留学的机会。在选定专业时，他和许多同样有着工业救国理想的年轻人一样，都选择了炼钢专业。王国钧经过一番深思熟虑，目标更为明确地选择了合金钢专业。这是一种特殊钢专业，王国钧之所以选择这一专业，是因为他发现，在还没结束的第二次世界大战中，出现了很多新式的武器。单纯地去学习炼钢，是不够的，只有学会特殊钢的冶炼和生产，才能为我们国家制造出更先进的武器，从而实现工业救国、富国强兵的目标。

就这样，1945 年夏天，二十九岁的王国钧怀揣着他多年的愿望，踏上了赴美求学之路。临别时，他给未婚妻郭雨先留下一封信。在信中，王国钧写道："人的一生应该有远大的理想和志向。我的一生要为发展祖国的钢铁事业而奋斗，要富国强兵，拯救多灾多难的祖国。为了实现这一理想，我一定要远涉重洋，到美国去学习先进技术，回国后干一番事业。"

王国钧的未婚妻郭雨先，是南京金陵女子文理学院毕业的高材生。王国钧相信未婚妻能理解自己的选择。

辞别家人，离开故土，王国钧坐飞机、乘轮船，三十天后，他到达美国。那一天，恰是 1945 年 9 月 3 日。在纽约港下船的那一刻，王国钧和同学们获悉国内抗日战争取得胜利的消息，一时间都禁不住喜极而泣，紧紧相拥在一起，并把目光投向遥远的东方。因为那里，有他们深爱的祖国。

在美国，王国钧认真学习合金钢知识，把冶炼不锈钢、装甲钢、模具钢和高速工具钢等特殊钢技术作为自己的学习重点，并到许多钢铁厂去实习。其间，他提出申请，要求到两座相对大一点的钢铁厂去实习，但遭到了拒绝，可这都没有扑灭他内心学习特殊钢技术的火焰。这火焰，是为了将来报效祖国而燃烧起来的。

一次，王国钧被安排到匹兹堡附近的一座钢厂去实习。实习中，一位当地工人很喜欢王国钧身上散发的儒雅气质和他学习特殊钢的劲头。于是在某一天，他带着王国钧来到一间紧锁的库房门前，打开房门，指着摆放在地上的一批弧形不锈钢钢板，略显自豪地告诉王国钧："第一个原子弹的外壳，就是在这里制造的。"

王国钧听了，更坚定了学习特殊钢的信念。他想：总有一天，我们中国也会生产出特殊钢，保证军工使用，保证国防安全。

在美国，王国钧把所有的时间都用在了学习、实习上，逐渐掌握了特殊钢的生产技术。

一年后，王国钧和同学们启程回国，准备用自己所学的知识去报效千疮百孔的祖国。可就在他们到达旧金山，等待回国的轮船时，他和同学们突然得到一个消息——国共内战爆发。面对这一消息，一些同学选择留在美国，因为他们考虑回国后，国内局势必然动荡不安，根本不能专心炼钢。这时，王国钧望着茫茫大海，思绪万千。一些了解王国钧才华和志向的美籍华人朋友过来劝他道："以你的学历和所学的技术，在美国不愁找不上工作，你就留下来吧。"

"虽信美而非吾土兮，曾何足以少留！"此时此刻，我国东汉时期建安七子中文学成就最高的王粲在《登楼赋》中的这句话，涌上了王国钧的心头。

就这样，心怀一腔报国之志的王国钧，不顾友人挽留，毅然决然地放弃了在美国优越的生活，选择回国。

轮船在太平洋上航行了半个月，即将在上海的港口靠岸。王国钧远远地看到祖国的大陆，内心顿时百感交集。他站在甲板上，内心一遍遍喊道："祖国！您的孩子回来了！"

在上海下船后，王国钧先回到成都家中，看望了父母及家人，向他们报了平安，然后，决定前往最艰苦的鞍钢。因为那里是我国当时最大的钢铁公司，他希望能在鞍钢用自己所掌握的特殊钢技术，生产出特殊钢，从而实现工业救国，或者说得更准确一点，是钢铁救国的梦想。在家中小住一段时间后，王国钧带着新婚的妻子郭雨先，从成都出发，赶到上海，然后准备从上海自南向北到达鞍钢。

由于路途较远，身上盘缠不多，在上海等船期间，王国钧他们所带的路费所剩无几。直到春节前夕，终于等到一艘前往秦皇岛运煤的空船。此时正值寒冬腊月，海上风大浪高，王国钧和妻子挤在船的最底层。船的底层全是煤灰，且空气污浊，较差的环境加上一路的颠簸，让两个人一直呕吐不止。

大年初一，运煤的船抵达秦皇岛港口，王国钧和妻子已是浑身酸软。由于他们从南方过来，身上的棉衣有些单薄，再加上几天几夜没有怎么吃东西，两人备感寒冷和饥饿。

几经周折后，王国钧带着妻子终于到达了鞍钢。

冶炼特殊钢需要采用电炉炼钢技术，可到了鞍钢后，王国钧才发现这里并没有电炉，这让他十分失望。好在不久，曾在美国担任过王国钧实习指导老师的丘玉池博士准备到抚顺矿务局筹备特殊钢厂。丘玉池是我国特殊钢事业的开拓者之一，20 世纪 30 年代曾研究过钢中氢气行为，取得了开创性成果。抗日战争时期，他试制成功纯钨，并用坩埚法冶炼出了高速钢、模具钢、不锈钢等钢种，有力地支援了抗日战争时期的军工生产。

丘玉池准备在抚顺冶炼特殊钢，听说王国钧在鞍钢，于是便调王国钧到抚顺来工作。王国钧接到通知后，喜出望外。因为这样既可以从事与自己所学专业对口的工作，实现钢铁救国的愿望，又可以跟着丘玉池这位特殊钢专家多学一些知识。

王国钧很快赶到抚顺，与丘玉池会面，被任命为副工程师，帮助厂长做技术工作。

当时，抚顺钢厂的电炉炼钢技术还掌握在日本人手中。为了从日本人手里夺回主动权，将电炉接管过来，王国钧一边工作，一边给厂里的年轻人上课，鼓励大家尽快掌握电炉炼钢技术。不久，在丘玉池等人的主持下，王国钧和大家历经千辛万苦，炼出了第一批冠以“中国”字样的不锈钢。其间，王国钧天天守在厂里，顾不上回家，更顾不上照顾家人。

这年冬天，王国钧的第一个孩子出生了，是个可爱的女儿。

由于天气寒冷，家中没有暖气，女儿患上了急性肺炎，生命垂危。妻子郭雨先抱着孩子心痛如绞，到处求医。一心扑在工作上的王国钧得知消息后，猛然想到自己为了特殊钢，忽略了她们母女，于是急忙找到丘玉池，通过丘玉池的关系，从医院要到了两支过期的盘尼西林，给女儿注射后，这才保住了女儿的生命。

1947 年，长春被围，抚顺钢厂的人员开始撤离。撤离之时，王国钧让妻子郭雨先带着女儿离开，自己则受丘玉池之托，留在抚顺钢厂。次年初，王国钧接到通知，要求他也从钢厂撤离。王国钧离开时，望着和大家一起苦心经营起来的厂子，没有实施炸厂毁厂的计划，而是让家在当地的工人继续守住厂子。他满含深情地告诉大家："这是我国仅有的一点特殊钢宝贵财产，谁也没有权利来破坏它。我们国家的钢铁工业已经很可怜了，特殊钢只有这一点命根子，谁要破坏它，谁就是中国人民的罪人。"

离开抚顺后，王国钧回到北平。经丘玉池介绍，先后到华北、华中等钢铁公司任职。可以说，这期间，他一直在苦苦寻找能用所学的本领为贫弱的祖国做一些事情的机会，但始终没有如愿。

无奈，王国钧又返回成都老家。

王国钧的小妹是中共地下组织成员。王国钧回家后，常与小妹交流。渐渐地，王国钧的心静了下来，他在耐心地等待着。

这一天，他终于等到了。

1949 年 12 月 27 日，成都解放。没几日，王国钧便给华北钢铁公司和华中钢铁公司的朋友写信，询问情况，希望回去工作。

新中国成立后，重工业部就设在之前的华北钢铁公司。因此，王国钧寄往北京的信被陆达看到。

很快，王国钧收到了陆达从北京发来的电报，热情邀请他到重工业部钢铁局工作。

王国钧的特殊钢梦想，再一次被点燃。他用陆达寄来的四百元钱，出巴蜀、过黄河，从天府之国赶往首都北京，很快到达重工业部钢铁局，被安排在技术部负责电炉炼钢工作。

到钢铁局工作后，王国钧经常去各地的钢厂出差。随着出差次数的增多，他越来越感受到我国钢铁冶炼工艺急需改良，冶炼水平急需提高。因为，新中国刚成立，国外一些钢铁冶炼人士仍然对我国持小看的态度。尤其是有一次，王国钧和几位钢铁局同事在为天津钢厂解决平炉炉底翻起的问题时，感触更是深刻。当时，美国专家建议购买他们生产的耐火材料，必能解决问题，可最终，这些耐火材料根本没有起到作用。那些美国专家回国后，在钢铁杂志上写了一篇文章，嘲笑王国钧他们打着赤脚炼钢。这让年轻的王国钧心里很不是滋味。他想，难道就这么一直让外国人小瞧下去吗？

想到自己在美国学习和实习期间，曾得到两本关于钢铁冶炼的书，一本是《近代电弧炼钢炉》，另一本是《近代炼钢平炉》。王国钧决定将这两本书翻译为中文，供炼钢人员学习，提升冶炼技术和解决问题的能力。从那以后，王国钧每天下班后，开始埋头翻译，为此常常忙至深夜。

两本书翻译出来后，王国钧将其送到重工业部的科学技术出版社出版。接着，他又把自己在美国学习期间所做的笔记和搜集的资料全部拿出来，供大家学习参考。这些知识，对于当时我国从事钢铁冶炼但又缺乏这方面专业书籍的同志来说，无疑是一场及时雨。

在钢铁局，王国钧因工作需要，还经常被派去参加一些会议和活动。有一次，王国钧现场聆听了毛泽东秘书田家英的党史报告，思想上受到很大启发。

1950 年抗美援朝前夕，王国钧又去参加了一场中国自然科学联合会报告会。那一天，王国钧听说周恩来总理要来会场和大家见面并作报告，心情非常激动。但他和大家傍晚七点入场，一直等待，直到深夜，才看到匆匆赶来的周总理。

周总理给他们讲了三个多小时的话，其中有一句：有人说我们中国是一盘散沙，散沙不可怕，有了水泥，就可以成为坚固的钢筋水泥。这句话让王国钧很受鼓舞。

会议结束后，王国钧和大家才知道周总理那一天晚来的原因，是因为他当时正和毛泽东等中央领导人在作抗美援朝的重大决策。

抗美援朝战争爆发不久，重工业部钢铁局派王国钧到太钢主持电炉炼钢。在此之前，王国钧已经喜欢上了北京，并把妻子和女儿接到了北京，有了自己的小家。面对组织的安排、陆达的信任，以及自己心中多年以来的愿望，他决定去太原。

多年后，王国钧在自己的回忆录中，详细描述了自己当时的心情：“我们学习为人民服务，为什么现在又讲条件呢？自己曾经申请入党，哪有共产党员不服从分配的。现在，正是公与私在考验我。还有，北京条件好，但全国只有一个北京，把太原建设好，不是又多了一个北京吗？一直想建设特殊钢钢厂，现在要自己去建设，为什么贪恋享受而放弃自己的理想呢？”

说走就走，几天后，王国钧收拾好行李，再次踏上了开往太原的列车。只是这一次，他没有想过再回北京，决定把自己毕生的心血，都献给我国的特殊钢事业，为富国强兵贡献自己的全部。

太钢，也将因王国钧的到来，翻开生产特殊钢的新篇章。

肆　二下太原

在重工业部钢铁局工作时，陆达就曾把王国钧介绍给太钢的相关负责同志李树人。他俩平时交流很多。李树人也是在抗日战争时期成长起来的大学生，一直从事炼钢工作。他不但脑子特别灵活，而且很有才干。他给王国钧讲了许多太钢的生产情况，让从没在太钢工作过的王国钧对太钢有了比较深入地了解。

1950 年 12 月底，王国钧接到去太钢工作的正式任命。重工业部钢铁局对他的任命是太钢电炉炼钢部主任。当时，太钢所有车间和科室的主任全都是党员，唯独王国钧不是。此时，他的入党申请还没被批准。王国钧开了太钢的一个先例。

1951 年元旦刚过，王国钧就迎着刺骨的寒风，乘火车从北京赶往太原，到太钢报到。太钢的厂部办公地点设在太原城内帽儿巷一座有些年代的二层洋楼里。他一来，办公室主任郭雁声热情地接待了他，并很快给他办理了手续。

由于唐钢的电炉即将要迁往太钢，此时的太钢求贤若渴，想尽快在特殊钢事业上开辟出一条新路子。现在，重工业部钢铁局把王国钧派来了，太钢十分重视。为了方便王国钧开展电炉炼钢工作，考虑到他在太原人生地不熟，于是特意给他配了一名叫岩滔的副手。岩滔毕业于北京大学，曾在解放区参加过革命，太原解放后，随军管组来到太钢，便开始在太钢工作，对厂子里的情况十分熟悉。

电炉炼钢部很快在原铸钢厂基础上开始筹建，建设项目由基建处代管，办公室设在太钢厂区旁的一片空地，当地人把那里称为牧羊场。据说那儿夏天草木丰盛，是羊群觅草的好去处。

参加筹建的人员有王国钧和岩滔，还有赵季、詹守忠、黄志诚、周秉恭等几个人。作为电炉炼钢部主任的王国钧，既要负责图纸审核，还要负责变压室和电炉地基的设计任务。

大家都是第一次搞电炉炼钢设计，相当于摸着石头过河。在磕磕绊绊中，王国钧想起苏联专家吉米多夫的那本《机械设计者手册》。他想：要是自己也能有一本这样的工具书，那该多好呀！那样，许多构思和设计都可以参考书中的知识了。但他也清楚，那样的书，只有苏联专家才有，中国的钢铁技术人员，没人有这本书。于是，他凭着在美国实习时的印象，以及太钢现有的场地，在请教了几位懂得土建和电气知识的人士后，设计出了一套完整的图纸。

尽管图纸出自自己之手，但王国钧对这套图纸并不放心。因此，施工开始后，他常常拿着图纸到现场对照，生怕出现差错。一天，变压器室正在施工，王国钧发现摆放计划安置配电操作盘的地方，按规定应该凹进去，可支起的模板却是凸出来的，于是急忙打开图纸核实，发现错的不是干活的工人，而是自己把这部分的线条画错了。自那以后，王国钧在施工中更加谨慎了。

当时，王国钧和岩滔等人都住在太钢十八宿舍西二排。宿舍是新建的，就在厂子旁边。虽说是新的，但周围环境多少有些不尽如人意，尤其是宿舍紧挨着乱坟场。王国钧他们每天进出，都要经过这片乱坟场。不过，这并不影响他们的心情。

电炉炼钢各个项目开工建设后，太钢开始为电炉车间招收工人。为了保证这些工人将来能个顶个地派上用场，王国钧对招工提出了两个条件：一是必须有文化，中学或小学毕业；二是体力要跟得上，举重过关才可以。

这两个条件，在当时算是高的。那时我们国家的许多工人、农民大部分都没上过学，斗大的字也不识几个。这也是新中国成立后，国家为什么要办那么多识字班、扫盲班的原因。王国钧当时提出的第一个条件，要求招中学或小学毕业的学生，条件已经很高了。通过举重考体力，则更好理解了，炼钢工人，没有力气怎么能行呢。

冬去春来，电炉炼钢项目顺利进行。王国钧趁“五一”回了趟北京，把妻子和女儿接到太原，也正式把家搬到了太原。这样，更便于他集中精力搞电炉炼钢了。

太钢对王国钧把家搬到太原的这个举动很是感动。当王国钧带着家人，扛着行李，走下火车，走出太原站的时候，太钢已派汽车在出站口接他们了。那个时候，太钢只有两辆汽车，一辆是阎锡山留下来的旧车，一辆是解放后新买的吉普车。吉普车在当时属于比较高档的车辆，平时连书记、厂长都不舍得坐，到车站接王国钧及其家人的，正是这辆吉普车。由此可见，太钢对王国钧和他将开展的电炉炼钢是何等重视。

王国钧家属到太原后，太钢给他们安排了一间二十平方米的宿舍。宿舍中除了一个土炕，别无他物。秋天，太钢二十二宿舍建成。二十二宿舍紧挨荒野，时常有狼群出现，且用水也不方便，所以建成后，很多人都不愿意搬进来，而是选择住在城里或靠近城边的郊区。王国钧在城里没有房子，另外他也不愿意将大把的时间浪费在上下班的路途中，于是他和基建处的几位同事商量了一下，几家人结伴一起搬进了二十二宿舍，集中住在一排，然后每天把大门关紧，防止野狼闯入。至于用水，则相约到附近的井里去一担担地挑。

住处安顿下来后，王国钧的妻子郭雨先看着丈夫每天为筹备电炉炼钢跑前跑后、忙碌奔波，这位生于江南、满腹才华的女子决定和丈夫一样，选择留在太钢，加入工业报国的行列中。

太钢领导得知郭雨先要留下来，不禁刮目相看，立刻派办公室主任郭雁声前去征求郭雨先的意见，问她想做什么工作。郭雨先说："要搞钢铁必须先培养人才，目前太钢还没有自己的学校，就让我去办学吧。"

郭雁声听了，劝她道："你是南京金陵女子文理学院毕业的高材生，这样太委屈你了，太钢的岗位还有很多，你可以重新选择一个。"

郭雨先说："十年树木，百年树人，教书是千秋大业，就让我去教书吧。"

就这样，报到后的第二天，郭雨先就带着五岁的女儿晓青去看校址。

校址选在一片芦苇荡的东侧，放眼望去，只见空旷的院子里，稀稀落落地建着四排平房，房子里，一无所有。

办学条件的简陋程度，让郭雨先没有想到。她知道，国家现在还不富裕，拿不出太多的资金给太钢；她也知道太钢正在搞建设，拿不出太多的经费办学校。

郭雨先牵着女儿的手，默默站在芦苇荡前，凝望着眼前的一切。风吹过来，芦苇绿色的叶片，相互簇拥着发出沙沙沙的声音，像青纱帐一样。

一位看护院子的老工人走过来，上前询问。得知眼前的这位女子是随丈夫一起从北京来支援太钢的知识分子，又听说她要给太钢办学校，要培养更多的炼钢人才，心中顿时充满了敬意。

又一阵风吹来，天空布满了乌云，转眼大雨落下。郭雨先带着女儿，躲进那刚建好的屋子中。两个小时的避雨时间，不长，也不短。在这两个小时中，郭雨先望着外面时紧时疏的雨线，心想：“天公不作美，是否命运之神预示我，在今后的工作中会遇到重重困难，需要我以百倍的努力和毅力去克服困难、办好学校呢。”

事实也证明，郭雨先在后来的工作中，确实克服了诸多难以想象的困难，为太钢培养了一批又一批的学生和人才。

她和丈夫王国钧在不同的岗位上，为太钢的发展奉献着自己。

伍　小宝塔

王国钧等人紧锣密鼓地组织电炉炼钢施工和招工的时候，正值抗美援朝运动在国内如火如荼开展之际。由于太钢许多生产和管理岗位上的骨干都是从战争年代走来的革命者，都曾目睹过别国武器在我国大地上肆无忌惮地到处横行，无辜百姓惨遭轰炸的悲惨情景，所以工业报国的理想在他们那一代人心中早早便扎下了根。面对抗美援朝战争，他们一边加紧组织冶炼钢铁，一边号召广大职工以实际行动支援朝鲜战争，并和大家一起捐款购买了"太钢号"战斗机一架，支援战斗在朝鲜的中国人民志愿军部队。同时，太钢作为重工业部钢铁局下属的第一大厂和重工业部下属排在鞍钢之后的第二钢铁联合企业，还根据自己的生产发展和抗美援朝的需要，及时开始了全面扩建工作，进一步提高钢铁产量并丰富其品种。

当时在太钢，于电炉炼钢部先后施工的还有很多。因此，走进厂区，随处可见热火朝天的施工场面。

机器轰鸣、人声鼎沸，新建工程昼夜不停地施工；炉火熊熊、钢花飞溅，现有的高炉和平炉前，工人们抛洒汗水，创造成绩。

当时生产方式还很落后，焦炉上料连皮带也没有，料石全靠工人一筐一筐往上背；炼铁也没有破碎机，只能靠工人一铲一铲地破料。

太钢的平炉车间为了多炼钢，提出了“战胜时间就是战胜一切”“为祖国而干”的口号。为此工人们常常从早上干到半夜，有时甚至连轴转，一天一夜也不休息。有一次车间搞生产竞赛，突然平炉出钢口发生塌陷，直接影响到炼钢，这可把大家伙急坏了。于是，工友们轮番上阵，他们顶着500℃的高温，披着用冷水浸过的被子钻进烈火中抢修出钢口。被子很快被火烤得冒了烟，工人们的皮肤也被烤破了。但是，在“战胜时间就是战胜一切”和“为祖国而干”的口号中，他们仍然坚持抢修了三十多个小时，最终完成了抢修出钢口塌陷的任务。

还有一次，正在炼钢的工人们发现，平炉装料机突然出现了故障，不能装料。此时，炉火熊熊，热浪灼灼，如不及时装料，炉壁就会被烧坏，机器就会损坏。眼看一场更大的事故就要发生了。炼钢的工人们没有被这突如其来的险情吓倒。他们心想：机器就是武器，工厂就是战场，多炼一吨钢就多增强一分国防力量，就能多一件武器消灭敌人，无论如何也不能让机器停下来。为了抢救设备，大家果断采取人工装料的办法，手搬肩扛，你追我赶，往平炉里装料。在这一过程中，不少人的衣服被烤得冒烟了，头发被烧焦了，眉毛被烧没了，但谁也顾不上这些，硬是用一双双手、一副副肩，把原料全部装入平炉中。

1951年底，太钢战胜各种困难，在七天内八次创造新纪录，使炼钢时间缩短到四小时五十四分。这样的炼钢时间，已接近当时世界先进国家的炼钢水平。因此，国内外工业界人士一致认为这是“新中国蒸蒸日上的一项标志”。

太钢的生产热潮，犹如一股奔涌的热流，让电炉炼钢部的王国钧等人本就炙热的一颗心，更加滚烫，更加激荡。他们加快了电炉炼钢部的各项准备工作的进度。当时，太钢除了建电炉车间，同时建起了锻钢车间。这样一来，电炉车间炼出来的特殊钢，通过轧机轧制，如果轧不到所需要的密度和压缩比，就到锻钢车间来锻造，从而达到预期标准。

为了确保两个项目顺利推进，早日生产出特殊钢，建设期间，重工业部还向太钢派来了与炼钢、焦化、轧钢和机修有关的苏联专家，驻厂指导。这些专家到了太钢后，语言不通，再加上随行的翻译水平有限，常常不能准确地把专业术语翻译出来。有一次，一名翻译把电机超负荷掉闸，译成了电机掉在地沟里，闹出了笑话。为此，太钢许多领导干部和技术人员，都带头自学俄语，慢慢地可以与苏联专家相互交流，避免了许多翻译中出现的错误，加快了生产建设速度。

王国钧也不例外，为了能和苏联专家很好地沟通，加快推进电炉炼钢的各项工作，每天不管多晚回到家，都要抱着俄语书本学习，常常到半夜也不休息。

时值新中国刚刚成立，党和国家一面恢复生产，一面热火朝天搞建设。国家日新月异地发展，也吸引着许多工科专业的学生。他们毕业后，纷纷主动离开大城市，选择到生产建设的第一线为新中国建设添砖加瓦。

当时太钢只有王国钧一个人懂电炉炼钢，工程建设、生产准备、培养工人这些事全都压在他一个人身上。虽有岩滔这位副手，但架不住事情多。我国自古就有“一个篱笆三个桩，一个好汉三个帮”之说，所以，重工业部钢铁工业局先后给王国钧派来两名刚毕业的工科大学生做助手。他们是陈国祥和金钰嘉。

陈国祥和金钰嘉是同学，也是恋人。1948 年，他们一起到冀东解放区参加革命工作，后来又一起进入学校读书。毕业后，两人一同选择来到太钢，立志要为新中国建设贡献青春和力量。

到太钢后，金钰嘉被安排在电炉炼钢部，担任电炉炉盖砖、钢锭模及侧吹转炉等设计工作。在这里，金钰嘉看到与自己朝夕相处的几名年轻技术人员都没上过大学，于是把书本上的知识转化为通俗易懂的语言和大家交流。这让没有接受过大学教育，但又渴望为电炉炼钢发光和发热的太钢技术员们受益匪浅，进步很大。

陈国祥比金钰嘉早半年到太钢，刚开始，她被分配在平炉上工作。过去炼钢工人有个迷信思想，那就是女人不能上平炉，否则，不吉利，会出事。新中国成立后，人们逐渐打破了这个禁忌，陈国祥成了太钢第一个上平炉的女同志，也是中国第一位平炉女班长。她用自己所学的知识，带着大家一起炼钢。不久，她又被安排到电炉炼钢部，像金钰嘉一样，给王国钧做起了助手。

上过大学的陈国祥和金钰嘉，十分清楚电炉炼钢对国防建设的重要意义，也听说过那些从战争年代走出来的前辈以及王国钧的故事，所以双双被安排做王国钧的助手，两人十分珍惜，心无旁骛，一心工作，就连婚礼都十分简单。婚礼那天，他们仅开了一个茶话会，请大家吃了点糖果，就算是办了婚礼。尽管这样的婚礼简之又简，但他们认为自己已经很讲究了。因为结婚时，他俩还到城里为各自做了一身新衣服。而他们身边的许多同事，有的在婚礼上穿的还是平时的工作服。举办完婚礼后，就又都双双扑到自己的岗位上。因为那里，有他们实现报国之心的舞台。

有了这些年轻人加入，电炉炼钢部的前期准备工作的进度又加快了许多。

同时，太钢根据电炉炼钢生产的需要，安排金钰嘉等二十名技术人员和工人到抚顺钢厂去实习。为了尽快掌握电炉炼钢技术，金钰嘉和大家到了抚顺钢厂后，与那里的师傅们一起换班、炼钢，一起收工、睡大通铺。随后，太钢又派出第二批技术人员和工人前往抚顺钢厂。

1952 年初，在王国钧等人的共同努力下，太钢的电炉炼钢部工期进入尾声。此时，按照重工业部钢铁工业局的统筹安排，唐钢的两台 3 吨电炉迁往太钢。就在王国钧他们准备安装，调试 3 吨电炉时，又有消息传来：唐钢决定撤掉电炉，专搞转炉。因此，重工业部钢铁工业局决定把唐钢的两台 8 吨的电炉也调给太钢。

原本计划调配两台 3 吨电炉，谁知竟然又多了两台 8 吨电炉，这个消息让王国钧他们高兴坏了，不过，高兴之余，又犯起了愁。因为这样一来，相应的电炉操作技术人员又不足了。王国钧在一喜一忧中，急得像热锅上的蚂蚁，寝不安席，食不甘味。

太钢的这一燃眉之急，重工业部钢铁工业局也考虑到了。为了解决这一问题，使安装到太钢后的两台 8 吨的电炉能够尽快投产，钢铁工业局决定将唐钢两台 8 吨电炉的技术工人也一并调拨给太钢。

唐钢从事 8 吨电炉炼钢的二十多名技术工人，在接到调拨到太原的通知后，虽割舍不下昔日的工厂，放心不下一家老小，甚至有人悄悄掉过眼泪，但为了国家的特殊钢发展，在依依不舍中，选择离开熟悉的家园，从唐山乘坐火车直奔太原。

听说唐钢连电炉带工人一起来到太钢，太钢上至领导，下至工人，顿时都眉头舒展。

这一年初春，从唐钢调拨来的技术工人，与从抚顺钢厂实习归来的太钢技术人员，以及生产一线的工人，会集在了一起。他们共同等待着电炉炼钢投产的那一刻。

1952 年 4 月的一天，在王国钧等人的共同努力下，依靠这批年轻的中坚力量，电炉炼钢部电炉车间迎来了开工投产之日。电炉炼钢正式启动。

开炉之日，王国钧和大家谁也不肯休息，都守在电炉旁，就像守着自己刚出生的孩子一样，像守着一棵充满了希望的幼苗一样。当看到那红彤彤的第一炉钢水，从炉内流出，化为一锭锭钢，他们每个人的脸上都露出了无比欣喜的笑容。那一刻，他们分明从这间小小的厂房里，看到了一种令他们感动、骄傲、澎湃的希望——用特殊钢来实现产业报国、富国强兵的希望。

不过，电炉炼钢投产的过程并不是一帆风顺的。在开炉之初，还是出现了一些问题。如电炉冷试车摇炉时，设备的基础一下子倾动，甚至拔了起来。还有一次，大家正在炼钢，突然，电炉用的硅砖炉盖被熔化，如雨滴下。正在炼钢的技术人员和工人们看到这种情况后，急忙按规定加入石灰。可是，石灰加进去后，炉渣虽化开，且炉内发出比之前更刺眼的亮光，看上去温度似乎在升高，但钢水的温度却怎么也升不上去，迟迟不出钢。而此时，硅砖炉盖依旧在加速熔化。如果再不采取措施，硅砖炉盖将彻底熔化。这让在场的每一个人手中都不由得捏出了一把汗。但急归急，谁也想不出一个好办法。就在这时，正在炉前指导炼钢的金钰嘉猛然想起硅砖熔化下滴，加入石灰，只会造成渣层越来越厚，并导致电弧的热量难以传递给钢水。于是，大家急忙拿起工具，三下五除二扒去一部分渣层，钢水的温度很快上升，顺利出了钢。

事后，大家经过认真反思，得出一个结论：关于电炉炼钢，书本上都没有，只有在实践中不断学习、探索、思考，才能真正掌握电炉炼钢的知识。就这样，电炉炼钢车间的技术人员和工人们，在这一次次的失败中，总结经验、摸索规律，为我国的特殊钢生产贡献着智慧和力量。

当年 9 月，太钢用电炉炼出了新中国的第一炉不锈钢。为了表达心中的喜悦，他们用这第一炉不锈钢，制作了一个银光闪闪的延安宝塔小模型，送到北京，送给毛主席，向党中央和毛主席报喜。后来，这个小宝塔被收藏在中国人民革命军事博物馆。

电炉炼钢车间炼出不锈钢后，成了太钢名副其实的第一炼钢车间。

陆　闯红包

电炉炼钢主要生产不锈钢、硅钢等特殊钢。渐入正轨后，太钢真正翻开了采用电炉生产特殊钢的新篇章，为我国的国防建设和军工生产提供了重要保障。

虽然生产的是特殊钢，但那时的炼钢条件，远不是现在的人们所能想象的。厂房的四周，简陋到只有几根柱子，连一面完整的墙壁都没有，屋顶露着天。工人们炼钢时，前面烟熏火燎，后面风机狂吹，遇到下雨天或降雪天，大家瞬间成了泥人、雪人。即便这样，他们炼起钢来也丝毫不受干扰，该怎么干，还怎么干。尤其是电炉前的炼钢工，一旦发现炼钢过程中出现了问题，就立刻着手解决。有一次，大家正炼着钢，三根电极突然断了一根，这时，他们考虑的不是自己的安全，而是炉内的钢水，于是在其他两根电极还红着的情况下，迎着令人窒息的热浪，马上把断了的电极更换掉，使炼钢恢复正常。还有一次，由于电炉出钢温度掌握得不够准确，钢水包被烈火烧穿，失控地冲向操作台。危急时刻，大家一边控制局面，一边呼喊其他人闪开。事后，许多炼钢工人的身上，尤其是手和胳膊，都被溅出来的钢水烫伤，留下了疤痕。

不过，这还不算炼钢中最苦、最累、最危险的事，对于炼钢工人来说，“闯红包”才是更大的考验，不亚于到鬼门关前走一遭。

那时候，电炉出钢之后，工人们需要把钢水包吊到铸钢区。所谓的铸钢区，就是在火车车厢上摆好钢锭模子，再把钢水浇进钢锭模子里的工作区。这套工艺是从苏联传过来的，一般现场有五六个钢水包，能装八到十炉钢水。这些钢水包用耐火砖塞棒控制钢水流速，一般出一次钢水就需要更换一个控制塞棒，但塞棒换完，并不代表钢水包就可以接着使用了，因为在钢水包的下面，还有一块与塞棒相连接的流钢砖。流钢砖是一种带窟窿的耐火砖，只要换塞棒，就得换流钢砖。

更换流钢砖和塞棒，是在钢水浇到钢锭模后马上要进行的一个环节，往往在钢水包里面散发着暗红的光，温度到600℃以上时，大家就要开始更换了。

这是一项挑战人体极限的工作，炼钢工把这项工作称为“闯红包”。“闯红包”前，炼钢工要用水把自己全身都浇透，还要另外找一身工作服，也浸满水，包住脑袋，只露出两只眼睛。然后冲进还红着的钢水包内，把里面的塞棒敲烂，并清理出来，换上新的，再重复同样的动作，更换流钢砖。

由于温度太高，热浪逼人，每一次更换，一名炼钢工只允许完成一个动作，做完这个动作，必须马上撤出，不然，就会有生命危险。

在钢水包里干活，可以想到谁进去了都会浑身冒汗，却看不到他们汗流浃背的样子，那是因为汗水刚一涌出来，便遇到高温，

“滋滋滋”一下就被烤干了。因此，有许多工人从钢水包里一出来，往往来不及说一句话，喝一口水，便一头栽倒在地，不省人事。即便这样，大家还是争着抢着要去“闯红包”，因为他们都想为我国的特殊钢生产出力。

特殊钢，顾名思义是指具有特殊用途的钢，当时主要指炮弹钢、子弹钢、舰艇钢、潜艇用钢等。这些，都是新中国增强国防力量所需之钢。

此时，朝鲜战场依旧炮声隆隆。为了应对朝鲜战场上“联合国军”的坦克进攻，国家要求太钢尽快研制、生产出反坦克用的炮弹钢。

炮弹钢是一种对质量要求极严的钢，此前其他钢厂在生产这种钢时，都曾出现过这样或那样的质量问题。太钢接到生产炮弹钢的任务时，用电炉炼钢才起步不久，但他们甘愿凭自身之力为国分忧，主动承担了生产炮弹钢这个重任。

为了生产出高质量的炮弹钢，王国钧带人多次到相关兵工厂走访，和兵工厂的技术专家们一起研究提高炮弹钢质量的办法，并根据要求，精心组织冶炼。

在经过一次次的试验和“闯红包”后，太钢终于生产出了炮弹钢，并在第一时间送往太原炮厂，再由炮厂生产出完全靠国产钢制造的大炮。

大炮制造出来后，需要运到靶场进行试炮检验。试炮之日，太钢参与炮弹钢研制、生产的王国钧等人，从一早便翘首企盼试炮结果。一个小时过去了，两个小时过去了，三个小时过去了……

直到中午，终于从靶场传来试炮成功的消息。

当得知自己冶炼、生产的炮弹钢，性能完全符合要求并试炮成功时，王国钧和大家都难掩心中激动之情。这次成功给了他们极大的鼓舞和信心。他们将其转化为更加饱满的热情、更加强劲的动力，投身特殊钢的研制和生产中。

“军工后盾，特钢前锋。”这是一位钢铁前辈多年后对太钢的评价。如今看来，军工后盾，特钢前锋的这粒种子，早在 20 世纪 50 年代便已在太钢深埋，并在后来的岁月里，破土而出，茁壮成长。

柒　钢铁人的智慧

20世纪50年代初，国家不仅在太钢新建了电炉炼钢和锻钢设备，扩大优质钢和军工用钢生产，还在电炉炼钢部新增了三号平炉。

全国钢铁生产形势也在日趋好转，除了钢铁产量需要增加，发展钢材品种也被提上了议事日程。因此，在太钢，与上述扩建、增建项目同时开展的，还有一项重要任务。

就在王国钧等人紧锣密鼓筹备电炉炼钢部的时候，太钢的另一组人马，也按照重工业部钢铁工业局的安排，从太原出发，前往上海。

这群人，也同样怀着钢铁报国的赤诚之心。

1950年，重工业部钢铁工业局技术处有关人员向陆达汇报，在上海的国家仓库里，发现了一套日本侵华时期从日本运到上海的热轧薄板轧机。这套热轧薄板轧机从日本拆运到上海后，恰逢我国抗日战争取得胜利，日本投降，所以，这套热轧薄板轧机被日本人遗弃在上海，配件散落在各个工厂。新中国成立后，政府有关部门从上海各厂将此热轧薄板轧机的大部分配件一一找回，分别存放在各仓库。如果对这套设备进行修理，安装后便可轧制薄钢板，尤其是可以热轧硅钢片。

当时，随着我国工业建设的步伐加快，国家电气工业和动力设备数量与日俱增，所需的硅钢片用量也越来越大，可这些硅钢片全部都需要从国外进口。因为当时我国的工业还比较落后，既缺乏生产硅钢片的技术资料，又没有这方面的技术人才。

硅钢片是电气化、自动化的重要材料，如果一直依靠从国外进口，则会受到很多方面的制约。因而，国家急需发展硅钢片的生产。

那次陆达听了技术处有关人员的汇报，考虑到太钢正在建设电炉炼钢部，于是决定利用积存在上海仓库里的热轧薄板轧机，在太钢再兴建一座热轧硅钢片车间。他以重工业部钢铁工业局的名义，为太钢和上海军事管制委员会协商此套设备事宜。

不久，太钢接到通知：派人到上海接洽此事，运回热轧薄板轧机。

太钢派往上海的带队者，是工程师柴九思。柴九思，山西河津人，出生于1899年。他出生的第二年，八国联军侵华。1901年，《辛丑条约》签订，中国完全沦为半殖民地半封建社会。童年和少年时的柴九思，可以说是饱受民族贫弱之苦。1919年，五四运动爆发，二十岁的柴九思认真思考自己的人生。三年后，他赴德国高等工业学校冶金系留学，1928年回国。辗转多地，希望用所学知识报效祖国，但山河飘摇、风雨不断，他寻求报国理想的路，与王国钧一样，充满坎坷。直到新中国成立后，他才在太钢找到了用武之地。可以说，在太钢平炉和高炉的钢铁冶炼技术人员队伍中，柴九思属于佼佼者。

在接到前往上海的通知时，柴九思已年过半百，不再年轻，但他根本没有考虑这些，而是立即带着十几名太钢技术人员，从太原赶到上海，并奉命在上海成立设计公司，吸收上海的冶金人才，为太钢设计热轧硅钢生产线。数月之后，存放在上海各仓库、工厂的热轧薄板轧机的配件被全部集中起来，热轧硅钢生产线也在上海相关技术人员的设计下，得到完善。之后，热轧薄板轧机陆续从上海启程，千里迢迢，运往太原。

热轧薄板轧机被陆续运往太钢，厂长李非平安排柴九思负责设备的安装，并任命柴九思担任热轧硅钢车间建设工地主任。当时，武钢正在筹建，知道柴九思是位难得的人才，计划将他调过去，而且人事关系已先一步调至武钢。

武钢是新中国成立后兴建的第一个特大型钢铁企业。如果去那里，将来就会有更好的发展前景，但柴九思抚摸着那套刚从上海运回来的热轧薄板轧机，目睹着太钢的建设热潮，还是决定留下来。

无独有偶，当时与柴九思一样留下来的，还有不少人，比如李金绶。

李金绶 1943 年毕业于天津工商学院建筑工程系，1948 年参加革命。他的父亲李永之曾就读于天津德化中学，德文学得非常好，曾经是唐山启新机械厂的技师。他的祖父李衡南是清朝武备学堂的高材生，学习土木建筑专业。可以说李金绶出生于工程世家。新中国成立后，在建筑工程方面颇有造诣的李金绶参加了唐山钢厂的建设，那是我国自行设计、自行施工，且当年便投产的第一家冶金企业。建设期间，李金绶成立了一支百余人的基建技术队伍，负责着上千名工人的施工。为了早一日竣工、早一日投产，这支技术队伍在李金绶的带领下，以过硬的作风紧张有序地推进着各项施工。1950 年冬天，唐钢工程刚一竣工，厂长黄墨滨就找到李金绶，不舍地对他说："老李呀，这回你不走不行了，李非平早就在太原盼着你了。"

原来，就在唐钢工程即将竣工之际，唐钢的厂长黄墨滨便接到了太钢厂厂长李非平的电话，李非平想请李金绶到太钢工作，并任命李金绶为太钢建筑部的部长。李非平之所以这么做，是因为他此前在唐钢担任过一段时间的厂长，对李金绶及其所带出来的这支队伍十分了解。

生于天津，长于天津，对唐钢充满感情的李金绶纵有万般不舍，但他还是选择前往太钢。因为他知道，唯有这样，钢铁报国的梦想才能实现。

就这样，李金绶带着他的队伍从渤海之滨，直奔山西太原。

数日后，李金绶来到太钢，一进入厂门，望眼欲穿的李非平就上前一把紧紧握住他的手说："老李啊，你可算来了！"

在李金绶的主持下，太钢的各项土建工程紧锣密鼓地展开了。与在唐钢一样，李金绶的这支队伍训练有素、雷厉风行，有的同志甚至累得都吐了血，还坚持在工地上工作。太钢的基本建设完工后，李金绶准备带着自己的队伍离开。太钢领导知道后，说什么也不肯让他走，厂党委副书记史星三更是急忙跑来问他："老李，是不是我们哪一点对不住你，你要走？"李金绶看着史星三眼中挽留的目光，最终选择留下来。

天高任鸟飞，海阔凭鱼跃。柴九思和李金绶决定不做那高飞的鸟儿，也不做那跃起的鱼儿，他们要陪着太钢一起成长，陪着我国的特殊钢事业一起成长。

太钢热轧硅钢片车间很快建了起来。1951 年上半年，太钢将热轧板机的轧钢机架、主减机大齿轮等安装到新建的车间内，经过一番修复，逐步具备了运行条件。

1952年初，太钢成立了试制组，准备开展热轧硅钢片试制工作。在厂里负责生产技术工作的柯成，被指定为试制组组长。冶炼工作由金钰嘉负责。

柯成是学机械的，太原解放前，曾在枣臻焦厂工作，太原解放后，被分配到太钢军事接管小组轧钢部，担任军事联络员。在轧钢部工作了一段时间，柯成对轧钢渐渐了解，对硅钢生产工艺技术却是一窍不通，担任热轧硅钢试制组组长让他感到压力很大。不过，从战争年代走过来的他，并没有被这些困难吓住。他带着小组人员，开始了试制工作。

为了解决试制中的难题，钢铁工业局派苏联炼钢专家吉米多夫前来帮助指导冶炼和轧制，磁性测试则派科学院物理所向仁生协助。唯独从钢锭开坯到成品的试制工艺方案，需要太钢自行探索。

柯成清楚地知道，在我国钢铁发展的道路上，他和太钢的同事正在走一条前人没走过的路。

当时，唯一有关热轧硅钢的技术资料，是第二次世界大战期间美军占领德国后，其对德国某热轧硅钢厂工艺过程的描述。可要拿到这份资料，谈何容易。尤其是对太钢而言，更是难如登天。

在北京的陆达得知情况后，立即着手联系，多方打听，通过宋庆龄处的帮助，辗转获得了这份国外热轧硅钢的技术资料，并紧急从北京送往太原。因为那里有一群钢铁人正在日夜等待着、盼望着。

柯成等人拿到这份资料，捧在手中，如获至宝。他们小心翼翼地打开资料，废寝忘食，仔细研究，并结合太钢的实际情况，如怎样用650轧机将钢锭开坯等，逐步制订出从钢锭开坯到成品轧制的热轧硅钢工艺方案。这也是我国最早的热轧硅钢工艺方案。经过研究、论证，这一方案比较合理，并且可行，于是太钢准备从硅钢板坯开始试制，直至轧制出成品硅钢。

硅钢板坯试制开始后，柯成和大家很快便发现轧辊两端中部因受热程度不同，造成轧件中部薄、两边厚，超出了公差允许范围。当时，国外对这一现象采取的措施是：用方形磨床将轧辊磨出一定凹度，以补偿轧制过程中的中部隆起。可是，我国没有这种磨床设备，太钢只能另想办法。

群众的智慧是无穷的。在征询大家的意见后，柯成按照双曲线原理，在普通车床上设计了一种简易的夹具，将轧辊的一端用原卡盘夹持，另一端用可以调整中心高度的夹具支撑，加工出了所需凹度的轧辊，解决了轧辊中部隆起的补偿问题。

试制成功后，热轧硅钢片车间正式投产，当年便生产出了硅钢板坯。虽然，这离试轧硅钢片还有一定的距离，但这已经是一个重大的突破了。

接下来，太钢离成功试轧硅钢片的距离越来越近了。

捌　百炼成钢

1952 年，太钢有了电炉炼钢，有了热轧薄板轧机，而且成功试制出了硅钢板坯，具备了生产硅钢片的基本条件，准备开始试制硅钢片。由于之前太钢从来没有炼过这个钢种，又缺少硅钢轧制的技术，在苏联冶炼专家指导下，电炉炼钢部虽然按照苏联国家标准炼出了低硅钢，也进行了薄板试轧，但都因缺少退火、酸洗、精整等设备，试制了几次都没成功。

1953 年，为帮助太钢早日试制出硅钢片，钢铁工业局特聘请苏联硅钢片专家卡洛布柯到太钢指导试制工作。

硅钢片是军工产品中所需要的一种特殊材料，为了早日成功试制出硅钢片，太钢当时虽改制为公司，但太钢党委一如既往地高度重视此次试制工作，在中心实验室专门设立了硅钢片研究组，并集中主要力量从事此项研究。

研究组集中了太钢的精兵强将，由毕业于山西大学工学院机械系的工程师郝继隆任研究组组长，调炼钢技术员耿锡荣、机械技术员刘世杰到研究组工作。同时，还派从唐钢调来担任公司副经理的黄墨滨全面领导试制工作，并成立了硅钢片“一条龙”试制组。许多生产骨干听说后，也纷纷以兼职的形式加入试制组，主要人员有电炉炼钢部（第一炼钢厂）的生产厂副厂长刘丕绩，以及赵连云同志，二轧厂的生产厂厂长苏福林、工程师姬澄，以及实验室的胡昌琦等人。

与此同时，北京钢铁研究所的所长戴礼智、工程师何忠治闻知消息，也从北京赶到太原，协助太钢进行硅钢片试制。

太钢对参与硅钢片试制的人员，从政治上、经济上、组织上、技术上都给予了充分的保障。当时，有人反对重用郝继隆，理由是他在日伪和阎锡山时期都当过官。后来太钢经过调查发现，郝继隆在日伪、阎锡山时期做的都是技术工作，并没有当过官，更没有反动活动，新中国成立后一直担任技术领导工作，表现很好，于是坚持任用郝继隆为硅钢片研究组组长和攻关组组长。工程师姬澄也在日伪和阎锡山时期担任过工程师，家庭出身是地主，为此也有人反对。太钢经过调查，认为姬澄虽然是地主家庭出身，但他本人长期从事技术工作，没有任何问题，于是坚持任命他为二轧厂的工程师和该厂试制硅钢片的负责人。试制组的吴绍荃和杨仕廉也都在日伪和阎锡山时期担任过工程师，但经过调查，二人都没有问题，于是分别安排他们担任中心实验室和化验室进行硅钢片物理试验的负责人。还有刘丕绩，有人反映他在学校上学时担任过三青团的分队长，太钢经过调查，并不属实，于是安排他为三钢厂冶炼硅钢的负责人。

太钢对这些知识分子的保护，让大家很感动，也使得他们能够全身心地投入硅钢片的试制工作中。

试制工作由苏联专家全面指导，工艺规程和生产试验等所有标准也均参照苏联的技术标准。参与试验的太钢成员对这项既陌生又对我国建设和发展有着重要作用的工作，一丝不苟，从零学起。他们边学习、边研究、边攻关。

当时，硅钢片试制面临的最大问题，是苏联设备先进，条件也好，而太钢设备老旧，条件较差。所以，要想生产出合乎苏联标准的硅钢片，就要进行一系列的试验研究，采取一系列突破性的措施。于是，研究组由苏联专家指导，结合太钢现有设备的实际，融会贯通，编制出了一套适合太钢试制的工艺规程、操作方法和管理制度等。

彼时，历时两年多的抗美援朝战争落下帷幕，中朝美三国代表在朝鲜板门店签订了停战协议。中国人民在这场战争中赢得了胜利，赢得了尊严，赢得了尊重。

班师回国的列车上，彭德怀给毛泽东陈书一封。

主席：抗美援朝战争结束了，我们取得了伟大的胜利，但也吃了大亏，胜在志愿军将士英勇顽强与牺牲精神，亏在武器不如人，稍逊一筹，我们付出的代价太大了啊……

彭德怀的这封信送到毛泽东手中时，毛泽东在中南海的菊香书屋刚看过一部外交部从欧洲得到的关于抗美援朝战争的纪录片。虽是黑白影像，但一架架美国战机从不同方向飞来，向着志愿军的阵地投下大量炸弹，将志愿军的阵地炸成一片火海，毛泽东看得真真切切。

看着志愿军战士葬身于美军的炸弹和火海中，一国领袖几次差点拍案而起。

读完彭德怀的信后，毛泽东沉默良久。光有小米加步枪是不行的，中国必须有自己的飞机、导弹、原子弹等尖端兵器。

太钢人十分清楚这场战争胜利背后的巨大牺牲，知道造成这种牺牲的直接原因是朝鲜战场上志愿军部队的武器远不及武装精良的对手。因此，太钢也更清楚自己的责任。

钢铁报国，绝不是在嘴上喊喊而已；富国强兵，也绝不是在纸上泛泛空谈。

硅钢片在继续紧张地研发着，早一天研发出来，就能早一天在我国的诸多领域中发挥作用，尤其是国防、军事领域。

硅钢片开始试制后，太钢领导陈瑯环、黄墨滨不断加强学习这方面的知识，频频到现场了解进展，不眠不休地与技术人员、工人们一起研究、确定试验方案，还在各种会议上大力宣传讲解试制硅钢板的重要意义、试制任务的艰巨以及面临的困难，使全体太钢人都认识到，硅钢片试制是一项艰巨、光荣的政治任务，要上下齐心共克困难。如在轧制 0.35 毫米的硅钢片时，轧钢工人穿着铁皮包头的木板鞋，踏着温度高于 600℃滚烫、通红的钢板，拿着小手钳奋力剥离和折叠钢板，虽然热浪让人窒息，但从没有人叫过一声苦，喊过一声累。

然而，在退火试验中，他们遇到一个很大的难题，那就是苏联使用的是电加热罩式退火炉，设备先进，而太钢使用的是老式的煤气加热退火炉。按照苏联的工艺制度退火，他们连续进行试验四五次，出来的产品都不合格，这让试制组的全体同志和参加试验的技术人员心情都很沉重。黄墨滨看到后，安慰大家不要泄气，并带着大家一起研究解决。郝继隆和其他同志以及钢铁研究院的同志也继续昼夜跟班和工人一起作业，不断摸索、试验。

在太钢奋斗的人群中，有一个普通的身影，他叫于成跃，是一个双目失明的人。

1950 年春天，太钢各个车间的职工正在开展生产竞赛，准备以此向新中国成立后的第一个五一劳动节献礼。年轻工人于成跃此刻正在紧急加工一批螺丝，突然，一粒滚烫的铁屑飞入了他的左眼，如针扎一般疼痛。当时，车间领导安排他马上到医院检查治疗，可于成跃舍不得离开机床，选择继续完成剩下的工作。令人没想到的是，螺丝加工完后，他的双眼渐渐模糊起来，原来，那粒滚烫的铁屑，打伤了他的左眼，并影响到了右眼。太钢领导得知情况后，立刻安排专人送他到北京治疗。但最终因伤势过重，于成跃双眼失去了光明。

双目失明，对于一位刚满二十岁，有着美好理想、愿望的年轻人来说，不亚于晴天霹雳。

看到于成跃难过的样子，医生轻声安慰道："你别难过，国家会养你的。"

"难道就这么让国家养我一辈子吗？"于成跃捂着双眼，自言自语。

"可你已经看不见了。"医生又轻声安慰他。

"可我还有双手，还有一颗明亮的心，还能为党和国家工作。"于成跃说。

就这样，从北京转回太原治疗后，内心无比渴望回到岗位的于成跃，经常独自一个人偷偷离开医院，一路摸索着来到他离别许久的厂区、车间，然后悄悄地站在门口，听着那熟悉的、隆隆的机器声和当当当的出钢声。那一刻，他的心里满足极了，也踏实多了。他想，如果能让自己再看一眼曾经工作的机床和昔日的工友，再和大家一起出钢炼钢，那该多好呀。

一次、两次、三次、四次，于成跃“偷偷摸摸”的行为被大家发现了，工友们将他送回医院，并特别嘱咐他：“你因公受伤，就安心休息吧，国家一定会养活你的。”

于成跃不想成为一个靠国家养活的人，因为他知道，国家还有许多事情需要钢铁工人去做。于是，第二天天不亮，于成跃就悄悄穿好衣服，瞒着家人，第五次摸到厂里，向领导提出要求：“我要上班！”

厂领导看着于成跃那年轻的面孔和他那无比渴望的神情，感动之余答应了他的请求，让他做一名通讯员。虽然离开了心爱的生产岗位，但于成跃心里还是很高兴。他暗下决心，一定要干好通讯工作。

通讯工作对正常人来说，较容易上手，可对于双目失明的于成跃，是个挑战，因为他是在黑暗中行走的人。刚开始，他常常是打水烫了脚，点炉子烧了手，走起路来，也常常掉进水坑里。送通知和文件，就更难了，摸来摸去费了半天劲儿才能摸到地方。有一次厂里开会，已经到了规定的时间，人却还没到齐，一了解，原来于成跃还没送完通知，于是会议不得不另改时间。对此，于成跃心中很是自责。

家人知道后，劝他不要去工作了，有国家的照顾，还是在家好好休息。来看望他的工友也说他："瞎小子，你还想什么，有福不会享。"还有人说："你是工伤，坐在家里一样不少你的工资，何必呢？"

于成跃不为这些话所动，他想："难道上班就是为了挣钱吗？不，绝对不是！我要堂堂正正做一个对国家有贡献的人。"从此，他就多用耳朵听，多用嘴巴问。打水听水声，认人听口音，走路记方向，送通知文件时，把党政工团的文件分别装入四个口袋，就这样，他慢慢成了一名合格的通讯员、一个有用的人。

失败是成功之母。在一次次的失败中，大家结合太钢自身的退火特点，勇敢地提出改变苏联专家指导的退火制度，并大胆地采取提高退火温度、改变装箱方式和测量温度等方法。在连续十多次的试验后，终于得出了适合太钢自己设备的退火工艺制度。

俗话说，好事多磨。太钢试制硅钢片的过程，就充分证明了这一点。就在硅钢片试制进入最后一道工序——硅钢片酸洗，没想到又出现了问题，硅钢片表面出现了大量的白沫。这与国外同类的硅钢片比较，是个缺点。这一问题，又成了试制中的难题。经过研究，大家认为采用氢氟酸再洗一次，可以除去白沫。可是，太钢的材料库里并没有氢氟酸，短时间内这种材料又采购不回来，怎么办？商量来商量去，大家想到可以用石灰自行生产氢氟酸，于是纷纷动手。但费了九牛二虎之力后，他们发现这样生产出来的氢氟酸的量实在是太少了，根本无法解决酸洗中的问题。于是他们又开始想其他方法，同时研究硅钢片在退火中白沫形成的原因。通过几次试验，他们发现白沫形成是退火时间长、冷却时间短两方面原因造成的。找准症结后，大家调整退火工艺，终于解决了硅钢片试制中的最后一道难题。

1954 年，太钢成功轧制出电机用的低硅钢热轧硅钢片，并正式投入使用。

这是我国轧制出的第一张硅钢片，因此太钢成为我国第一个生产硅钢片的单位，受到了许多军工战备企业的关注。不久，一家重要的军工战备单位向太钢提出需要一批工业纯铁做真空管覆镍铁片的要求，并向太钢提供了三个苏联纯铁的成分。

工业纯铁是电子工业和国防工业领域十分重要的基础材料。1953 年之前，我们国内没有纯铁。当时国内所用的纯铁原料，都是从苏联、美国、法国等国家进口的。

太钢接到任务后，知道炼这样的纯铁，难度很大。但面对国家国防需要，还是接受了这项任务，并将这项任务交给了电炉炼钢部的王国钧等人。

王国钧和大家按照苏联的标准，开始仿制纯铁。1955 年，经过一再试验，太钢冶炼出了我国第一炉工业纯铁，轧成成品，交给那家军工战备单位。

太钢生产出的纯铁，虽是按照苏联标准仿制的，但在国内，属于首例，它开启了我国生产纯铁的先河。

不久，继硅钢片和纯铁之后，太钢又开始研制变压器用的高硅钢片。

制造变压器用的高硅钢片，要求有较高的磁感应强度和较低的铁芯损失，以及平整度好的板型。太钢为了解决自身设备不足的问题，自力更生解决了一系列重大问题。如制造变压器用的硅钢片化学成分要求含硫低，他们就在冶炼中采取了炉外脱硫措施；为了减少钢中的气体含量，提高钢质的纯净度，他们开发了真空处理钢水的新技术。在轧制过程中，为了在板坯加热中提高脱碳效率，他们改进了板坯加热的结构。在叠板加热中，改变叠板装炉方法，由立装改为平装。

1956 年，太钢成功试制出制造变压器用的高硅钢片，并按照苏联国家标准供给机电行业使用，解决了我国军工和国家电气化、自动化建设的急需。从此，我国有了自主生产的硅钢片，开创了我国硅钢片生产的历史。而且，太钢低硅和高硅钢片的生产，还填补了我国的空白，加快了我国工业发展的速度。

1959 年，太钢根据自己生产硅钢片的数据、经验和用户使用后提供的数据，并参考国际上硅钢片技术标准，创造性地编写出了我国第一部硅钢片国家技术标准，经国家标准局审定，正式颁布执行。

太钢成功试制了我国的第一张硅钢片，又总结编写出第一部硅钢片国家技术标准，得到冶金工业部（1956 年成立）和国务院的表扬与嘉奖，并向全国推广太钢生产硅钢片的经验。有了太钢的经验，其他具备条件的钢厂也相继生产出了硅钢片，扭转了我国硅钢片全部依靠从国外进口的局面。

与此同时，太钢又悄然接受了一项新任务，那就是研发子弹钢。在此之前，子弹钢曾在其他钢厂进行过试制，但质量一直都达不到要求。冶金工业部对这项工作十分关注，请苏联专家和部里的电炉炼钢专家一同来到太钢，帮助太钢制订科研计划，研制子弹钢。

研制开始后，大家先在平炉上冶炼沸腾钢，但内部质量很难达到标准。当时，王国钧刚从电炉炼钢部调至中心实验室，进入试验室接到的第一项研发任务便是研制子弹钢。看到沸腾钢达不到质量标准，王国钧大胆提出采用太钢冶炼纯铁的经验，用铝脱氧来冶炼镇静钢。他的建议，得到采纳。在接下来的试验中，大家先在电炉试炼了一炉，果然有一定的效果。然后，王国钧和苏联专家又制订了在平炉上试验的计划，试制出的镇静钢，内部质量完全达到标准。

追求，永无止境。虽然各项指标已经符合标准，但太钢考虑到子弹钢是军工用钢，必须精益求精，所以在这个基础上又制定了新的技术标准。尽管这样加大了冶炼的难度，但确保了子弹钢的质量。

之后，太钢又研制出了枪弹壳和炮弹壳用的覆铜钢以及全钢的枪体用钢。弹壳钢过去一直用铜制作，而我国铜资源少、产量低，后来改用一部分苏联提供的覆铜钢板，但内部质量很难达到要求，且需要长期从苏联进口，也不现实。为此，中央军委提出枪弹壳和炮弹壳都要“以钢代铜”。太钢研制出的覆铜钢，实现了中央军委提出的“以钢代铜”的目标，保证了我国枪弹壳和炮弹壳的用钢，也为我国节约了一定的铜资源。

玖　花落谁家

太钢在新中国成立后短短的几年时间内，便拥有了电炉炼钢、锻钢以及热轧薄板机等设备，还新建了厂房和生产线，研制出了不锈钢、硅钢、炮弹钢、工业纯铁等钢种。一组资料显示，1950—1952 年，国家在财政相当困难的条件下，仍为太钢基建投资了三千二百一十四万元，实施了十六项新建和配套工程。从中不难看出国家对太钢所寄予的希望之大。

1954 年，就在太钢生产出我国第一张硅钢片之际，另外一套设备，即将运抵太钢。

时值我国第一个五年计划开始，我国的国力还十分薄弱，尤其是机械制造工业基础上的冶金设备制造能力，许多方面都不配套，大型轧钢设备国内更是没有能力制造，所以许多重要设备，仍需考虑从国外购买。

即将运抵太钢的这套设备，就是从国外购买回来的。

1954 年，我国驻苏联大使馆商务参赞李强同志得知中欧某国政府之前向苏联订购过一套 1000 毫米初轧机，由于其国内经济计划调整，钢厂停建而要求退货，谈判出现困难，及时将这一信息向国内报告。我国政府立即决定订购这套初轧机。

1000毫米初轧机从苏联购回后，下一步具体将这套设备安装到哪家钢厂，重工业部有许多构思和设想。

我国当时只有鞍钢有这样的设备，其他钢厂有的都是小型轧机。当重钢、上钢、太钢、石景山钢厂等几家厂子的负责人得知我国政府从苏联购回了一套1000毫米的初轧机时，都特别希望能让这套设备落户到自己的厂子，他们向重工业部各抒己见，陈述自己的优势。在此期间，太钢除了以正式报告向上申请外，还派专人多次去北京，向重工业部申述太钢安装这套轧机的必要性和可能性。首先，山西有矿、有煤、有电、有水，铁路运输也好，且太钢有发展百万吨以上的规模；其次，太钢还有一批作风扎实、技术优良的骨干和有思想、有觉悟的钢铁职工队伍；最后，太钢厂区向北有充分的拓展空间，完全具备安装1000毫米初轧机的条件。

太钢如此重视这套初轧机，是有原因的。熟悉钢铁冶炼的人都知道，在连续铸钢技术没有发明和普遍使用前，旧的冶金教科书上明确写着，初轧机的能力大小直接决定着工厂总体规模的大小。这意味着，如果1000毫米初轧机能安装到太钢，那么太钢将一跃成为年产钢100万吨的大厂。

这将为国家生产出更多的钢铁产品！

为了将这套设备争取回来，太钢一边向重工业部申请，一边安排韩桂五和姚震林以合理化建议的形式向周恩来总理写一封信，请求把这套初轧机安装在太钢。

与此同时，在北京的陆达，也思考着这台 1000 毫米初轧机究竟给了谁家。因为在 20 世纪 50 年代，乃至 60 年代，这是直接确定一座钢厂规模的关键大事。

彼时，鞍山设计总院的汪雨生正在主持太钢的扩建工程设计，指导该设计的是苏联专家组组长别列喀莰，他要求将大冶钢厂订购的原东德制造的 850 毫米初轧机调配给太钢扩建使用，从苏联购回的 1000 毫米初轧机给了大冶钢厂。可陆达考虑到太钢本身已经有一台 650 毫米初轧机，扩建中如果将大冶钢厂的 850 毫米初轧机移到太钢，投产后也只能满足 50 万—60 万吨级的规模，可太钢是要向着百万吨级规模发展的钢厂呀！

百万吨级规模！这是国家对太钢的设想和期望。

于是，陆达向重工业部部长王鹤寿建议，将这套 1000 毫米初轧机安装到太钢，而那套 850 毫米的初轧机仍留给大冶钢厂。王鹤寿听了陆达的设想后，同意了他的建议，但苏联专家组组长别列喀莰的工作，需要陆达去做。

不久，王鹤寿请别列喀莰等苏联专家前往大冶钢厂考察指导。出发之时，王鹤寿特意安排陆达同行，希望陆达在途中能做通别列喀莰的工作。

一行人很快前往湖北。途中，陆达陪同在苏联专家身旁。到大冶钢厂后，他边陪同考察，边谦虚地向别列喀莰陈述了自己的观点，提议将 1000 毫米初轧机安装到太钢。别列喀莰听了后，经过认真考虑，同意了陆达的建议。

大冶钢厂的考察结束后，陆达陪同别列喀莰等专家返回北京。

到重工业部后，别列喀茨亲自向王鹤寿部长提议：大冶钢厂继续使用850毫米初轧机，太钢扩建采用从苏联购买的1000毫米初轧机。

重工业部经过研究，也认为将这套初轧机放在太钢比较合适，而且能够较快地发挥作用。于是，1000毫米初轧机确定落户太钢。

拾　机场让步

1000 毫米初轧机确定落户太钢后的第二年，重工业部向党中央、国务院提交了《太原钢铁厂扩建方案及设计任务书》。9 月，中央人民政府国家计划委员会批复太钢的建设规模为年产钢 100 万—120 万吨，而关于建设规模定位为年产钢 100 万—120 万吨的依据，正是那台 1000 毫米初轧机的额定能力，它一年就可以完成 100 万吨钢锭的开坯任务。随即，国家计划委员会将批复文件下达至重工业部并抄送到水利、铁路、电力等有关工业部门，要求水利部门修建汾河水库的工期与太钢扩建的进度保持一致，因为太钢每秒 2.5 立方米的用水，就需要汾河供水 1.5 立方米，上兰村自来水厂供水 1 立方米；要求铁道部对太原北站的枢纽进行改造，将原有的七府坟车站改为太钢与铁路部门的交接编组作业站，因为太钢扩建后，各种材料的运输量将大大增加；要求电力部门统一安排太钢的用电负荷和地区电网改造……

这意味着，太钢即将扩建成为一座大型特殊钢钢厂，而承担军用钢材生产是特殊钢钢厂义不容辞的政治任务。任务书一批准，重工业部的多位领导都对太钢生产军用钢材提出了许多要求，作出了许多重要指示，并且明确提出，我国制造武器用的钢材，必须自力更生，必须100%地完成军工任务；同时还提出，各特殊钢钢厂应把自己看成国防工厂，要像国防工厂的生产要求那样严格要求自己。

与全国其他重点工程项目一样，太钢扩建工程在国家的统一安排下，有序进行。水利、铁路、电力等问题，在相关部委的支持下，也都开始一一落实解决。

很快，太钢发现了一个大问题，那就是厂区无论往哪个方向扩建，用地都有些紧张。

当时，太钢占地仅有两平方千米。按照太原城的布局，太钢往南扩建是不现实的，因为南面便是太原市区，难不成，太钢的烟囱、高炉要建到城边？答案肯定是百分百不可能。太钢只能往北扩建。可北边，是一个飞机场，归兵工系统管理。如果太钢往北扩建，那么，占地八平方千米的飞机场就得搬迁。

一个是钢厂，一个是飞机场，对国家来说，同等重要。要想让飞机场搬迁，给太钢扩建腾出地方，难度有多大，可想而知。

此时，那套好不容易争取到的1000毫米初轧机正准备从苏联发往我国，发往太钢。

为了保证1000毫米初轧机设备到太钢后能顺利安装，如期投产，太钢多次向国家计委书面请示，请求把飞机场移到其他地方。

太钢的请求很执着！

但兵工系统不同意。而且他们已经开始在飞机场新建机库和指挥塔。

在这种情况下，国家计委组织召开会议，商榷太钢与飞机场的土地问题。那是一场参会人数众多的会议，不仅有双方单位和上级主管派的人，还有六十位苏联专家，以及太钢的领导，韩桂五等人也到会参加。

研讨会上，各行各业的专家各抒己见：兵工系统的专家不赞成飞机场另移他处，因为机场也很重要；其他方面的专家则倾向飞机场另移他处，为钢厂腾地。各方面的意见始终不能统一，有的专家发表意见时，由于情绪激动以至于嗓音比平时都高出许多。

太钢参会的韩桂五、姚震林是懂俄语的。在大家争论时，他们从苏联专家的发言中已经知道专家们倾向机场搬迁，钢厂北扩，但不到最后宣布的时刻，谁也不能确定。他们始终捏着一把汗，心也提到了嗓子眼儿。

那次的会议，从早晨太阳升起，一直开到下午太阳偏西，但依旧难以定论。最后，国家计委的专家组组长在综合了双方的意见后，总结道："建设一个飞机场，在山沟里都可以；可建设一个综合性的钢铁基地，就不那么简单了，水、电、交通、矿山原料、燃料等因素都得认真考虑。通过各位一天的讨论，经过综合平衡、择优选取，我建议原飞机场迁移，让出地方来给太原钢铁厂扩建使用。"

当会议最终决定让机场搬迁时，太钢参会人员和重工业部计划司、基建司、钢铁设计院的专家们都高兴极了。

不久，重工业部从北满钢厂调来基建队伍，准备对太钢扩建的前期工程进行施工。第一批带队来的是徐一行等人。徐一行从军多年，参加过抗美援朝战争，说话做事雷厉风行，保持着军人作风。到太钢后，在韩桂五等人的陪同下，他先了解了太钢既有厂区以及向北扩建的地形，然后看着太钢与飞机场之间相隔的一条东西马路，大手一挥，对韩桂五说："我们要突破太钢和飞机场的这道"三八线"，到飞机场去看看。"

于是，一行人跨过"三八线"，来到飞机场，找到机场的一位负责同志，向他讲明来意。当时，机场的机库和指挥塔扩建工程已经打好基础，那位机场负责同志告诉徐一行和韩桂五等人，飞机场没有接到搬迁的命令。

韩桂五听了，上前向对方耐心解释："机场搬迁国家已经定了，这里的土地由太钢扩建使用，而且，扩建太钢的队伍已经从富拉尔基调来了。"

徐一行也在一旁解释："我们才来，困难很多……"

对方不满地看了一眼徐一行和韩桂五，毫不客气地反驳道："我们的困难更大，到现在都还不知道去哪里安家！"

徐一行和韩桂五等人从那位机场负责同志的口气和眼神中，听到了委屈，看到了不舍，于是开始理解对方。是呀，钢厂和机场，无论让谁搬家，离开原址，另择他处，都会割舍不下。

但在国家利益面前，飞机场还是选择给太钢腾出地方。

那天在飞机场，徐一行和韩桂五等人在那位机场负责同志的默许下，穿过一片芦苇和荒草地，来到机库门前。从门缝中，他们看到了准备用于机场新建工程的水泥和钢筋。

那些水泥和钢筋，本来会在不远的将来，用于这座机场建起崭新的机库和指挥塔，但此时，为了太钢，一切都停了下来。

不久，机场开始搬迁，徐一行带着施工队伍进驻。

机场地势平坦，东北高、西南低，仅有3%的自然坡度，正好满足太钢工程用地需要，所以施工起来省了许多事。机场搬走后，太钢就抓紧时间，因地就势，从南向北依次布置炼铁、炼钢、轧钢等各车间，并展开大规模施工，争取让设备早日投产，生产出更多更优质的产品。

因为太钢明白，唯有这样，才能对得起国家的决策、领导的期望以及友邻的让步。

根据批准的总体初步设计，1957年，大批施工队伍从东北调至山西，参加太钢的建设。基建工程从新建初轧厂和耐火厂改造，扩建第二轧钢厂的矽钢片生产线，第一轧钢厂的热处理精整设备等项目开始。

一时间，太钢人声鼎沸、机声隆隆，大规模施工的序幕拉开了。

此时，从苏联发来的几百箱重达数千吨的1000毫米初轧机，也通过火车陆续运到太钢。这些设备每一箱都特别重，尤其是两扇门柜式轧机主牌坊，每扇足有60吨，可当时太钢只有一台30吨的履带吊车，所以，卸车时特别困难，只能靠人工来卸车、搬运。具体办法是工人们先用直径不一的无缝钢管铺垫在底座下，然后用履带式拖拉机和撬棍配合，从车上将设备一箱箱卸下来，接着像蚂蚁搬家一样，将这些设备拉到露天仓库里。而所谓的露天仓库，实际上就是机场那边的一片空地。

设备运到露天仓库后，技术检验组的人员马上开始忙碌起来。

他们在烈日下，打开箱子，一箱箱、一件件地检验，并对照图纸填写检验报告单。

由于初轧机设备箱多量大，苏联在发货时，将一部分设备错发到了我国北方的某坦克制造厂和太原河西的第一热电厂。太钢负责人在验货中发现这一问题，立刻派设备检验组的检验员赶往上述两个厂子的建设工地，找到了错发的设备，并转运回太钢。

与此同时，按照国家计划，太钢又着手新建1053立方米高炉、65孔焦炉和2.4万千瓦电站。当时，国家计划的156项基建任务中，钢铁系统以鞍钢的“三大工程”为最大，太钢的“高焦电”工程在关内属最大，都是国家的重点项目。因此，太钢人亲切地称“高焦电”为太钢的“三大工程”。不久，这“三大工程”主体项目及相应辅助设备均建成投产。至此，1000毫米初轧机和“高焦电”工程，共同把太钢从年产几十万吨的生产规模推向了100万吨的生产规模。

拾壹　风云突变的日子

当太钢要在飞机场让出的那片土地上建厂房、装设备，准备大干一番的时候，国际环境波谲云诡，自 1956 年，一些国家开始对我国实行禁运。那时，我国还没有大庆油田，一时间，全国到处都出现了柴油供不应求，所需柴油全部都要依靠从国外进口，太钢也面临着无油可用的严峻局面。

当时，太钢每月需要柴油三十多吨，而国家一年只能分给太钢六十吨。这真是巧妇难为无米之炊，眼看着炼钢生产就要停下来。

可是，作为全国首屈一指的特殊钢生产基地，太钢清楚地意识到，如果自己真的停产了，那么，对国家的建设、军工产品的生产都将会带来很大的影响，尤其是对政治，也将带来更大的影响。

怎么解决这个燃眉之急呢？

太钢上下，从领导到工人，都在努力想办法。

太钢供应部门有个老材料员，叫张植杰。他勤恳了大半辈子，对炼钢炼铁感情十分深厚，为此愁得吃不下饭，睡不着觉。

能否找到一种可以代替柴油的燃料？

有人知道了他的想法，说：“老张，你就别异想天开了，再说了，你又没喝过几年墨水，能知道柴油的化学成分吗？”

可张植杰心想，国家正在大搞建设，急需钢材，难道就这么眼睁睁地看着炼钢，尤其是电炉烤钢包因为没有柴油而停产？那可是特殊钢的生产线呀，多少重点建设和军工用钢都等着呢。不能，绝对不能让机器停产！

于是，他联合了几名技术人员，说出了自己的想法。大家一听，先是一惊，接着是纷纷响应，于是着手调查研究，一边琢磨，一边试验。其他技术人员听说后，也主动加入。当他们得知电炉烤钢包的油必须流量好、水分少、发热量大时，有的去拜访老同志，有的到图书馆查资料。终于，一群没上过大学，甚至没读过中学的人，从液体燃料资料中得知柴油是碳氢化合物。

碳氢化合物。这一发现让他们感到既神奇又惊喜。

根据这一专业名词，大家开始对库房内现有的材料进行分析、判别、对比，很快发现炼焦部的溶剂油副产品的主要成分是碳氢化合物。

这真是一个意外的收获！

于是，为了弄清楚溶剂油副产品的价格与进口柴油价格孰高孰低，他们又去请教专业人士，没日没夜地进行测算，并按一定比例，用炼焦中的溶剂油代替柴油，进行烘烤电炉钢包的技术试验。

功夫不负有心人。在大家的努力下，虽然经过了数次失败，但他们鼓足信心，找准症结，最终解决了因供风不足、炭燃烧不充分而出现的问题，试验取得了成功。这不仅解了炼钢生产中的燃眉之急，还因溶剂油价格低廉，降低了电炉炼钢成本，避免出现因缺少柴油而造成的炼钢停产的危险局面，保证了国家建设和军工生产的钢铁供应。

柴油的危机解决了，可就在他们还没来得及松一口气的时候，另一个让他们措手不及的问题又迎面而来。当时，由于国际形势变化，中苏两国关系开始紧张，苏联政府中断了一切援助项目，并撤回在中国工作的全部专家。而此时，国家为太钢从苏联订购的炉卷轧机和冷轧设备还没到位，这两项都是 1956 年中苏两国政府签订的经济合作协议中的项目，但风云突变，炉卷轧机一直被对方拖延，迟迟不能交货，至于冷轧设备，对方则干脆停止供货。

这一问题还没解决，国内又遭遇三年困难时期，太钢的建设与全国其他钢厂一样，不得不停了下来。

建设虽然停了下来，但产钢的任务不能停，因为国家许多地方都等着用钢。为此，太原市委书记亲自到太钢督战，时任太钢党委书记李晓林等人心里也有一股劲儿。他们下定决心：不管有多难，也要炼出钢，保证国家用钢需要。

李晓林，1937 年参加革命工作，同年加入中国共产党，战争年代曾先后担任汾西县游击大队大队长、洪赵游击支队副支队长、汾西县委书记等职务；1950 年奉命到太钢工作过一段时间；1951 年被调到太原市委宣传部工作；1955 年再次回到太钢，任太钢党委书记。此时，面对严峻的形势和太钢的各种困难，这位历经战火考验的领导，与太钢党委其他几位领导商量后，有方向、有重点地成立了几个工作组，并要求工作组成员和炼钢工人同吃同住同劳动，正副组长每周只准回家一次，要不怕掉肉（指体重减轻）、不怕老婆闹离婚。

当时，太钢干部每月的粮食定量是十二公斤，平均每天八两。副食只有一小碟茴子白或萝卜菜，而且每人每餐只能买一份。那些日子，当工作组的成员在炉前炼完钢，出完当天最后一炉钢，路过食堂时，常常是饥肠辘辘，有时他们很想走进食堂，买一碗稀饭充饥，可是手中的粮票已无富余，于是只好作罢，饿着肚子回家。

即便是在如此困难的条件下，大家还是勒紧裤腰带，不但炼出了合格的钢，还成功试制出了耐热不锈钢、冷镦钢等。并在接下来的日子里，以一己之力，保证着全国各兵工厂三分之二的子弹用钢。不少同志还在炼钢炉前申请加入中国共产党。

“青海长云暗雪山，孤城遥望玉门关。黄沙百战穿金甲，不破楼兰终不还。”目睹着身边同志日渐消瘦，生产热情却不减，李晓林这位经历过战争的领导，内心感慨万千。一天，他伏案奋笔疾书，写下了王昌龄的《从军行》之一。

那是彼时太钢人的集体心声。

1964 年，我国经济情况刚刚有所好转，时不我待的太钢便立刻恢复炉卷轧机等建设项目。一直对太钢鼎力支持的冶金工业部这时也从其他国家为太钢引进了 50 吨转炉和 50 吨电炉，开始实施转炉和电炉“双炼”技术，炼出了合金钢。同时还为七轧厂建成了 1400 毫米八辊冷轧机和 1150 毫米二十辊冷轧机以及不锈钢板处理线。

拾贰　高层关注

太钢在不断努力下，为我国炼出了不锈钢，研制出了炮钢，接着又成功试制出了低、高硅钢片，还研制出了覆铜钢、枪弹钢和炮弹钢，生产出了多种新型材料，为我国的国防需要和高新科技的发展作出了贡献。太钢的努力，受到了中央高层领导的关注。

1956 年，党提出向科学进军，导弹、原子弹被列入我国“十二年科技规划”。那年春天，太钢正组织人员进行氧气炼钢新技术的试验，5 月 6 日下午 4 时，两辆轿车一前一后缓缓驶入太钢，并在电炉炼钢车间（时为第一炼钢厂）门前停下。正带着大家炼钢的王国钧和厂党委书记王泽民，以及副厂长兼主任工程师刘丕绩看到后，快步出门迎接。其中一辆车的车门打开后，大家看到了一个令他们熟悉而亲切的身影——敬爱的周恩来总理从车上走了下来，于是众人快步上前，紧紧握住周总理的手，向周总理问好。

5 月的太原，气候温和，草木葳蕤，周总理穿着一身深蓝色的中山装，神采奕奕地走下汽车。在大家的陪同下，周总理健步来到炼钢炉前，关心地询问生产情况和今后的发展规划。王国钧向总理汇报生产情况，这是王国钧第二次见到周总理，上一次，是在抗美援朝的前夕，时隔六年，他再次见到周总理。王国钧这位知识分子站在总理身旁，既激动又局促，但汇报开始后，平易近人的周总理让王国钧渐渐进入了状态，他条理清楚地向总理汇报了太钢生产特殊钢以来的情况。其间，陪同周总理考察的时任山西省委书记陶鲁笳也把王国钧的个人经历向总理作了简要汇报。

视察中，当周总理看到宽阔的电炉炼钢厂房里只有四座不大的电炉时，不由得问王国钧他们："能不能改成大炉子，提高技术水平，增加电炉炼钢的产量？"王国钧回答："可以学习苏联的经验，改人工装料为炉顶装料，经过扩容，就可以增加电炉炼钢的产量，大大提高劳动生产率。"

周总理接着询问扩容资金、时间以及经济效益等情况，要求太钢及早考虑，列入计划。

随后，周总理走出电弧轰鸣的炼钢车间，在马路边停了下来，听取太钢的汇报，并关切地询问王国钧有什么困难。那时王国钧根本没想过自己的困难，包括一家人住二十平方米的宿舍以及工资微薄远不如北京同事的现状，而是一门心思地想推动特殊钢持续发展的事情，尤其是正在进行的氧气炼钢新技术试验。在听到周总理的询问后，一贯腼腆、斯文的王国钧，鼓足勇气向周总理汇报道："就是氧气贵了点。"周总理听了，笑着安排陶鲁笳尽快帮助太钢解决氧气的问题，并鼓励王国钧继续努力，说国家十分需要像他这样的人才。同时，周总理还嘱咐陪同视察的太钢领导李晓林和陈琊环，以及从炼钢工人岗位走上工会主席岗位的王贵英等人，"一定要团结一切可以团结的力量，调动一切可以调动的因素""外国的好东西一定要学，不好的东西坚决不学，不要盲目，要根据自己的实际情况学”，最后又叮嘱他们：“应该有走自己路的志气！”

“应该有走自己路的志气！”一国总理，对钢铁发展寄予的殷切希望，不言而喻。

那次，周总理来太钢，没有带一名记者，因而没在太钢留下一张照片。他对新中国钢铁事业的发展所寄予的厚望，在后来的岁月里，却像烙印一样，一直深深地留在太钢人的心中，时时触动着太钢职工的心。

在周总理的关怀和支持下，山西省委积极协调，很快，为太钢提供氧气的山西化学厂调整了氧气的价格，并改为管道输送，使氧气炼钢技术在太钢迅速推广，缩短了电炉冶炼时间，提高了钢的质量。

随后不久，全国掀起一场轰轰烈烈的技术革新运动。太钢在这次技术革新运动中，发动工人、干部、技术人员“三结合”，共同攻关，通过对电炉大修改造，把 3 吨和 8 吨的四台电炉，全部改为出钢 18 吨的苏联式炉顶装料，使电炉炼钢生产量比之前增加了一倍。

也是这一年，朱德同志来到了太钢视察。视察期间，王国钧陪在朱德身旁，给他一一讲解特殊钢的生产经过，朱德同志听得很认真、很仔细，不时点头、询问。

1958 年，以生产不锈钢、硅钢和矽钢等特殊钢的电炉炼钢车间，由第一炼钢厂更名为第三炼钢厂。更名的一个重要原因，是由于军工钢在这里冶炼，出于保密，除了中央领导、省市领导、冶金工业部领导和国内同行，太钢不希望再有外人进入这里。所以，慎重考虑之后，太钢将电炉炼钢车间由第一变成第三。这样一来，如若有外人来参观，一律都安排到第一炼钢厂和第二炼钢厂接待，而排在后面的第三炼钢厂则可以名正言顺地避开来访者。这让生产特殊钢的电炉炼钢车间，愈发显得神秘起来。

1959 年 9 月 27 日下午 4 时，第三炼钢厂的车间内，正在炼钢的人们再次看到一个熟悉的身影——朱德同志又来到他们中间。

时年，朱德同志已七十三岁。这位伟大的无产阶级革命家、政治家、军事家，中华人民共和国的开国元勋，在随从人员的搀扶下，刚一下汽车，便径直朝第三炼钢厂车间而去。负责给他讲解的，仍旧是王国钧。王国钧扶着朱德，手指钢样，一一向朱德讲解各种钢的用途。对于国防、军工用钢，朱德听得很专注，因为这位戎马一生的老人知道，国际形势云谲波诡，国家需要这样的钢来保卫国家、保护人民。他一边视察，一边向身边陪同的其他太钢同志询问道："你们能炼出什么钢？"车间主任工程师刘丕绩上前回答道："太钢的平炉能炼子弹钢和炮弹钢，电炉能炼制造大炮用的镍铬钼合金结构钢，钢炮由太钢铸成的八角形大钢锭，送到太原重型机器厂水压机锻造成毛坯，再由山西机床厂造成大炮，三厂联合制造目前已经成功。"

朱德听了，再次满意地点了点头，并意味深长地对眼前的太钢领导和工人们嘱咐道："一定要坚持军工第一、质量第一的方针，如果钢材质量不好，造出的武器就保证不了国防建设的要求。质量问题不只是钱的问题，而是血的问题。"

看着朱德那慈祥而期许的目光，在场的每一名太钢人都感受到了肩上的重任。

朱德同志走后，太钢认真贯彻“军工第一，质量第一”的方针，加大生产工序技术监督，确保生产质量。1960 年，电炉炼出的钢锭合格率达到 99.37%，是创建厂以来最好的成绩，在全国特殊钢厂电炉竞赛中名列前茅，受到冶金工业部的表彰。

就在周恩来和朱德来太钢视察期间，还有不少中央领导也曾先后来太钢视察特殊钢的生产情况。1958 年 10 月 20 日，聂荣臻、罗荣桓、贺龙三位元帅和罗瑞卿大将军，来太钢视察；1959 年 5 月 23 日，陈毅元帅来太钢视察。据说陈毅元帅来的那天，天气晴朗，碧空如洗，陈毅穿着一件黄色夹克上衣，淡绿色裤子，戴着墨镜，精神抖擞、健步如飞，一下车便穿过夹道欢迎的人群，径直奔向第三炼钢厂车间的炼钢炉前，关切地问大家：“啥时候出钢？”负责汇报的刘丕绩回答：“三号炉马上就要出钢了。”陈毅听后，接过刘丕绩递来的护目镜，一边和身边的炼钢工人交谈，一边观看了电炉出钢的整个过程，很是满意。

中央领导的关注，化作无声的激励；太钢人在这种激励中，一路勇往直前。

拾叁　三槽出钢

除了周恩来等党和国家领导人来太钢视察外，其他中央领导人也时时关注着太钢的生产和发展。

1958 年 2 月 26 日，正值太钢干部职工日夜奋战炼钢之际，太钢党委书记李晓林接到太原市委书记李琦打来的电话，通知他近日有领导要来太钢视察。至于是哪位领导，李琦没有明确告诉李晓林，但李晓林知道，一定是时刻关注太钢生产的中央领导。

2 月 27 日，在山西省委书记陶鲁笳的陪同下，时任国家副主席的刘少奇同志来到太钢。

当天上午的视察中，刘少奇参观了太钢的平炉炼钢，电炉炼钢、轧钢以及职工宿舍。此次考察，刘少奇感受到了太钢职工冲天的干劲，心里很是高兴。

当晚，李晓林带着王国钧等人来到刘少奇下榻的迎泽宾馆，继续汇报工作。当李晓林汇报到为了提高平炉炼钢的产量，1957 年太钢工程技术人员把平炉单槽出钢改成双槽出钢时，刘少奇问："你们为什么改成双槽出钢呢？就是因为世界上只有双槽出钢，为什么不可以改成三槽、四槽呢？我们应该想前人没有想过的事，做前人没有做过的事！”

深夜一两点钟，李晓林他们汇报结束，然后，大家顾不上一天的劳累，披星戴月，返回太钢。

参加汇报的每一个人，一夜无眠。

第二天，太钢召开干部会议，传达刘少奇同志的指示，并组织技术干部研究平炉多槽出钢的可行性和具体方案。

那一天，人们从会议室走出来的时候，都记住了一句话：“我们应该想前人没有想过的事，做前人没有做过的事。”

可是，将双槽出钢改为三槽出钢，绝不是人们想象中增加一个出钢槽那么简单的事情，而是要有严谨的论断、科学的依据，才能实施的。不然，上千度高温的钢水喷涌而出，顷刻间就会造成槽毁人亡的重大事故。

平炉总工长是一个叫樊志国的中年人。他刚从上海、重庆、武汉等地的钢厂学习回来，正一心想把自己所学的先进经验和知识用到平炉炼钢上。当听到厂领导提出要试验三槽出钢时，他心头一动，心想，按照平炉的体积和自己所学的先进操作方法，增加产量还是有一定把握的，但三槽出钢是破天荒第一例，无经验可借鉴呀，况且，天车吊钢的设备能力也不足，怎能出钢？就在这时，他听说年轻的工程师梁祖藩也在琢磨三槽出钢的事，于是找到梁祖藩，说了自己的想法和担忧。

随即，两个年龄不同却志同道合的人，开始商量起三槽出钢的办法。他们围着三号平炉，细细分析、研究，得出结论：如果按照平时的装入量，这台平炉还有一定的余地，再多装五六十吨也不成问题，至于出钢呢，除了北边和中间有两个槽外，靠南边一侧有一块空地，完全可以再安装一个槽。

办法商量好了之后，他俩来到炼钢部。这时，炼钢部党委也恰巧刚研究出参与三槽出钢的人员名单，计划把三槽出钢的任务交给樊志国。樊志国前脚刚一迈进炼钢部的大门，主任就热情地喊住了他，并正式通知由他担任三槽出钢试验总指挥。

三槽出钢试验的消息传出后，有一部分工人不由得担心起来。大家小声议论："三槽出钢书本上都没有，咱能成功吗？"

"全世界都没有干成的事，咱能办到吗？"

议论归议论，行动上，大家却保持高度一致，一起为三槽出钢试验做起了准备。首先，他们认真讨论了三槽均匀出钢的办法，研究了天车吊钢的运转情况；其次，提出了防止分钢舵破裂的措施等；最后，制订出了一套相对科学合理、完整的操作规程。

经过几天的设计和安装，3 月 12 日，前期准备一切就绪，三槽出钢准备初试。

这天傍晚 7 时许，随着"当当当"的出钢钟声响起，樊志国的第一助手张杰立即拿起细长的氧气管，向紧堵着的出钢口冲去。在众人紧张地注视中，只见张杰手执氧气管，对准出钢口，随着"轰"的一声，瞬时，红彤彤的钢水像飞舞的火龙一样汹涌喷出，直冲分钢舵而来。

参加试验的每一个人，都屏住了呼吸。大家的视线随着火龙向前移动，此刻，大家多么希望钢水能涌入既定的槽内。可是，喷涌而出的钢水犹如一匹脱了缰绳的野马，横冲直撞，很快便把分钢舵冲裂了。现场情况顿时变得十分危急，一场更大的险情即将发生。个别胆小的同志也被这突如其来的场面惊呆在原地，双手捂嘴，发出“呀——”的惊叫声，其他人的心也一下子提到了嗓子眼儿。

“快，用木耙子顶住！”就在大家张大嘴巴、瞪大眼睛，看着钢水将分钢舵冲裂，灾难即将发生时，忽然传来樊志国果断的指挥声。临危不乱的张杰听到樊志国那洪亮的声音后，急忙放下氧气管，拿起两个事先准备好的木耙子，冲向分钢舵，用木耙子将分钢舵死死顶住。

横冲直撞的钢水渐渐得到控制，一场危机正在消除。

就在大家还没松一口气时，现场又紧接着发生了钢水外溢的险情，溢出来的钢水一下子便把钢水包的两只耳朵焊住了。

参加试验的每一个人，本来就悬着的心又再次提到了嗓子眼儿，因为他们知道，如果钢水包的两只耳朵被焊住，天车就不能把钢水包吊上去，时间一长，钢水就会凝固成钢块，不能铸成钢锭，炼钢就会受到影响。

紧要关头，在现场指挥的樊志国“腾”地拿起氧气管子，纵身向正在喷着烈火的钢水包冲过去，参与试验的李春元、贺福寿等老工人也都紧随其后，跟着他冲了过去。

士为知己者死！这知己，可以是友人，可以是事业，可以是国家。

尽管全力以赴，但第一次三槽出钢试验，还是以失败告终。那一天，许多人含着眼泪，长叹之余，久久不愿离开现场。

暮色四合，远处，覆盖在一片芦苇荡上的白色积雪，正在悄悄融化。夜渐渐深了，一轮明月清冷地挂在半空，把银辉洒向大地。太钢一间普通的办公室，橘色的灯光从窗前透了出来，映照着一个个不眠者的身影。那天晚上，参加三槽出钢试验的人员在厂党委的召集下，研究问题发生的原因，总结教训。经过认真讨论，大家分析出分钢舵破裂的主要原因是耐火砖没有放置牢靠，而钢水外溢则是由于槽身太浅。还有，应该提前在钢包外面的两只耳朵处放上水泥和耐火砖，这样钢水就不会发生外溢。

找准原因后，樊志国和炼钢车间的同志们准备第二天再次进行试验。

第二天清晨，初春的阳光暖暖地笼罩着大地，参加三槽炼钢试验的人员，早早就来到车间，做好试验前的各种准备。

由于前一天的试验失败，这次试验，备受大家关注。还不到八点钟，炼钢厂房内外就已挤满了人，许多其他车间的工人也都来到三槽出钢现场，大家都在为这项世界上还没有的创举能否试验成功而捏了一把汗。空气，也显得格外紧张。

此时，参加试验的工人正按照事先安排，像打车轮战一样，有秩序地循环加料。司炉王海清和工长樊志国、工程师梁祖藩则戴着护目镜，专心致志地观察着冶炼情况，指挥冶炼更多的钢水，随时准备出钢。

“当当当！”出钢的钟声响了，扩大器上传来“三号平炉要试验三槽出钢了！”的声音。

现场所有人的目光，都投向了出钢口。人们再一次屏住呼吸，睁大眼睛。

钟声刚响过，年轻的助手张杰又一次拿起那根细长的氧气管，跃起矫健的身姿，直奔出钢口，“轰”的一声将出钢口打开。

随着出钢口被打开，钢水奔涌，钢花绽放，映红了现场每一张或紧张，或惊喜，或忐忑，或期待的面孔。由于准备充分，这些钢水像被驯服的猛兽一样，不拥、不挤、不溢、不堵，有序地通过出钢槽流向三个钢水包。

三槽出钢试验成功了！消息传出，太钢一片沸腾！这不仅仅是因为从此可以增加钢产量，更因其史无前例的创举，打破了世界纪录！

这也是太钢工人在中国冶金史上创造的奇迹，标志着一场技术革命的序幕就此拉开了。

三槽出钢试验成功后，很快便轰动全国，《人民日报》第一时间在头版头条发表了《首创三槽出钢》的短讯，中央各大报纸和山西省、太原市的报纸紧跟着也相继发表消息、评论。就连很少刊登中国科技成果的《真理报》，也在头版头条位置刊登了中国创造三槽出钢的消息。

时值我国第二个五年计划期间，国家对重工业发展更为重视。尤其是钢铁产业，被国家视为工业发展的重中之重，因为过去中国大地和人民所遭遇的苦难让新中国第一代领导人清醒地意识到，钢铁产业绝不能落后，一旦落后就要挨打。

是呀，仔细回顾历史，或正史，或演绎，那些在古战场上留下名字的英雄豪杰，哪一个手里不都有一样与钢铁有关的武器，如关公的青龙偃月刀、比如成吉思汗的马刀……

钢铁，早在几千年前，就被古人发现和使用。

16世纪，西方人掌握了先进的冶炼工艺，制造出了火枪、火炮、军舰等武器。19世纪至20世纪前半叶，大小战争中国家的较量更可以说是“钢铁与钢铁的较量”，飞机、大炮、坦克、子弹、炮弹，哪一样不是用钢铁制造出来的呢？

那个时候，许多武器西方国家有，我们国家却没有。究其原因，缺少制造武器的先进技术是一个因素，缺少制造武器的钢铁，也是其中一个重要因素。

毛泽东曾说过：“一个钢铁、一个粮食，有了这两个东西，就什么也好办了。”

钢铁的重要性，不言而喻。但1949年，新中国成立，我国的钢产量只有15.8万吨，这一点儿钢连四万万国人每家打一把菜刀都不够。尤其是一些重要部门、重要地方的用钢，更是显得捉襟见肘。

据说，新中国成立的第二年，全国人民开始恢复战后设施，疗治战争创伤。对于少之又少的钢铁，国家从上至下，能省的则省，能不用的则不用。但是，面对可能再次爆发的战争，以及由此带来的军工生产需要，中央政府万般无奈之下特准通过上海市某位资本家，悄悄从日本进口9万吨钢材。

众所周知，当时抗日战争才结束没几年，日本给我国人民造成的伤害，还深深地烙在国人的心头，我们又怎会买对方的东西。

可是，彼时新中国立国未稳，且战争大有一触即发之势，难道，让万千百姓再次遭受生灵涂炭的灾难吗？

不得已，只能忍辱负重。

钢啊钢！一个民族、一个国家崛起的资本之一。

1953年，我国实施第一个“五年计划”，除了抓恢复老基地外，新上了一百五十六个重点项目，并在全国各地新建了四千多家中小型企业。这些企业建成后，将成为我国重工业的基础。有了这些重工业基础，我国才能在世界立足。

这是无数中华儿女的愿望！

可是，建设这些企业、工厂、基地，无一不需要大量的钢铁原料。

又是钢铁！

就像一个饥饿的人，对食物的渴盼。四千多家企业，都在盼望着那从熊熊炉火中冶炼出来的钢铁。

新中国的钢铁工人，也清楚自己眼前一炉炉钢水、手中一块块钢锭的重要性，所以他们要想办法多炼钢，炼好钢。太钢，当时就是所有钢厂的一个生动缩影。

1957年，是我国“一五”计划的最后一年。经统计，在新中国钢铁工人几年的苦战下，我国的钢产量快速增加到了535万吨，是1949年的33.86倍。

八年，增长33.86倍，这无疑是值得庆贺的！

但放眼看看世界，同样是这一年，英国的钢产量为2200万吨，美国为1.02亿吨。

相比之下，我国的钢产量还是不及英美，被远远甩在后面。

于是，1958年2月3日，中央在制订当年钢产量计划时，指标刚开始确定为624.8万吨，但很快便作出调整、修改。先是5月26日改为800万吨，之后6月18日又改为1000万吨，接着再于次日改为1070万吨。

制定1070万吨这个炼钢目标，为的是能够尽快赶超英美，为的是不落后、不挨打。

8月30日下午，主要钢厂产区的书记和鞍钢、武钢等几个大厂的党委书记，来到中南海毛泽东书房，一个个向毛主席当面作了保证。

其中，太钢的党委书记也在其中，也向毛主席作了保证。

为了完成炼钢任务，太钢在山西省委的支持下，动用了一切可以动用的力量，包括太钢干部职工，以及附近部队的解放军、工厂的工人、学校的学生等，采取各种办法，大炼钢铁。尤其是三槽出钢成功后，此时的太钢更成为大炼钢铁的主战场。彼时，太钢人心中只有一个念头，那就是多炼钢、炼好钢，让我们的国家早日富强。

1959年7月10日，时任中国科学院院长郭沫若同志，在科学院党委书记、山西省原省长裴丽生同志及山西省领导的陪同下，风尘仆仆来到太钢，参观了三槽出钢。

三槽出钢，对郭沫若一行人的触动很大。看完三槽出钢后，大家来到厂里的接待室休息。这时，太钢第一钢厂党委负责宣传工作的陈世炎拿出早已准备好的笔墨纸砚，请郭沫若题诗。郭老听后，稍作沉思，然后放下茶杯，从沙发上站起来，几步走到放着笔墨纸砚的桌前，拿起毛笔，饱蘸墨汁，满含激情地写道：汾河桥上车如涛，工地人人意气高；满载资源掀地轴，排云烟突耸天郊……观罢巨型机械后，出钢今又见三槽。

郭沫若的这首诗，以生动的画面和亲身感受，歌颂了人民群众，尤其是眼前这群太钢职工，为改变祖国一穷二白的面貌所迸发出的冲天干劲和取得的成就。尽管后来的历史证明，三槽出钢不一定符合事物发展的科学规律，但当时太钢人身上那种勇于改变祖国落后面貌、敢于挑战世界冶金难题、一心为国争光的良好愿望和忘我的社会主义劳动热情，是值得我们后人永远铭记的。

拾肆　撬动世界权威

20世纪50年代末60年代初，太钢的三槽出钢不仅创造了世界先例，其他方面也在不断地创新。1960年2月，正值我国三年困难时期，苏联《冶金学家》杂志从捷克的一本冶金杂志上，转载了一篇来自中国的论文。确切地说，这篇论文，来自太钢。

论文的题目是《冶炼强度与焦比关系》，内容写的是如何炼出更优质的铁。

我国自古就有恨铁不成钢之说。由此可见，铁对钢的重要性。关于钢是怎么炼成的，它与铁又有什么关联。专业的表述是：在炼铁炉内把铁矿石炼成生铁，再以生铁为原料，用不同方法炼成钢，如电炉炼钢、转炉炼钢。

百炼，方可成钢，前提条件是必须先有铁。尤其是优质的生铁，想要获得优质的生铁，就需要不断改进冶炼技术。

20世纪50年代，世界上所有国家的冶金界都遵循着一个固定的思维模式，那就是在高炉的冶炼过程中，如果要提高高炉冶炼强度，那么焦比必然会升高，生产成本也会大大提高。因此，业界普遍认为，高炉应保持中等冶炼强度，这样效果才最佳。当时，我国和苏联的冶炼强度为 0.9 吨 / 昼夜 · 立方米左右，欧洲和美国、日本等国的冶炼强度为 0.6—0.7 吨 / 昼夜 · 立方米。

这个数据，成了业界公认的最合理、最理想的数据。

从没想过某一天，有人要打破这个固有的认知，挑战世界冶炼权威。而且，这个人还是中国人。

当时，太钢有一位名叫马光国的高炉炉长，他也是从战争年代走过来的同志。1944 年，马光国到延安大学学习，第二年转入延安自然科学院；1946 年加入中国共产党，同年到晋冀鲁豫边区邢台北方大学工业院继续学习；1947 年毕业后，他前往晋冀鲁豫军工部第四厂工作。1949 年 4 月 20 日太钢解放时，作为工业接管组成员，他随陆达一起进驻太钢，任炼铁部接管军代表。

由于对炼铁有特殊的感情，马光国一进钢厂，便组织了几名老工人检查炼铁部一号高炉设备。可当他刚踏上高炉平台的扶梯时，突然从卧虎山方向的敌人炮台上，射来了几枚炮弹。瞬间，巨大的烟尘遮蔽了大半个炼铁部，炼铁部的厂房架子、一号高炉炉壳、热风炉、烟囱等都被炮弹击中，一名正在高炉下检查维修的老工人王烈臣当场中弹受伤。

敌人的炮弹随时都可能再次发射过来，但马光国顾不上所处的环境，在陆达带领下，组织工人冒险抢修。于太原解放后的次日，正式将一号高炉点火复产，每日冶炼生铁 80 多吨。

接管工作完成后，太钢各项生产逐渐步入正轨。马光国经过观察和总结，发现当时太钢最突出的问题是炼铁技术比较薄弱，这让经历过抗日战争和解放战争的他，心中十分忧虑，于是他主动向军管会提出，自己愿意放弃军代表的职务，到生产一线，专心从事炼铁技术工作。

马光国的请求，得到了军管会的批准。军管会安排他到炼铁部任技术员。马光国接受技术员一职，组织大家对炼铁部二号高炉进行修复和检查，使二号高炉也很快恢复了生产。

在高炉旁经过两年多的实践后，马光国深感自己理论水平尚有不足，需要在冶炼理论方面再提高，于是他再次向组织汇报了自己的想法。1951 年 7 月，马光国通过考试，得到了去苏联莫斯科钢铁学院深造的机会，之后又回国到北京钢铁学院学习。毕业后，马光国原本可以穿着整齐的服装，坐在北京某个办公室里从事炼铁理论研究，但他考虑自己所学的知识，更适合到生产一线去发挥作用。于是，他再次向组织提出，要求到太钢工作。

在阔别太钢几年之后，马光国又回到了他日思夜想的高炉旁。太钢也以极大的热情，欢迎学有所成的马光国回来，并根据他的意愿，继续派他到炼铁部，担任值班主任和二号高炉炉长。这个安排，马光国十分满意，因为他又可以一心一意扑在自己钟爱的事业上了。

在莫斯科钢铁学院和北京钢铁学院学习期间，马光国曾阅读和钻研过许多冶金学者所著的书和论文。当他再次回到太钢，回到二号高炉旁，便结合自己所学的知识，提出在二号高炉进行提高冶炼强度的同时降低焦比的试验。

当时，世界上所有国家的炼铁界都认为，如果提高高炉冶炼强度，那么焦比必然会升高，生产成本也会大大提高。但马光国通过自己的所学和实践，隐隐感到这是一种错误的观念，而且这种错误观念正严重阻碍着炼铁生产的发展。他认为，只要不断改善高炉的生产条件，提高高炉的操作水平，改善原料条件，提高冶炼强度，焦比不一定升高，反而还可能会有所下降，从而达到高炉增产的目的。

一年前，周总理到太钢视察，曾留下“外国的好东西一定要学，不好的东西坚决不学，不要盲目，要根据自己的实际情况学。”“应该有走自己路的志气。”的叮嘱。此时，这些叮嘱，在马光国耳畔再次响起。

本着学习外国经验，但不盲目照搬照抄的原则，马光国向固有的观念发出挑战。1957 年 10 月，他开始组织工人和技术人员在二号高炉进行提高高炉冶炼强度的试验。试验中，甘成钊、王思朴、谭忠梯、马富等技术人员和生产一线的老工人都全身心地配合马光国，因为他们都想通过这次试验，形成中国钢铁的冶炼方案。而他们这样做的目的，不仅仅是为了令世界冶金界刮目相看，更是希望通过自己的努力，为国家生产出更多的优质生铁，从而炼出更多的特殊钢。

1957 年 12 月，经过多次试验，二号高炉的冶炼强度从 0.9 吨 / 昼夜 · 立方米提高到 1.2 吨 / 昼夜 · 立方米左右，焦比降低 30%，生铁产量也有了显著提高，试验取得成功。随后，他们又在一号高炉进行推广试验。一号高炉的原料条件比二号高炉好，冶炼中加入了部分烧结矿，因此在高炉炉长刘学仁和老工人唐国炉、张正保等人的大力配合下，试验达到了更好的经济技术指标。

事实胜于雄辩。以马光国为代表的太钢人，撬动了世界钢铁行业长期以来遵循的固有模式和固守的观念。

太钢的高炉冶炼强度试验取得成功后，受到了冶金工业部的关注。冶金工业部派人经过实地考察、调研，很快向全国其他钢厂推广了这一冶炼经验。马光国也根据试验方案和实际操作，从理论上总结和论述了这项试验的成功之处，写出了《冶炼强度与焦比关系》一文。

此项试验在全世界炼钢行业属于首创，引起了不小的震动。不久，捷克代表团不远万里，来到中国，到太钢取经。其间，太钢负责人把马光国所撰写的这篇论文推荐给了他们，捷克代表团将这篇论文带回去，并全文发表在捷克的冶金杂志上。1960年2月，苏联《冶金学家》杂志从捷克杂志转载了这篇论文。苏联《生铁冶金学》一书的作者克拉萨夫采夫在转载的按语中写道："中国工程师马光国的研究成果，其实践意义是很大的。他推翻了人们传统、保守的认识，对炼铁技术的发展起到了较大的推动作用。"之后，世界各国冶金专家都开始在本国的钢铁企业提高高炉的冶炼强度。

太钢在高炉炼铁中所取得的瞩目成就，离不开马光国等人的努力。他们，代表了所有在艰苦条件下仍矢志不渝的中国钢铁工人。

萤火之光，也要为国而亮。这是新中国产业工人最真实的写照。

拾伍　祖国在召唤

1962 年，我国刚刚度过三年困难期，国家准备上马战斗机生产项目。战斗机尾部的喷火口，需要使用一种高温合金，而这种材料我国一直都是从国外进口，国内从未生产过此类材料。这一次，国家把高温合金材料的研发交给了太钢。经过半年多的攻关，太钢单家富等技术人员研发出了高温合金的生产工艺。1963 年，由太钢生产的 200 多吨高温合金材料，顺利上线，陆续送往全国各战斗机制造厂。

1964 年，太钢开始朝着建设成为 100 万吨规模特钢企业奋进，国家也给予太钢大力支持。在有关部门的安排下，太钢负责人黄墨滨为此专程去欧洲考察，不仅为太钢引进了顶吹转炉和电炉，还从苏联引进了炉卷轧机，从德国引进了不锈钢生产装备。在此基础上，太钢成功研制出了 2300 毫米冷轧机关键轧钢设备，开始为我国的航天工业提供超强冷轧板。

此刻，以发展特殊钢为主的太钢，就像一块巨大的磁铁，吸引着全国四面八方的青年才俊。

志合者，不以山海为远！一批又一批浑身充满热情的年轻人背着行李，朝着太钢而来。其中，有一名年轻人叫施济才。

施济才，1934 年出生于上海崇明岛。这一年，也是太钢的前身——西北炼钢厂敲定设计蓝图、正式破土动工的一年。命运似乎在冥冥之中，让施济才与太钢结下了不解之缘，后来施济才人生中最宝贵的三十年，都是在太钢度过的。

1956 年，我国在苏联的援助下，一百五十六项重点工程全面陆续开工。面对大规模的经济建设，国家急需培养一大批技术人才。正是在这样的背景下，二十二岁的施济才为了增长知识，报效祖国，考入北京钢铁学院冶金机械专业学习。

三年后，施济才从北京钢铁学院毕业，被分配到江西萍乡钢厂机电车间任技术员。时值我国困难时期，施济才所在的钢厂，生产任务日渐减少，于是，他又被分配到钢厂子弟中学任教，之后担任教导主任。在外人看来，这是一份令人羡慕的工作，但唯有施济才明白自己内心的痛苦。在子弟学校的日子里，施济才越来越感受到自己所从事的工作，与所学的专业相差甚远，于是，年轻的他，时常仰望天空，陷入“报国无门”的惆怅中。

1964 年，国务院批准太钢扩建，确定扩建后规模为年产各种合金结构钢、不锈钢和电工钢 80 万吨左右，年产各种优质钢材 55 万吨，总投资 7.5 亿元，要求 1970 年基本建成。

太钢开始扩建后，专业技术人员不足的问题一下子暴露出来，急需解决。冶金工业部决定将之前使用不当的技术干部抽调到太钢，于是，目光自然投向了那些曾经毕业于冶金专业的学子，并向他们发出召唤。

祖国在召唤!

当在萍乡任教导主任的施济才得知这一消息后，心头一振，他毫不犹豫报名要求到太钢工作。

从山清水秀的江南，主动要求调到黄土蔽日的山西，放着香喷喷的大米饭不吃，坚持要背井离乡到北方去啃窝窝头。施济才的决定，让同事、朋友、家人都极为不解，他们认为施济才是有福不享、自讨苦吃的人。

可只有施济才自己清楚，他是多么渴望能到炼钢炉前一展自己心中的抱负，所以，无论同事、朋友和家人如何挽留，他都不改胸中之志。临行前，他告诉亲人们："人各有志，我要用所学的知识去报效祖国，为发展我国的钢铁事业作贡献，所以，哪里有用武之地，我就要奔向哪里!"

就这样，1964年5月，即将进入而立之年的施济才怀揣着一团火，与有着同一志向的十三名南方青年，离开家乡，坐上火车，奔赴数千里之外的山西，朝着那个正热火朝天搞扩建的太钢而来。

在疾驰而行的列车上，他们畅想着、憧憬着、阔论着。在他们看来，那位于黄土高原的太钢，此刻就是一座巨大的、充满生机的大火炉。他们甘愿，也希望被这座巨大的火炉融化，包括青春、理想。

黄土地也以极大的热情拥抱这些来自江南的年轻人。

与十四年前王国钧来到太原，走出火车站时的情景一样，当施济才他们一行人背着行李，走下火车，走出熙熙攘攘的火车站时，对人才倍加重视的太钢已派人前来接站。这让人生地不熟的施济才他们备感温暖。

到太钢安顿好一切后，根据十四名南方来的青年各自的专长，太钢一一做了安排。施济才被安排在总机械师室工程科，他很喜欢这个岗位。

看着一身朝气的施济才，总机械师董正之语重心长地告诉施济才：“太钢老工人多，青年技术人员少，你们是大学生，要钻研技术，提高管理水平，任重而道远。”

古人云：工欲善其事，必先利其器。施济才知道，对国家、民族而言，是这样；对厂矿、企业来说，也是如此。要想给国家炼出更优质的钢铁，用这些钢铁生产出更多的利器，那就得首先将自己厂子的机器维护好、检修好，这样才能生产出优质钢铁，为制造各种利器提供保障。

施济才到太钢的时候，太钢已经拥有各种设备一万多台，这么多设备需要维护和检修，同时还要进行扩建，新项目也要陆续开工，生产、检修、扩建三箭齐发，任务十分艰巨。而且，就在施济才刚到太钢不久，总机械师室的各级领导干部相继受到了政治环境的影响，常常无法正常工作，所以许多工作只好交由时任总动力师的商钧代管。商钧对施济才等青年才俊很是器重，鼓励他们大胆放手工作。

施济才经过认真思索，认为太钢是一个大系统，每个二级分厂是一个子系统，要想搞好设备检修，就不能头痛医头、脚痛医脚，而是要全方位地来综合考虑。于是，他认真学习了我国著名数学家华罗庚所著的《统筹方法》，将所学的统筹法知识用于他到太钢后接受的第一项检修任务——第一炼钢厂平炉和厂房的大修工作。原定一个月的工期，用了他的方法，十五天就顺利完成了检修，并投产使用，因此受到了太钢领导的重视。接着，太钢领导指定他负责太钢所有的设备系统检修工程总计划，并建立起各种设备的大修、中修、周期修等规章制度。

面对自己挚爱的钢铁事业，施济才忘我地投入工作中。盛夏之日，他走遍了太钢的每一座厂房，查看了每一套设备，与炉前操作工人长久攀谈、热烈讨论。其间，炉火曾映红他的脸，钢花曾擦过他的肩，热浪曾扑过他的面，尘土曾裹过他的身，有人劝他歇一歇，而且不必每台设备都亲自去看。这位与陆达、王国钧等前辈一样有着报国之梦的青年，却选择脚踏实地，对设备进行逐一查看、了解。很多时候，施济才用手轻轻抚摸着眼前的一台台设备，和它们进行着无声的交流。在施济才的眼中，那些铁疙瘩一样的设备是有生命的，能听懂自己的话。他一定要为这些设备制订出一套科学、合理的维修保养方案，让这些设备为国家炼出更多的钢铁，实现钢铁报国的梦想。

三个月后，瘦了一圈的施济才圆满完成任务，将设备的各种维修制度和方案摆到领导的面前。太钢领导看了后，每个人的脸上都露出了惊讶的表情。他们注视着这位刚来太钢不久的年轻人，从这位年轻人的身上，看到了一种希望，一种担当。

在太钢各级领导的信任下，施济才开始放手工作，接下来的日子里，他是忙碌的，同时又是开心的。他为那一台台焕发新生的机器感到高兴，为自己正在一步步实现“哪里有用武之地，我就要奔向哪里”的愿望而高兴。许多个傍晚，劳累了一天的施济才踏着夕阳，穿越厂区，走在下班的路上，听着那机器的轰鸣声，心中如饮甘饴。

但不久，施济才也被下放到太钢的工程公司。工程公司的负责人看他文质彬彬，拿不起瓦刀，拎不动水泥，于是将他分配到瓦工队，让他当了一名油漆工，负责给设备刷油漆。这让施济才的内心很受挫折。许多个深夜，他放下油漆桶，拖着疲惫的身子，坐在心爱的设备旁，遥望浩瀚的星空，沉思自己的人生：难道，我的选择错了吗？

可他的内心清清楚楚地传来一个声音：没有错！

在经历了短暂的迷茫后，施济才很快调整好自己的状态，他决定尽己所能保护好那些设备，和工人师傅们一起参加劳动。一次，他们在对一轧厂的检修池进行酸洗时，施济才意外发现池内的衬板竟然全是铅板。铅板属于贵重金属，是我国当时重要的战略物资，成本高、易损坏。看到这些贵重的铅板被用在检修池做衬板，施济才觉得十分可惜，尽管此时他只是一名油漆工，但施济才不忍心看着国家财产浪费。于是冒着可能被下放到更艰苦地方的风险，向工人师傅们提出了一个大胆的建议：检修池内衬用环氧树脂玻璃钢来代替铅板。

所幸，施济才身边的工人师傅们听了他的建议后，也都有同感，认为用如此贵重的铅板做内衬，是一种浪费。这个从上海来的青年学子，虽身在瓦工队，仍一心惦记着太钢的发展，惦记着国家的财产，他们都由衷地敬佩。施济才的建议，得到工人师傅们的一致同意。

很快，大家便行动起来。他们把那些贵重的铅板妥善地拆下来，接着准备为检修池涂刷环氧树脂。

可是，环氧树脂玻璃钢在制作过程中，会产生出一种剧毒挥发物，严重时将夺走人的生命。为了国家财产不受损失，施济才和工人师傅们不顾个人安危，在缺少防护用品的情况下，下到检修池的池底，一层一层地往池壁上刷环氧树脂。

按照环氧树脂的操作要求，这样的操作一般不得超过两个小时，否则会有生命危险，可施济才和大家为了赶工期，每次都是连续好几个小时在池内作业。尤其是施济才，他总是下池子最早，出池子最晚。刷环氧树脂期间，他还一边指导大家操作，一边忙着完成自己的任务。频繁地走路、小跑、说话，加快了他的呼吸，而这样的呼吸，在平时并不算什么，可此时却是致命的，因为它直接导致施济才吸入了大量环氧树脂的挥发物。

临近环氧树脂刷完的那天，施济才因中毒昏倒在检修池内。身旁的工人师傅们看到后，急忙将浑身软绵绵的他抱出池子，送往医院。

经过一番抢救，施济才仍未清醒。医生告诉那些在外等候消息的工人师傅："环氧树脂挥发物没有药物可治，只能靠施济才自身的呼吸和排尿将毒物排出体外。"

大家听了，都不由得为文弱的施济才捏了一把汗。

两天后，施济才清醒过来，身体也逐渐恢复。当他回到瓦工队，大家爱惜地责备他："小施呀，你终于从鬼门关回来了，为了太钢，你差点儿把命都搭上了，这么做图什么呢？”

施济才用微笑代替回答，他和大家对一轧厂的检修池进行试验，得出一个令他们万分欣喜的结论：用玻璃钢取代铅板，效果达到理想状态，而且还可以延长检修池的使用寿命。这不但给国家节约了大量的资金，还为太钢进一步使用环氧树脂玻璃钢开辟了新途径，尤其对延长各种炼钢、轧钢设备的防腐寿命提供了很重要的依据。这也让施济才下定决心，无论在怎样的岗位上工作，都不能忘记自己为何来太钢，不能忘记“用所学知识报效祖国，为发展我国的钢铁事业直接作贡献”的梦想。

多年后，山西省应用数学研究会筹备会在太原举行，施济才的一篇《关于网络技术在设备大修中应用》的论文被推荐给大会。当时太钢第二炼钢厂的一套设备正在中修，参加会议的施济才读完自己的论文便离开会场，急匆匆返回太钢，返回设备中修现场。出席大会的华罗庚教授误以为施济才论文阐述的观点是把大网络图变成直线条图交给工人去实施，认为这属于“甘特法”，不适用设备大修，所以对施济才的论文持反对意见。

消息传来，正在太钢忙于设备中修的施济才头上如被泼了一盆冷水。华罗庚是自己最崇拜的数学家，自己之前的许多工作都曾受华老所著的《统筹方法》启发，如今，华老却否定了自己的论文，这让施济才很是茫然，很是难过。但他还有更多的工作要做，所以，他只能把心中的茫然和难过，都暂时放下，回到设备中修现场。

山西省应用数学研究会筹备会尚在进行。会后，华罗庚的秘书将施济才的论文观点又向华老阐述了一遍。经秘书提醒，华老得知是自己误会了施济才的论文观点，于是在次日的总结大会上，华老表示自己错怪了太钢的同志，并强调一定要向这位同志道歉。

会议结束后，参加会议的韩桂五向施济才转达了华老的歉意，这让施济才重拾信心，更加热爱科学，并将自己掌握的科学知识，全部用于自己热爱的钢铁事业。

当时，与施济才同一时期来到太钢，把自己所学全部用于钢铁冶炼的，还有许多人。从北京钢铁学院毕业的研究生王一德，就是其中一位。这位1938年出生于浙江杭州知识分子家庭的年轻人，受家庭的影响，从小便立下了追求知识、追求科学、追求光明的志向。研究生毕业后，作为冶金行业屈指可数的人才，他本可以有很多好的选择，回到南方的家乡，可是，王一德却选择了山西，选择了太钢。因为那里，有我国唯一的冷轧硅钢生产线，那是他研究的方向。他要在太钢施展才华，报效国家。

来到太钢后不久，王一德与王国钧、施济才等知识分子一样，被下放到农村改造。在种稻田、挖土豆等劳动改造中，王一德始终没有后悔自己的选择，更没有放弃对知识、对科学的追求，以及对冷轧硅钢的钻研。劳动改造一结束，他就重新回到太钢，先后主持和参与了太钢不锈钢系统改造工程、冷轧硅钢改扩建工程、电工纯铁新材料的研制开发、太钢新不锈钢项目的整体规划和新不锈钢冷轧工程实施方案的制订等重大项目。

由于经常超负荷工作，王一德数次累倒在岗位上。有一年，他的身体出现异常，医院检查后，被误诊为肝癌，且需切掉三分之一的肝脏，并推断他的生命最多可以维持三个月。

就要离开自己心爱的岗位了，王一德的心情从未如此沉重过。手术之前，他来到太钢，万般不舍地俯身在曾经陪伴他研发新产品的一台台设备前，与他们进行无声的交流和最后的告别。接着，他又来到办公室，在大家关切的目光中，打开柜子，告诉与他一起朝夕相处、攻克难关的同事、挚友："我的资料都在这儿，你们拿走继续研究吧。"

两个月后，王一德经历了手术之痛、误诊之痛，肝脏被切掉三分之一，又回到了太钢，扑在了新产品的研发上。此时，他只想和自己热爱的钢铁事业紧紧在一起，永不分离。

在太钢，与施济才、王一德一样，在平凡岗位上，默默用先进的、科学的知识来推进钢铁冶炼和设备养护的同志还有很多。他们犹如一道道涓涓细流，从各个岗位汇聚到一起，形成了一股强大力量，而正是这股强大的力量，推动着太钢生产出了更多国家需要的新产品。

拾陆　东方

20 世纪五六十年代，太钢经历着前所未有的蜕变，各种建设一一铺开，各种设备陆续安装。有时候，职工们惊喜地发现，一夜之间，身边又有了新的工程、新的项目、新的变化。

彼时，太钢已经有了四个轧钢厂，其中一轧厂主要生产中型材和小型材；二轧厂主要生产叠轧薄板；三轧厂尚未形成生产能力，只有一个代号为“650”的车间，生产的也是型材；四轧厂是一个实验车间，专为中心实验室服务，且规模不是很大。在这种情况下，太钢准备建设五轧厂，且对五轧厂寄予了很高的希望，有“万能轧钢厂”之设想，这样既可以生产中板满足国家建设需要，又可以生产卷板，为后面的六轧厂 2300 毫米冷轧机提供原料。

六轧厂主要生产导弹壳体钢，工程代号为“6160”。这个代号，有着一定的时代背景和特殊意义。

20 世纪 60 年代初，随着中苏关系进一步恶化，美国舰队公然进入我国台湾海峡。1964 年，我国成功爆炸第一颗原子弹后，美国曾准备出动空军，对我国核基地进行袭击。与此同时，周边一些国家也对我国持敌对态度。面对国际形势日趋紧张的局面，为了提高警惕、保卫国家，党中央和毛主席提出了“三线建设”的战略决策，并确定了一大批三线工程。

三线建设的战略目标，是在我国纵深地区建立起一个完整的战略后方基地，既包括国防工业方面，也包括工业和农业方面。工程大多分布在四川、贵州和云南等省份，具体到了山西，也有不少，如宁武的高炮厂、晋东南山区的电子工业基地、晋西南的总后生产基地、晋南的坦克基地、吕梁山区的地方军工基地。此外，还有航天工业部所属的国营清华机械厂、晋宇科学仪器厂等其他建设项目，以及太钢的部分重点筹建和扩建项目，另有一些战备铁路，也属于三线工程，如京原铁路、太焦铁路等。

为了保密，这些工程当时均以代号相称，如位于中条山北侧大山里的晋南坦克基地，称为 541 工程；位于太行山深处的太焦铁路，称为 3202 工程；其他工程，也皆如此。太钢的六轧厂是轧制导弹壳体钢的地方，从项目确定之日，便以 6160 为工程代号。

六轧厂要想轧制出导弹壳体钢，就离不开五轧厂的支持。因此，五轧厂的建设很受冶金工业部和山西省的重视，冶金工业部为此还专门指派钢铁司的一名副司长担任太钢五轧厂建设的总指挥，并于 1964 年 7 月 15 日至 8 月 15 日，组织人员在太原召开冶金系统设计论证会，对五轧厂的设计进行了重新论证和审查。自此，五轧厂的建设进入了倒计时。

1965 年 5 月，五轧厂筹备处正式成立，筹备处刚开始定名为“万能轧钢厂生产准备处”，后改为“五轧厂筹备处”，下设轧钢工艺、机械和电气三个小组。根据筹备需要，太钢先是从各厂、各处抽调人员，同时，又把原警备队解散的人员和当年接收的转业军人组织到一起，充实到五轧厂。

由于五轧厂投产后，所生产的产品有一部分服务六轧厂，具有一定的特殊性，所以太钢在为五轧厂挑选工人时，审查极为严格，尤其是政审这一块，超过了其他各厂、各车间的工人政审标准。这让五轧厂在筹备之际，就与当年的电炉炼钢部一样，被蒙上了一层神秘的面纱，充满了神秘的色彩。

1965 年 9 月，五轧厂正式动工。山西省有关领导来到太钢，为五轧厂动工剪彩。开工后，趁着十三冶正在建设厂房，设备还没安装之际，太钢将五轧厂负责生产、技术、设备及电气的大部分业务干部和工人骨干送到鞍钢半连轧厂进行实习，只留下几名行政人员和对口参与现场建设的技术人员。这些留下来的人员，主要任务是做好投产前的一切准备工作。

由于太钢当时还没掌握热轧中板和热轧卷板的工艺技术，所以实际经验少之又少，可以说，留下来的人是在摸着石头过河。

当时，我国粮食实行的定量供应制，太钢职工每月领到的粮食，只有 30% 是细粮，剩下的 70% 都是高粱、玉米之类的粗粮。五轧厂虽然神秘，虽然被寄予很高希望，虽然担负一定的重任，但这里的职工每月粮食比例也和其他车间的职工一样，毫无特殊之处。在五轧厂，有一个叫张长成的技术员，1963 年，他和爱人从四川冶金工业学院轧钢专业毕业，被分配到太钢工作。由于俩人都是南方人，吃不惯北方的粗粮，即便在这样的条件下，他俩还是凭着对炼钢事业的挚爱，克服了生活上的种种困难，啃着窝窝头，埋头在各自的岗位上钻研。而其他留下来的人员，也都和他们一样，埋头完成设备安装、调试以及试生产。

没有经验可以借鉴，张长成等人摸着石头过河。他们在最短的时间内，熟悉运来的各种设备，并弄清了各个机组的设备参数和具体的操作要求，编写和建立起生产、技术、质量管理制度，然后向单位提出投产计划。

那一年的冬天，天气格外的冷，五轧厂的工人和北京设计院的同志在施工现场旁边的一块空地上搭起帐篷，算是办公和避风取暖的地方。帐篷单薄，抵不住呼号的北风，大家就在帐篷里生起一个小火炉，凭借这一点点的温度暖身子、暖窝头。但那个冬天，在那几间帐篷里，还是有许多人的手上长满了冻疮，手指常常伸展不开，但大家并没有因此而影响五轧厂的建设进度。

1966年8月15日，五轧厂建设完毕，准备以热负荷试轧钢板。在试轧之前，虽然五轧厂的工人已进行了操作规程的培训，钢坯也按规程在加热炉中加到预定温度，但由于大家都是第一次操作，所以各岗位人员心情都比较紧张。试轧钢板时，他们反复对设备进行运转，将可能出现的问题一一排除。因此，轧制第一块钢的时间，也由原计划的中午，推迟到了下午。

在众人的热切关注下，第一块钢经过二轧厂粗轧机轧出后，送到五轧厂的万能轧机上进行精轧，本以为不会出现任何意外，可谁知钢坯刚一进入轧机约30厘米时，上支承辊便咔嚓一声断了。在现场指挥试轧工作的冶金工业部副司长陈煜和太钢领导黄墨滨一看这种情况，立即通知停止试轧，并组织大家开会分析故障原因。

会议一直从下午开到半夜两点多，所有人都忘了累、忘了饿，他们把试轧过程中涉及的每一个环节都细细捋了一遍，包括板坯的温度、压下量的大小、轧制电流的数据、各机组的运行状态等，都作了详尽的分析。最终，在那个夏日的凌晨，他们在轧辊的质量上找到了原因，于是，再次进行试轧。这一次，毫无悬念，试轧成功。

五轧厂的热轧机投产后，太钢成为名副其实的特殊钢与合金钢板材基地，在全国冶金产品的开发上创造了许多个第一，如轧制出了我国第一块不锈钢中板、第一块不锈钢卷板、第一块热轧硅钢卷板，这些产品大多都被用在了我国国防工业的建设上。

这一时期，正在创作反映抗美援朝长篇小说《东方》的魏巍，在太钢担任五轧厂革委会主任。在太钢，魏巍一次次目睹生产线上工人们在热浪滚滚的炉前紧张操作，闪着红光的钢锭一块块被轧制成型然后运出的场面，内心很是震撼，这也为他后来继续创作《东方》提供了真实的工厂生产情景。

此时，我国的国防建设，需要宽幅冷轧薄板。五轧厂源源不断地为六轧厂提供原料，有了这些原料，六轧厂在冶金工业部和太钢的支持下，积极与国内相关技术力量联合攻关，不久便为我国的航天工业提供了超强冷轧板。其中，我国“东方红一号”卫星上天所用的火箭，外壳使用的钢板就是来自六轧厂生产的宽板。“东方红一号”发射成功以后，国务院、中央军委还专门给太钢发来了贺电。

在海军方面，五轧厂生产的舰艇用钢板，经某造船厂建造成053H型舰艇交付海军使用后，经受住了十二级台风的考验，船体一切安全；生产的潜艇用钢板，也被用于多艘潜艇的制造。太钢一些相关人员也因此被批准进入潜艇中参观，啃着窝窝头参与五轧厂筹备的张长成就是其中一位。那一刻，在潜艇中，他抚摸着自己昔日生产的钢板，目睹着这些钢板成为保卫国家安全的装备材料之一，心中生出无限感慨和自豪。

在空军方面，太钢生产的飞机刹车片用钢板，因其小巧、刹车灵活，被用于军用飞机，之后用于大型民航飞机。尤其在一次劫机事件发生后，太钢的产品更是受到关注。那是 1983 年 5 月初的一天，由沈阳飞往上海的中国民航三叉戟 296 号航班，在飞行途中遭到几名暴徒劫持，飞机在当时的南朝鲜（现韩国）春川机场迫降。由于春川机场的跑道只有一千三百米，而三叉戟所需要的跑道至少需要两千米，在这种情况下，机长果断采取紧急刹车措施，保证了飞机和全体乘客的安全。三叉戟所使用的动静刹车片，正是由太钢生产的。这次劫机事件发生后，举国震惊。震惊之余，太钢的动静刹车片受到国内外业界的广泛关注。

这一时期，太钢产品也相继在航空、航天领域得到广泛应用。

拾柒　路漫漫其修远兮

太钢的五轧厂和六轧厂以及后面的七轧厂陆续建成投产前后，太钢开始酝酿建设二钢厂。

筹建二钢厂，主要是为了顺应1964年3月国务院审批太钢扩建补充的设计任务书，确立太钢全面建设大型特钢联合企业，扩建后年产优质钢55万吨这一目标而筹建的。另外，二钢厂建起来后，还将实现氧气顶吹转炉和大电炉双联冶炼。

吹氧炼钢工艺于1954年便在世界上得到应用，它能够明显缩短冶炼时间，并移植转炉钢特种钢，1965年之前在我国的首钢和上钢已逐步使用这一工艺，效果很理想。

1966年夏天，太钢成立二钢筹备处，由技术处副处长余璘任负责人，组成数十人的筹备处。11月，二钢厂破土动工，蓝图徐徐展开，一些从国外进口的设备陆续运抵太原。但没多久，受大环境的影响，许多设备还没来得及安装，外国专家便在一夜之间全部撤走了。

当时，国家虽然为太钢引进了外国设备，但由于资金原因，没有引进软件，如50吨大电炉、50吨氧气顶吹转炉及相应配套设备等，还有冷轧不锈钢生产线。对方对我国实行技术封锁，只卖给设备，不卖给技术，所以外国专家撤走后，设备安装只能完全由太钢的技术人员和职工自己摸索着干。

二钢厂的大电炉和转炉，重量加起来有几千吨，且内部构造复杂，特别是锅炉的水系统管道，从 0 米至 33 米，共有 240 个阀门，运行起来到底应该开哪个、关哪个，大家谁也不清楚。于是大家就采取最笨的办法，像蚂蚁搬家一样，上上下下地跑、来来回回地喊，一个阀门一个阀门地试。

锅炉水循环水泵，属于低温冷却水，如果水温高，马达就会停止运转，直接影响炼钢，加之当时太钢只有一台制氧机，氧气不足，铁水不够，所以困难重重。为此，大家日夜调试，但总还是不可避免地出现这样或那样的问题。有一次，是个冬天，从发电厂到二钢厂的软水管道由于大家不懂得停产期间阀门不能关掉，错误地将阀门关闭，导致整条管道受冻。等大家发现后，管道里的水已经结成了冰，眼看着就要影响设备安全，在这种情况下，无须号召，大家自发地拿起油面纱，一个个爬到冰冷的管道上，俯身点起了一条“火龙”，将管道一寸一寸地烤热，使结冰的软水一点一点地融化。

就是在这样艰难的条件下，太钢对那些从国外引进来的设备进行着摸索，并渐渐熟悉它、掌握它。1969 年 4 月 1 日，50 吨大电炉正式投产。1970 年 4 月 24 日，50 吨氧气顶吹转炉也正式建成投产。

引进的设备投产后，太钢开始对薄板、不锈钢板和硅钢片“两板一片”进行研制，想在钢铁报国的路上走得再快一些。由于太钢当时平炉炼钢用的还是煤气，方式已经有些落伍，远不能满足生产的发展。为此，他们准备在平炉上尝试重油炼钢，可是重油供应得不到落实。

恰在此时，中央领导余秋里来太钢视察，那是1970年10月的一天下午。视察中，余秋里说：“包（钢）、武（钢）、太（钢）太重了，中央抬不动。”

听到这句话，太钢领导黄墨滨等人心里很不是滋味，既惭愧又不安。

那天，在太钢十八宿舍四楼的会议室里，太钢负责人向余秋里汇报了平炉炼钢的情况，并提出重油炼钢的想法。余秋里说：“重油炼钢你们没有设备油罐呀。”太钢负责此项工作的薛金山汇报道：“当年建厂时，已经安装好的输油管道可以使用。”余秋里说：“我来太钢是来要钢的。”说完，他又指着薛金山说：“小伙子，重油我来负责，两板一片你们来负责。”就这样，重油炼钢的事得以落实。太钢领导黄墨滨等人听后，暗下决心，一定要多产钢、出好钢，用实际行动减轻中央的负担，回报党和人民。

那天临走时，余秋里对太钢领导讲道：“同是一个天，同是太阳照，大寨人能办到的，为什么你们办不到？你们向中央要是应该的，但不能只靠要，要向晋城学习，敢于创造。”

余秋里走后，太钢很快组织人员到晋城学习。学习回来后，太钢号召广大职工献计献策、提合理化建议、搞技术革新。

不久，太钢平炉改用重油炼钢得以顺利进行。重油炼钢使发热量增高，大幅度提高了炉内温度，每炉钢的冶炼时间缩短了一到一个半小时，再加上太钢在平炉上探索出的炉头富氧工艺，扩大了冶炼品种，提高了质量和产量。这一切，都在两板一片的研制任务中起到了重要的作用。

拾捌　我心依旧

无独有偶，当施济才在太钢的设备前沉思自己的人生时，另外一个人，也在仰望星空。这个人，就是王国钧。

王国钧自 1951 年初到太钢工作后，越来越热爱自己所追求的特殊钢事业，也渐渐喜欢上了太原这座城市，喜欢上了梆子戏，喜欢上了清和元，喜欢上了海子边公园。

1956 年，周恩来和朱德先后来到太钢视察。视察期间，王国钧代表太钢向两位中央领导同志作了汇报。那年的 11 月，王国钧参加了全国第一次职工科学技术普及工作积极分子大会，被选为主席团成员，与茅以升、华罗庚等科学家一起主持会议，并在中南海受到了毛主席的接见。同样也是这一年，王国钧从电炉炼钢部调到太钢中心实验室。

王国钧到中心实验室后，带领技术人员先后研制出了高硅钢片、子弹钢、覆铜钢等特殊钢。并且，对纯铁的研究，也有了更大的突破。

原来，1955 年太钢研制出纯铁后，王国钧和大家并未就此止步。他们在研究中发现，无论是国外的纯铁，还是太钢按照苏联标准仿制的纯铁，都共同存在着三个方面的问题，分别是磁性不高、杂质多、容易老化。就连当时最先进的、有着世界王牌之称的美国阿姆克纯铁，也存在这三个问题。

于是，太钢决定攻克这些难关。

攻克难关期间，恰遇我国三年困难时期，太钢干部职工的口粮都不太多。为了让大家安心搞生产，也为单位分忧，太钢峨口铁矿的戴耀忠带着矿上的八十七名工人，开着五台“东方红”拖拉机和三台“解放牌”汽车，拉着农具，前往黑龙江北安县（现黑龙江北安市），开荒种地。他们办起太钢北安农场，给远在太原正在搞研发和生产的太钢人运回黄豆和土豆，以解决大家的生活困难问题。

王国钧等人，就是吃着这些黄豆和土豆，开始了纯铁的研发。

首先，解决磁性不高的问题。纯铁的磁性，取决于它的纯度。国外当时都是走提纯道路，因为他们的设备比较先进，而太钢当时的生产条件，远远比不上国外，最先进的设备，也只有几台电炉。要想靠这些电炉炼出理想的纯铁，对太钢来说，实在不是一件容易的事。王国钧等人并没有因为自己的设备不如国外，就把纯铁的问题搁下。反而，他们结合我国的实际情况，在不具备条件的情况下，通过不断加入钛、矾、磷、铝等有利元素，进行多次试验，将沸腾钢变成镇静钢，终于生产出了理想的纯铁，既解决了纯铁磁性不高的问题，又解决了纯铁杂质多的问题。

接着，太钢又加紧攻克纯铁容易老化的问题。此时，蒋介石正准备反攻大陆，飞机经常到沿海地区干扰。为此，国家在沿海地区设有高射炮。这些高射炮均使用继电器控制，一个高射炮一个继电器，然后安装终端连接在一起，进行发射。可一些高射炮在发射中出现了部分炮弹打不上去的故障。后来经过排查分析，发现是继电器上的纯铁老化的原因所致。

这是一个极其严重的问题，直接关乎国防建设、人民安定、家园安宁。

太钢人通过研究试验，不负众望，解决了这个问题。至1965年，国内外纯铁存在的三大问题，都被太钢一一攻克。

太钢生产的优质纯铁，填补了我国空白。不久，北京“331”工程对撞机中几个较为重要的磁铁部件，以及接下来用于高能加速器的部件，也都选择了太钢生产的纯铁。当时，国内有些专家对这些纯铁质量还不十分放心，于是就把太钢的纯铁拿到西欧去鉴定。西欧的一家机构鉴定后，给出结论，这些纯铁跟他们生产的一样，完全可以使用。

这意味着，太钢新生产的纯铁达到了世界水平。

之后，国家所有的重要工程，包括同步卫星工程、对撞机、导弹以及神舟系列装备，都使用了太钢生产的纯铁。军事上使用的纯铁，更是百分百选用“太钢造”。

在中心实验室工作期间，除了参与重要产品的研发，王国钧还参加了很多重要会议，并参与了一些技术协作工作。有一次，时任太原市委书记岳维藩组织了一场会议，是关于发射火箭的一项技术协作，王国钧全程参与，几次商讨、研究后，会议确定由太钢供应钢材，由山西江阳化工厂供应火药，由晋西机器厂负责制造。江阳化工厂、晋西机器厂与太钢一样，同处于太原，且都列入国家“一五”期间的一百五十六项重点工程中。

当时在山西，列入重点工程项目的共有二十多项。其中，有十一个项目的厂址在太原，其他十多个项目也都选在了交通相对较为便利的大同、长治、阳泉、侯马、永济。由此可以看出，山西是有技术实力的。

就在王国钧和大家完成着火箭发射的技术协作任务时，1969年，太钢的许多领导，包括陈郸环、黄墨滨等人的工作都受到了影响，王国钧的工作也发生了变化。有一段时间，他被送到太钢的第三炼钢厂进行劳动管制。第三炼钢厂也就是电炉炼钢部，是王国钧一手创办起来的。许多工人都熟悉他、了解他，知道他心里装的全是特殊钢研究，装的全是富国强兵的梦想，所以王国钧来了后，大家只让他做一些辅助性的劳动。

按照规定，王国钧不能和工友们接触，更不能交谈。因此，工作中，大家只能远远地望着他。有一次，王国钧被安排去砸矿石，与工人们相比，他一个知识分子干这种体力活，显得有些笨手笨脚。砸矿石期间，一个不小心，他手中的锤子砸到了右脚上，大脚趾被砸破，鲜血直流。远处的工友看到后，想上来帮他，可王国钧不想给大家添麻烦，他忍着痛朝大家摆摆手，示意大伙儿别担心，独自一人承受伤口之痛。

而有的时候，一个人心中的煎熬，远远超出了身体上的痛。有一天，王国钧看到自己熟悉的厂房上空，冒出了一股浓浓的红烟。他知道，那是氧气转炉开炉了。这台氧气转炉是我国从奥地利引进的第一台转炉，运到太钢后，恰逢大批技术人员下放至基层劳动，所以迟迟没能安装开炉。

想到经过这么长的时间，氧气转炉终于开始试车，王国钧特别想走近一些去看看，但他的身份，又不允许他靠近半步。

他只能远远地看着那袅袅上升的红烟，与天空、与朝阳、与彩霞融为一色。

1970 年 4 月 24 日，我国第一颗人造地球卫星“东方红一号”发射成功，成为世界上继苏联、美国、法国和日本之后第五个完全依靠自己的力量成功发射人造卫星的国家。

东方红的音乐声，在太空响起。

4 月 25 日晚上 6 时，新华社向全世界宣布了这一消息。接着，各大报纸和广播都竞相报道了这个令国人振奋的喜讯。消息传来，正在劳动现场干活的王国钧，心潮起伏、眼眶湿润。因为他知道，在我国发射的这颗具有划时代意义的卫星上，有太钢研发、生产的材料。

激动之余，王国钧背过身，用衣袖悄然拭去眼角的泪水。

1972 年，王国钧得到平反，被从劳动现场叫了回来。不过，回去后的他没有恢复职务，而是被安排到第二钢厂做一名技术员，但王国钧不在乎这些。在他眼里，不管是担任电炉炼钢部主任，还是中心实验室的负责人，抑或做一名普通技术员，只要不让他离开心爱的钢铁冶炼，他就心满意足了。于是，他很快又像当初刚到太钢时一样，怀着迫切之情投入特殊钢的研发和生产中。

不久，省里准备调王国钧到高教厅任厅长。王国钧接到通知，第一时间去找领导，表示自己不想“当官”，只想搞特殊钢冶炼。

“当官”不好吗？有人不理解，问他。

可王国钧内心清楚，要想生产出更多的特殊钢，用特殊钢来实现富国强兵的理想，自己和太钢还有很多事情要做。

省里的调令已经到了太钢，太钢不愿放王国钧走，王国钧也不想离开太钢。省里领导得知情况后，本着对人才尊重和对人才爱惜的原则，最终同意王国钧继续留在太钢，留在他热爱的事业上，让他和太钢一起为我国的特殊钢事业作贡献，以实现钢铁报国、富国强兵的理想。

始终惦记特殊钢发展的，不只是王国钧和太钢那些踽踽前行的人。此时，远在北京的陆达，工作虽然几经调整，但他也从未忘记钢铁报国之梦想。1972 年，奉时任国家计委革委会主任、国家计划委员会主任、党的核心小组组长（后任国务院副总理）余秋里之命，陆达组建工作组，带着一行人来到太钢，对太钢的“两板一片”生产进行调查研究。

尽管陆达此前在北京的日子也不好过，甚至被安排去打扫厕所，后来在周总理的过问下，才“戴罪”恢复工作。见到王国钧后，他仍旧心怀歉意地对这位爱将说道：“国钧，是我把你送来太钢受苦受罪了。”

王国钧笑着说：“那么就请您把我调回北京的部里好了。”

陆达说：“不必了，在哪里跌倒就在哪里站起来吧，好好干，我继续支持你！”

与1950年底王国钧离开北京，赴太原工作前的那次谈话一样。惺惺相惜的两个人，在二十多年后，思想上依旧碰撞出了最绚丽的火花。

只不过，这一年，陆达已五十九岁，王国钧已五十七岁，是两位年近花甲的老同志。

但理想，与年龄无关。

此时，王国钧等人通过对照国际冶炼不锈钢工艺的发展，发现世界大多数生产不锈钢的国家，都已采用氩氧炉精炼和连铸工艺；而我国用的还是电炉和转炉，不仅冶炼时间长、成本高，而且生产效率和质量也都比较低，所以他们很想进行氩氧炉精炼不锈钢试验。但由于其他国家对我国实施技术封锁，王国钧他们连如何建造氩氧炉的资料都没有。

不过，进行氩氧炉精炼工艺的试验，王国钧一直没有放下。因为他深知，如果能掌握氩氧炉精炼不锈钢技术，那么对“两板一片”的生产将起到至关重要的作用。所以，当陆达一行人来到太钢进行考察时，王国钧提出了不锈钢生产的重大改革：氩氧炉精炼不锈钢工艺研究。

恰在此时，三钢厂的邓克勤、武云岱、胡德斌等人在一本杂志上看到了一篇被译为中文的美国文章，内容是关于氩氧炉及其精炼工艺。大家一看，这不正是自己所需要的吗！于是一群人像是着了迷一样争相捧读这篇文章，如痴如醉地钻研起来。

这时，北京钢铁研究院、冶金工业部科技司也零星收集到国外一些氩氧炉精炼资料。考虑到太钢有一条冷轧不锈钢生产线，而且有万立方制氧机，可以分离出高纯度的氩气，所以也计划在太钢试建一座氩氧炉，解决不锈钢精炼问题。这一年末，北京钢铁研究院合金钢室的有关人员来到太钢，向三钢厂的同志们介绍了国外氩氧炉精炼法及其优点。这更坚定了大家要攻克氩氧炉精炼工艺的决心。

1973 年初，王国钧等人按照杂志上的介绍，在自己的小钢包和电炉上开始了氩氧炉精炼不锈钢工艺研究，并土法上马了一座 3 吨的炉子。

冶金工业部为此专门派来专家到太钢进行指导。太钢指定时任总工程师的王国钧和副总经理袁恒哲，与上面派来的专家一起组织这项试验。

为了使生产工艺达到国际同类先进水平，从 1973 年开始，在冶金工业部的帮助和支持下，太钢与北京钢铁研究总院、洛阳耐火材料研究所共同联手，开始了氩氧炉冶炼工艺试验研究。起初，他们先在太钢土法上马的 3 吨氩氧精炼炉上试验；6 月，他们在用小钢包改制的容量 1.3 吨的土精炼炉中，通过底吹透气砖，吹入氩氧混合气体，炼成了 Cr13 不锈钢；9 月，在 3 吨炉上，他们从炉门用氩氧混吹的方法，炼成了一种超低碳不锈钢。最后，大家得出一个结论，那就是设计单独的氩氧精炼炉进行半工业性试验，是完成氩氧冶炼工艺研究并投入工业性生产较快的一个途径。

在试验的基础上，太钢决定正式建起一座 3 吨的氩氧炉进行试验。

这是一个大胆的决定。作出这项决定的，是黄墨滨、袁恒哲、王景生、王国钧等太钢领导。他们要再一次向世界展示太钢独立自主、自力更生、奋发图强、艰苦奋斗的精神风貌。

1974 年初，3 吨氩氧炉的设计、制作和施工相继开始。当时，由于工程太多，氩氧炉的工程项目根本排不上号，所以许多事情只能自己干。但为了一个共同的梦想，为了掌握氩氧炉精炼工艺，即便条件再艰苦，大家还是按照部署，分头忙设计、忙施工。其中，3 吨氩氧炉的炉体设计和气路系统，由北京钢研院设计；基础大氧到三钢厂的专用供气管道和四个贮氩罐，由太钢自己设计；设备制作和贮氩罐制作，由十三冶金属结构厂完成。另外，整个设备安装和土建施工，全部由三钢厂自己完成。

施工开始后，北京钢铁研究院的研究员们放下手中的笔和尺，与太钢、十三冶金属结构厂的工程技术人员一起加班加点，忙起了施工。当时正值冬季，朔风凛冽，滴水成冰，王国钧看到大伙在飞雪中奋战，甚至家属们也都加入了进来，于是感动地问大家有什么要求。大家说能不能给解决十套棉衣、十顶棉帽、十双棉鞋，因为天气实在是太冷了。王国钧听了，找到有关部门，说明情况。有关部门一听，也被大家身上这种自力更生的忘我精神所感动，破例特批了棉衣、棉帽和棉鞋。有了这些御寒的衣物，大家的干劲更足了。他们点起火堆，一个个爬高上低，在数九寒天，硬是把大氧到三钢厂输送氩气的管道架了起来。

施工中，没有混凝土搅拌机，大家就人工组成一道近三十米的“人工走廊”，通过连续接力的方式，将搅拌好的混凝土，送到氩氧炉前，灌注好了炉基。

为了制作好贮氩罐的封头，大雪纷飞中，三钢厂的天车工和热炉的操作工，到太原锅炉厂把已停产多时的冲压机开起来；主管压力容器的工程师罗克定和厂长贺智三顾茅庐，将锅炉厂负责冲压机的老师傅请出来冲压好封头。三钢厂技术最好的钳工王龙虎、郭华，顶尖的焊工吕良绪也组成了专门小组，完成了炉体设备的安装和调试。

1975 年 5 月，我国第一座氩氧炉在太钢建成。并在接下来的四个月中，分别进行了两个炉役的试验，共试验十六炉不锈钢。结果充分显示了氩氧精炼不锈钢的优越性。接下来，为了适应大生产所需，实现初轧开坯轧成中板、卷板和冷轧薄板，开展更大批量试验，太钢又作出一个更大胆的决定——将 3 吨氩氧试验炉改装成 6 吨半工业性氩氧炉。

目标已经确定，没有一个人犹豫，大家齐心朝着 6 吨半工业性氩氧炉冲刺。

1976 年 5 月，6 吨半氩氧炉建成，即将进行试验。为了尽快将氩氧炉推向工业化生产，北京钢铁设计总院此时也加入这项工作。

没有人注意到，废寝忘食的人群中，已经年过六旬的王国钧身体出现了问题。一天，他面色蜡黄、头冒虚汗，晕倒在岗位，大家一看，急忙将他送到医院。可王国钧慢慢清醒过来后，还没等检查结果出来，便因惦记着生产，不顾众人劝阻，强打精神回到了岗位。不久后的一天，他到北京开会。会议期间，同行者劝他到阜外心血管专科医院做个检查。王国钧听从大家建议，去医院做了检查。结果发现自己是隐匿性冠心病。

拿着检查结果，医生叮嘱他今后要多休息，少劳累，否则有生命危险。但王国钧一回到太原、回到太钢，就把医生的叮嘱忘到了九霄云外。

又一天，王国钧带着几名技术员到钢堆上检查产品质量，不小心摔了下来，后脑勺正好磕在一块钢锭的棱角上，鲜血直流。厂里医护人员闻讯后，赶来给他包扎，并送到医院。可当天晚上，王国钧就悄悄离开了医院，回到太钢，和大家继续忙于 6 吨半工业性氩氧炉的各项工作推进。

而其他所有的同志，也都和王国钧一样，即便累倒、晕倒，也不愿离开试验现场。因为，那是他们献身国家的“战场”。

1977 年 5 月，太钢开始进行 6 吨半氩氧精炼炉试验。

从制订试验工作计划，到精心做好开炉前各项准备工作，每一个炉役的试验，对于王国钧他们来说，都像是一场战斗。炉帽打结、气体供应、吹炼气体纯度、水分检测、氩氧气体比例准确性检测等，无不牵动着大伙的心。

试验开始后，各参试单位的人员不分昼夜，连续守在炉前。在接下来的半年，他们共进行了四个炉役一百零四炉不锈钢试验，生产出了纯铁、铬不锈钢、镍铬不锈钢、超低碳不锈钢、耐热钢及耐蚀材料等六个钢种。

其间，每个炉役刚一结束，大家便马上开始收集资料，进行数据整理、分析和集体讨论，为下一个炉役的试验改进措施和方案提供依据。其中，在第二个炉役的试验中，要连续吹炼三十二炉钢，大家为此三四天都没有合眼，一个个眼睛熬得通红通红，嗓子也哑得说不出话来。即便如此，大家在结束试验后，依然按规定抓紧进行后续的工作。

正是在他们如此严谨、缜密、忘我的工作态度中，6 吨半氩氧精炼炉试验任务圆满完成。

拾玖　十年磨一剑

氩氧炉精炼和1280毫米不锈钢立式板坯连铸机的投产，太钢用了十年时间。在这十年中，太钢还完成了其他同样重要的生产研发任务。

太钢在经过20世纪五六十年代的扩建和新建后，逐渐成为一座大型特殊钢厂，而承担军用钢材生产是特殊钢厂的一项政治任务，国家对此也十分重视。因此，当时的冶金工业部领导都先后对太钢生产军用钢材提出许多要求，作出过许多重要指示。并明确提出，我国制造武器用的钢材，必须自力更生，必须百分百地完成军工任务，各特殊钢厂应把自己看成国防工厂。

太钢，一刻也没忘记自己的使命。在国家的投资和支持下，太钢研制、生产出的多种特殊钢，为我国的国防建设作着巨大贡献。

1962年，中央在东北召开会议，准备制造我国自己的原子弹。毛泽东亲自给会议作了指示，要求全国大力协同办好这件事情，为国争光、为国争气。

制造原子弹需要不锈钢和硅钢板，所以那次会议确定由太钢负责生产制造原子弹所需的不锈钢和硅钢板。消息传来，太钢人为自己能参与我国第一颗原子弹制造而倍感骄傲、倍感自豪。经过努力，他们按期向国家、向我国第一颗原子弹制造的有关部门交上了一份满意的答卷。1964 年 10 月，我国第一颗原子弹爆炸成功。当从黑白电视中看到那朵美丽的蘑菇云在远方的戈壁滩上腾空升起的画面时，太钢上至领导、下至工人，都激动万分。他们竞相奔走，互相告知。

我国第一颗原子弹成功爆炸了，但来自海上的巨大核威胁依旧存在。为此，我国准备研制自己的核潜艇，捍卫海防、强大海军。毛泽东对我国的海军建设曾作过多次指示："必须大搞造船工业，大量造船，建立海上'铁路'，以便在今后若干年内，建设一支强大的海上战斗力量。""海军要搞好，使敌人怕……"

此时的太钢，于 1965 年试制成功炮弹钢并开始生产，已有年产万吨的生产能力。1966 年又从奥地利又引进了 50 吨转炉，从瑞典引进了 50 吨电炉，从苏联引进了 2300 中板和 1700 卷轧机，助推着特殊钢的研制与生产。

1967 年，根据国家国防工业的要求，太钢开始试制和生产舰艇用钢板和造船用钢板。

舰艇用钢板和造船钢板试制期间，太钢领导反复向职工们传达毛主席对建设人民海军的历次指示，动员大家为建设人民海军作贡献。太钢职工听了，深受鼓舞，加快产品的试制和生产，先后试制和生产出了六种水面舰艇用钢板和四种水下舰艇用钢板。

进入 20 世纪 70 年代，太钢再次接受了一项国家任务——研制国产核潜艇使用的屈服强度为 100 公斤级耐压壳体钢板。

核潜艇是一个国家走向深海，捍卫海防的重器。20世纪50年代中期，我国在这一方面的技术还很薄弱，近乎空白，而此时美国、苏联、法国、英国都相继拥有了自己的核潜艇。因此，我国政府希望苏联能够给予技术援助。1959年，苏联领导人赫鲁晓夫访华，我国领导人提出请苏联帮助中国发展核潜艇，赫鲁晓夫却傲慢地表示："核潜艇技术复杂，要求高、花钱多，你们没有水平也没有能力来研制。"

赫鲁晓夫的态度，让毛泽东下定决心："核潜艇研制，我们自己试！""核潜艇，一万年也要搞出来！"

自此，我国研制核潜艇的"09"工程开始自行上马。经历了一段筚路蓝缕的艰辛过程，众多隐姓埋名的科技人员在"一万年太久，只争朝夕！""活着干，死了算！"的士气鼓舞下、奋斗下、钻研下，1970年，我国自主研制的第一艘核潜艇成功下水。1974年8月1日，建军节，这艘核潜艇被命名为"长征一号"，正式列入海军战斗序列。

太钢此番接受的核潜艇屈服强度100公斤级耐压壳体钢板的研制任务，同样是在西方国家和苏联对我国实施技术严格保密的情况下进行的。

为了研制、生产出我们国家自己的潜艇用钢板，1970年，在全国冶金产品产需衔接会上，上级部门决定组成由科研、用户以及太钢为首的有关钢铁厂家参加的"三结合"队伍，进行联合攻关，并在太钢展开会战。

这意味着，屈服强度100公斤级耐压壳体钢板的工艺试验，以太钢为主。

重任，又一次实实在在地落在了太钢的肩上。

太钢很快便行动起来，于 1971 年 2 月组织人员召开了预研会议，半年后又召开了 100 公斤级耐压壳体用钢专题工作会议，对国内外舰艇材料的发展概况、课题技术指标和成分范围等进行了技术交流和讨论。

接着，国家相关部委也组织各部门、单位，在北京召开了一场协调会议。会上进一步明确了联合课题组的组成，也进一步明确了任务和分工，确定组长单位由太钢、七二五所、十一所担任。参加课题联合攻关的有北京钢铁研究总院、鞍钢、武钢、重钢和上海第三钢铁厂。

当时，太钢领导是陈郇环。陈郇环 1916 年出生，扬州人。1936 年，在上海同济大学读书期间参加了上海学生救国联合会；1937 年，奔赴延安。陈郇环是我党早期工业战线上的得力领导干部。

虽在太钢担任领导，但陈郇环忘不了战争年代敌人想轰炸就轰炸我国城市、村庄的情景。他很清楚核潜艇对一个国家安全的重要性，所以接到任务后，他和大家既有动力，又有压力。因为当时他们只知道这种钢板的使用性能，而对其使用什么钢种、怎么轧制、如何热处理以及检验标准和方法，都一无所知。

纵观国内其他钢铁冶炼同行，也皆如此，都没有这方面的资料。

那是一个特殊的年代，陈郇环和太钢所有的参与者开始了苦苦的探索。在探索中，陈郇环鼓励大家："这项研制是为了填补我国空白，是一项光荣的政治任务。现在，资本主义对我国实行封锁，所以我们必须自己解决，我们应为担负这项任务而感到自豪。”

听了陈琊环的话，太钢所有参与核潜艇钢板研制的人都振奋极了。他们表示：一定要为我们可爱的祖国，破解出这个“钢铁密码”；为我国的核潜艇事业，贡献全部力量。

试验开始后，太钢首先组织了一次小型试验，设计了六种化学成分的钢种，在 250 公斤真空感应炉内冶炼，经电渣重熔成圆锭后，锻造成扁钢。但检验结果显示，只有两个钢号勉强能达到或接近核潜艇用钢的技术指标。

接着，他们又用 8 吨和 50 吨电炉进行反复试验，终于发现在所有钢种里，含 6%Ni 的钢种，是综合性能最好、最理想的一种。

攻破了一道难题，他们接着向下一个难题进军。只是，令人没想到的是，破解核潜艇屈服强度 100 公斤级耐压壳体钢板这道难题，他们用了近十年的时间。

十载春秋，十载风霜，一群淡忘功名，埋头钻研的学者朝着心中的那个目标执着而行。在经过无数次的化学成分合理性分析，无数次的冶炼、轧制、热处理技术工艺探索，无数次的钢板强度、韧性、焊接性、疲劳、锻炼、抗爆、耐蚀、强韧化机理等研究试验后，1979 年，核潜艇屈服强度 100 公斤级耐压壳体钢板这道难题，终于被破解。试验表明：这种新研制出的钢板性能达到了课题技术指标要求，全面性能接近国际同类钢种的先进水平，是国内开发的最高等级的耐压壳体用钢板，对加强我国海军建设有着十分重大的意义。

天行健，君子以自强不息。为了我国的核潜艇事业，无数志同道合的太钢人为此献出了自己的智慧、心血，包括美好的青春年华。

贰拾　勇攀科技高峰

据统计，1967—1977年，太钢共试制新产品一千二百三十四项，有超高强度钢、高压容器钢、舰船用防弹钢、航空轴承钢、微碳纯铁等，还有舰船低合金钢板、防弹钢板、飞机用刹车钢板，解决了军工上的急需。其中有七项重大科技成果受到全国科技大会表彰，为军工生产作出了贡献。

也是这一时期，国家从原西德为太钢引进了斯罗曼和逊德威两个公司的冷轧薄板全套设备。这套设备自动化程度很高，在当时属于国际先进设备。国家准备把这套设备安装在太钢七轧厂。

由于外汇所限，我国在引进这套设备时，只带了极少的易耗件，其余大部分技术资料，都未带来。至于关键性、专利性，所谓“Know-how”一类的技术保密文件，对方更是没有提供。因此，太钢决定组织起一支技术工作队，进入这套设备所在的七轧厂，继续靠自己的力量进行技术研究，把冷轧薄板设备安装起来。此时，一名叫冯怀真的年轻人，走进了太钢领导的视线。

冯怀真曾就读于国立山西大学，新中国成立后，先后在铁道部、航空工业管理局、北京航空专科学校等部门工作，还参加过我国第一架喷气式飞机的试制和试飞典礼。1957年，被调到太钢工作。

当太钢的领导与冯怀真谈话时，冯怀真深知这副担子有多重，困难有多大，但他没有推辞，因为他知道，这才是一个青年人应该有的选择。

技术工作队很快便组织起来了，冯怀真和大家对照设备，研究资料，可就在他们一点一点地攻破“Know-how”技术难点时，技术工作队被宣布解散，冯怀真和大家被下放到各个车间，接受工人阶级再教育。

冯怀真被分在钳工组，主要工作是给一位二级钳工传递工具。在北京时，冯怀真曾任航空学校教师、校领导职务，是一位实打实的处级干部，现在却被一名二级工领导，而且是给对方打下手，心中不免产生出一种被大材小用的感觉。可是，他毕竟是有文化、有志向的人，所以，短暂的落寞之后，他决心当一名好工人。自此，他无论干什么工作都特别认真，即便是一把普通的扳手，也被他擦拭得干干净净，摆放得整整齐齐。不久之后，领导发现他是个人才，提拔他为钳工组组长。

一天，一辆罐车运来一罐硝酸液体，冯怀真带着组员准备去打开硝酸罐。硝酸是一种具有极强腐蚀性的液体，因此在打开过程中需要十分小心。硝酸罐螺丝拧开后，大家发现硝酸液体中落着一条盘根。这时，小组中一名年轻人走过去，想也没想就用手去抽那条盘根。由于用力过猛，一股硝酸液随着盘根扬了出来，一下子溅到了那名青年的脸上和眼中，疼得那位青年双手捂脸，痛喊不已。冯怀真看到后，急忙跑过来，一把抓起旁边的塑料水管，用清水冲洗那位青年的脸部和眼睛，避免了那位青年眼睛致瞎的可能。

从那以后，每逢有危险作业，冯怀真都让组员们一律靠后，由他亲自上手。一次，生产工人装卸氨气罐时，不慎将一个罐体的管头崩开，氨气泄漏，厂房里瞬间充满了氨气的味道。

氨气是一种有毒气体，而且毒性很大，所以，面对正在泄漏的氨气，没有人敢上前去关闭阀门。冯怀真看到后，让大家抓紧撤离到安全地带，然后不顾一切地奔过去，将氨气罐阀门关闭，避免了一场多名工人中毒的事故。还有一次，夏天，高温，他们钳工小组开着罐车到河西化工厂去灌氨液，由于氨液遇高温容易引起爆炸，所以在运输氨液的罐车上必须配备一名水平较高的钳工，以便处置一些突发的紧急情况。但由于大家都惧怕爆炸，谁也不敢承担这项工作，关键时候，冯怀真又一次站了出来。

冯怀真的“无我”精神，渐渐赢得了大家的尊重。当时，太钢的冷轧机前后和横切机组上，都装有放射性同位素测厚仪，这样可以实现轧机自动压下闭环控制。这种装置是对原子能的利用，当时在国际上也属于先进技术。可由于此装置在设计中存有问题，太钢使用没几年便连续损坏五台。不得已，太钢将这些装置拆下来送到北京有关原子能研究院所委托修理，但由于没有内部图纸资料，相关单位连连摇头，无法帮助修理。

如果将这些设备返回国外的厂家修理，就会花费许多费用。为了给国家节约外汇，七轧厂决定自己组织力量进行修理。但七轧厂作出这一决定时，也有很大的顾虑，因为放射性同位素测厚仪所使用的射源为锶－90和镅－241，对人体有害，如果人体接受这些射线超过一定剂量时，就会产生生物效应，引起细胞电离，致使人的大脑、眼睛、骨髓、肾脏、淋巴腺等遭受损伤，皮肤、肌肉、血液循环、外围神经也会被烧伤，甚至导致癌症，或使人体造血机能遭到破坏。如果辐射源是气体，造成扩散，还将危及太原城市环境。为此，太钢顾虑重重。

冯怀真是修理组的骨干，锶－90和镅－241泄漏后对人体的危害，他比任何人都清楚，但为了冷轧机和横切机组能够尽快恢复生产，为了特殊钢生产不受影响，他决定带着大家完成这项特殊任务。为了确保将危害减少到最低，冯怀真邀请专门研究原子能防护技术的华北第七研究所和山西省防疫站的专家为大家授课，讲解防护知识，并监测有关数据。

仪器开始修理后，冯怀真主动要求承担主要工作，到距离仪器最近的位置。七轧厂参与修理的工友们看到后，对这位“接受工人阶级再教育”的钳工组组长敬佩之情无以复加，都积极配合他对仪器进行拆除。

当时，按照冯怀真制订的修理方案，射源的最后一道屏蔽不准备打开，这样可以减少可能带来的危害。在操作中，一位负责配合他的同事却由于过度紧张，失手将射源跌落，致使射源抛出屏蔽，全部暴露在大气之中，冯怀真看到后，急忙采取补救措施。

经过一番紧张的修理，五台仪器全部修好，不但保证了太钢的特殊钢生产任务，还给国家节约了几十万元的外汇。尤其是通过这次的修理，冯怀真和大家探索到了放射性同位素的性能，测绘了其内部结构，掌握了更多的先进技术。同时，也学会了防护措施，为后来研制相关装置打下了基础。

可也是在那一次的修理中，因射源跌落抛出屏障时，冯怀真距离射源最近，受辐射剂量最多，所以尽管在仪器修好的第一时间他便被大家送到医院抢救，但他的身体还是出现了问题，尤其是眼睛，玻璃体和水晶体开始浑浊，视力明显下降，看东西模糊不清，就连在熟悉的厂房走起路来，也常常因看不清路而摔倒在地，以至于发生骨折。但无论是中毒，还是骨折，为了探索科学技术，为了我国的钢铁事业发展，这位钳工组组长依旧在自己的岗位上耕耘着。

不久，鉴于冯怀真在修理放射性同位素测厚仪中的表现，他从一名接受工人阶级再教育的对象，成为大家眼中名副其实的“领头人”，之后他提出来的合理化建议，总是能得到领导的支持；他设计出的装置，工友们也常常会帮他实现。

为此，冯怀真决心攀登新的科技高峰。带着大家攻克冷轧薄板设备的安装难题后，他在接下来的工作中发现七轧厂的大部分设备虽然都是国际先进技术设备，但其中有些设备并不算先进，尤其是有些新研制的专利设备，由于发明不久，实践时间较短，在使用中存在一定的缺陷，有很大的改进空间。于是，他开始研究起这些设备。

冷轧后的带钢，根据需求，需要切成纵向的窄条，但纵切之后，就会出现卷曲不齐的现象。当时，这不仅是在我国冶金行业存在的一道技术难题，就连技术先进的原西德也存在这一现象，没有太有效的解决办法。

冯怀真决心攻破这道难题。他先向单位请示、汇报了自己的想法和建议。太钢经过研究，向我国对外经济联络部、第一机械工业部、冶金工业部打报告，请示上述部门指定由太钢研究解决这一技术难题。

这一报告很快得到批复，太钢将这项任务交给盼望已久的冯怀真。冯怀真接到任务后，经过反复试验，采取改变卷取机的倾角、增加分离盘等改进措施，解决了冷轧带钢纵切后卷取不齐的难题。并经北京钢铁设计院、上海机电设计院、西安重型机械研究所、鞍钢冷轧厂和太钢等有关单位的专家鉴定，得出一致结论：此项改进设计合理，效果良好，达到了国际领先水平。

接着，冯怀真又把目光投向了其他设备。七轧厂引进的原西德霍尔发生器控制带钢定尺，也是一套先进技术，但由于原设计在机械部分存在缺陷，所以测量误差一直在 25 毫米以上，自引进以来，十多年间从未达到国家标准。一次，国家经济贸易委员会的领导视察太钢后，也在报告中专门提出了这个问题。冯怀真在解决了冷轧带钢卷边不齐的问题后，开始与电气工程师一起研究霍尔发生器控制带钢定尺存在的问题，设计出新的传动机构，制造并安装使用后，带钢定尺误差远远低于规定标准，设置也优于国外技术水平。

我国当时还没能力制造 64 公斤 / 平方厘米蓄热器胶囊，只能完全依靠进口，太钢从原西德引进一套后，冯怀真又带人进行研发、试制。数次失败后，冯怀真和大家又经过不断摸索，找到了一套适合我国自己使用的新配方，使试验获得成功。经过检验，他们试验出的这种产品，使用寿命超过了国外同类进口产品，填补了我国的空白。

追求，永无止境。在攀登世界技术难题的道路上，冯怀真从未止步，太钢人从未止步。

贰拾壹　困境

攀登世界技术难题，是为了更好地实现钢铁报国的愿望，而在这条路上，太钢人走得并不容易，尤其是在20世纪六七十年代，他们曾经走过一段曲折的艰难之路。

1971年，太钢承担了军用甲组(航空)轴承钢的质量研究任务。经过两年多的努力，1973年研制出了合格的军用甲组轴承钢。

1975年，出于对国家安全的考虑，有关科研部门和单位迫切需要一种异型特种钢，用于潜艇、卫星的制造。这是一种耐高压耐高温耐腐蚀的异型板，对其各项性能的要求都极高。特殊时期，太钢再次接受这项任务，生产出了国家急需的尖端产品，后来人们把这种板称为“争气板”。

但到了1976年前后，太钢的生产和产品研发任务再一次受到干扰，较为明显的是生产任务常常不能按期完成。最严重的时候，厂内所有设备全都停产，唯有三钢厂的电炉还在苦苦支撑，但炼出的钢少之又少。有一天，三钢厂仅炼出了六吨钢，而这六吨钢，也是那天太钢全部的产量。因此可以说，太钢基本上处于半瘫痪状态，经济上也连年亏损，亏损值达五六千万元，成了全国的老大难单位。

1977 年初，商钧等人去省里汇报工作，山西省委第一书记王谦痛心地批评太钢，说全省的农业税七千万元，都让太钢给抵消了，抵消后就只剩下矿机厂出的白水加糖精的三分钱一根的冰糕了。在谈到太钢来年如何扭亏为盈时，王谦伸出一根手指头，问商钧和前去的太钢领导：你们太钢一个百万吨的大厂，能不能做到不亏损？能不能给山西挣回这个数？

商钧等人看着王谦的手，以为这是要求他们来年挣回一千万元，于是不安地猜测道："一千万元？"

"不是。"王谦摇头回答。

商钧等人一时不解，继续猜测："一百万元？"

"不是。"

"那是——？"商钧等人面面相觑。

"一根冰糕，只要你们太钢一年能赚到一根冰糕的钱就好了！"王谦说道。

商钧等人一听，顿时汗颜。

一根冰糕！这是一位共和国长子该有的作为吗？是处处以钢铁报国为梦想的太钢应有的担当吗？

前来汇报工作的太钢领导个个面有愧色，尤其是商钧，更是深深地低下了头。

商钧 1924 年出生于河北保定徐水的西槽村。十七岁那年，他到河北宣化龙烟铁矿工作，同年参加革命，1946 年加入中国共产党。1946 年 11 月底，担任宣化钢铁公司电气科科长。后又在边区政府的安排下，前往晋察冀边区工业交通学院学习。

晋察冀边区工业交通学院设在平山县百家会村，商钧和同行者从边区政府所在地阜平出发，跋山涉水走了近一百千米后，来到这个太行山深处的小山村。

根据边区政府的要求，学校开设了机电、水利、土木建筑、会计等专业。商钧被分配在机电班。

当时，边区政府的经济还十分困难，进入学校的第一个月，学员们的吃饭问题尚可解决，但到了第二个月，供给就不足了，为此，学校要求每名学员每月想办法交十五斤小米。这十五斤小米一下把大家难住了，面对这个难题，作为学生会主席，商钧组织大家勤工俭学，课余时间到山里摘一些柿子，然后熬成柿子糖，卖出去换些小米回来。

1947 年 4 月，正太战役打响，井陉、阳泉、寿阳先后得到解放，许多缴获的物资需要从前方转移到后方。为此，按照边区政府指示，商钧所在的学校抽调五六十名学员，分别到井陉、阳泉、寿阳去完成接管工作，并要求他们把当时最紧缺的机械、工具、材料抢运回来。

商钧被分到阳泉接管组，任接管组组长。到阳泉后，他带人抓紧将生铁、钢材、工具、电线运往解放区的兵工厂，尤其是钢铁，他安排最先抢运。因为商钧知道，钢铁，是生产武器的重要原料，战争一刻也离不了它。

当时，我军在平山县周边成立了几个兵工厂，由于没有电，生产中全靠人轮换着摇马达发电，但用这种发电方式制造出的手榴弹和炮弹，质量无法保证，且生产效率极低。一次，晋察冀军区司令员聂荣臻召开晋察冀边区工业局会议时，要求边区工业局尽快解决军工用电问题。经过一番方案比选，边区工业局最终决定在沕沕水建起一座水力发电厂，并把这项任务交给了晋察冀边区工业交通学院。

沕沕水是一个山泉，落差较大，从山上流下来，形成一道瀑布。晋察冀边区工业交通学院经过对水的流量进行初步测算，得出结论：沕沕水可带一台 200 千瓦左右的发电机。所以，在商钧等人接管和转运物资期间，学校还给他们布置了另外一项任务，要求他们务必找到一台 200 千瓦的发电机。

商钧带人几经辗转，最终在井陉煤矿找到一台 194 千瓦的柴油发电机，正好可改造成水力发电机。

有了发电机，边区政府正式把建设电厂的任务交给了工业交通学院。虽说工业交通学院有近千名学员，但大多数学员都没见过水力发电，更没有这方面的专业知识，尤其是沕沕水发电厂建在一个小山沟里，物资缺乏，要想建成，难处多多。

即便面对这样的条件，商钧和大家还是在摸索中开始动工修建。10 月，沕沕水发电厂即将竣工，大部分师生相继回校上课，只有商钧所在的电气工程组还在施工。不久，电气工程组的任务也全部完成，商钧收拾行李准备回学校。这时，时任兵工三处党委书记的陈瑯环找到商钧，与他进行谈话：“商钧同志，你留下来担任这个发电厂的厂长吧。”

商钧一听，猛地一怔，他没想到陈瑯环会提出这样的要求。考虑到自己的文化底子薄，还需回学校继续读书，于是他婉转推辞，可陈瑯环接着说："我们三处没有一个懂电的干部，实在管不了这个电厂，经过处党委讨论，认为你担任这个厂长最合适，你还年轻，今后还有学习的机会，你就留下来吧。"

看着陈瑯环那真切而信任的目光，二十三岁的商钧选择留下来。他因此成为沕沕水发电厂的第一任厂长。不久，沕沕水发电厂与井陉煤矿火电并网发电，周边各兵工厂都用上了电，制造炮弹、手榴弹时，也再不用人工摇马达发电了，生产效率大幅提高。

经过一段试运行之后，沕沕水发电厂于 1948 年 1 月 25 日举行发电典礼。那一天，朱德同志也来到典礼现场，剪彩、讲话、听汇报，并亲手开启了水轮机的水门。商钧等人为了庆祝正式发电，还用灯泡排成"支援前线"四个闪闪发光的大字，以表达沕沕水发电厂全体人员的心声。

不久，中央机关从延安迁往西柏坡，这时，商钧接到兵工三处党委秘书下达的一项重要任务，要求他们发电厂立即组织一支队伍，秘密架设一条线路，为西柏坡党中央机关送电。

那时，外界都不知道中央机关已从延安搬到了西柏坡。为了保密，架线开始前，兵工三处党委书记陈瑯环和处长史克中专门把商钧叫到北冶炼村总部，再三叮嘱他，一定要选派政治可靠，保密意识强的同志去执行这项任务，不许发生任何问题，要做到万无一失。

半个月后，商钧带人将电线架到了西柏坡，结束了中央机关夜间燃蜡烛办公的历史，新华社广播电台也开始复播，电报也能及时发出。党中央、毛主席也是在这里电灯的亮光下，通宵达旦连续指挥了三大战役。这期间，朱德同志又多次来到电厂视察，指挥协调电力生产供应，并为沕沕水发电厂写下“红色发电厂”的题词。

太原解放后，陈瑯环作为军代表，来到太钢工作，由于太钢发电厂设备都是阎锡山时期留下的老旧设备，时时出现故障，经常停电影响生产，于是陈瑯环又想到了商钧。就这样，1950 年 3 月，陈瑯环将商钧从太原兵工局三十三厂调至太钢，担任动力部主任。

到太钢后，商钧带着大家着手处理发电厂的故障，因为发电厂负责着气动风机，而气动风机又承担着高炉的送风。所以，发电厂一出事，高炉就得休风，高炉一休风，铁就炼不出来，铁炼不出来，钢就无从炼起，没有钢，后面的轧钢也就得停，可谓牵一发而动全身。

处理故障期间，所有技术骨干每天都守在厂里，连家也不回，其中有一个名叫章文焕的老工人，干起活来连命都不要了，每次发生故障，需要检修处理时，他总是冲在最前面。有一次，发电厂受热管爆炸，锅炉里的温度还特别高，理论上人进去是承受不了的，但为了抢时间，章文焕披上浸过水的麻袋，冒着高温就冲了进去。那些日子，在发电厂，还有其他许多工人，都与章文焕一样，哪里有困难，就一起冲向哪里；哪里有危险，就争着奔向哪里。这些钢铁工人对新中国的热爱，以及所表现出的大无畏精神，让初到太钢工作的商钧感触很大，他深深爱上了太钢，并与太钢结下厚厚的情谊。

在太钢，商钧先后担任总动力科长，总动力师，动力厂厂长、党委书记，公司副总工程师，“文化大革命”开始后，商钧曾一度被任命为革委会副主任。任革委会副主任期间，他深知钢厂无论如何也不能遭到毁坏，于是“文革”之初，他便立即安排工人将高炉、焦炉、发电厂等重点设备、处所保护起来。首先是高炉，停产前他让人把炉内的铁水全部放干净，不仅要放出铁口，而且里面一米多深的炉底，也全部放尽。因为如果不这样做，残留在炉腔内的铁水冷却凝固后，就会结成一个大铁块，这在炼钢人口中称为“镦炉”，一旦镦了炉，要想再启动炉子，就得把整个高炉拆掉，取出铁块，重新再砌，所以，必须放尽铁水。然后是焦炉，由于焦炉里面用的耐火材料是矽土砖，矽土砖遇高温膨胀，遇低温收缩。如果停炉，一旦收缩，矽土砖就会自己爆裂，致使焦炉也就全部报废。因此，商钧让人采取封炉保温措施，把焦炉里的火暂时封上，避免矽土砖爆裂。还有发电厂，商钧命人着重把锅炉保护住，不能停电、停气，因为一旦停气，太钢所有的管道就会全部冻裂，那样后果更不堪设想。

但他的努力，终究没有挽留住太钢 1976 年停产的局面。

1977 年初，黄墨滨从太钢调包钢任总经理，商钧接任太钢的总经理。而他刚一上任，遇到的便是亏损七千万元的窘境。

商钧等人那次在省里汇报完工作，回到太钢后，决定立即恢复生产，但此刻，太钢一片寂静，就连启动锅炉所需要的油，都已经凝固了。

冬日的寒风，从太钢的上空凛冽地刮过。那曾经被敌人炮火击中过的高炉，也在默默地注视着眼前的一切。

究竟该何去何从，深处困境中的太钢，在思考着；商钧等人，也在思考着。

贰拾贰　共和国长子的脚步

时任山西省委第一书记王谦要求太钢在上一年亏损的基础上，来年扭亏为盈，届时给省委交一根三分钱的冰棍。这让太钢领导商钧等人很是惭愧。

商钧也是从战争年代走过来的人。在太钢工作的二十多年，他深切感受到国家对钢铁企业的重视，以及钢铁对国家的重要性。尤其是太钢生产的特殊钢，在国防工业中的用途，他比谁都清楚。

可如今，太钢成了一个包袱，一个老大难。这怎不令商钧自责和心痛。

商钧决定启动太钢生产，可是，太钢偌大的一个厂子，此时连一台设备都启动不了。尤其是发电厂的六台锅炉，因为几年没有使用，管道都腐蚀了，没有一台是完好无损的，所以需要一一大修，可大修需要时间，恢复生产又迫在眉睫。为了尽快让这些锅炉发挥作用，太钢决定哪台先修好，就先开哪一台。可往往是这一台刚修好，那一台又坏了，有时连一台锅炉都不能用。发电厂的工人为此吃在厂里、住在厂里，日日连轴转，夜夜不回家。一天，大家好不容易修好了一台锅炉，正想点火，回头却发现用作燃料的重油还凝固着，锅炉因缺少燃料无法点火。这时，燃料工段的老工人梁志贤为了使锅炉尽快点火开炉，顾不上寒冬腊月、天寒地冻，想也没想就跳入齐腰深的重油罐内，用两只胳膊使劲搅拌凝固的重油。其他工友看到后，见贤思齐，也都像他一样，跳了进去。

如果说王进喜是石油战线上的铁人，那么此刻，梁志贤他们就是钢铁战线上的铁人。

都说，人定胜天，但有的时候，总是事违人愿。虽然老工人梁志贤等人拼尽全力用身体搅拌重油，但由于天气太冷，气温太低，重油还是无法融化。

重油不能融化，锅炉就无法启动，锅炉启动不了，就无法生产。这可愁坏了大家，正在大家一筹莫展之际，商钧猛然想到厂里有一台蒸汽机车，可以用蒸汽机车的蒸汽来融化重油，于是，他忙拿起电话，拨通厂里的交通运输部，让交通运输部安排司机把蒸汽机车快快开到油库前。不一会儿，蒸汽机车喷吐着洁白的蒸汽，空哧空哧地从远处驶来，停在油库前。商钧等人看着蒸汽机车，仿佛看到了希望。他们指挥火车司机把蒸汽一次次喷向油罐。在巨大的蒸汽作用下，油罐里的油，不再保持凝固的形态，渐渐融化。

有了这些油，太钢的锅炉重新启动了。锅炉运行开始，就在大家想早一天恢复生产的时候，他们又遇到了一个棘手问题，就是发电厂的鼓风机不能运转。

鼓风机不能转，高炉就送不上风，没有风就无法开炉，不能开炉就炼不出铁，没有铁就无法炼钢……

炼钢犹如连环扣，一环扣一环，哪一个环节出了问题，生产都将受到制约。

商钧仿佛又看到了自己刚到太钢时的情景。

时值全国冶金会议刚刚召开，会议期间，李先念、纪登奎、谷牧三位国务院副总理让太钢、包钢、武钢三个单位汇报工作。之所以让他们三家汇报，不是因为他们生产搞得好，而是因为他们各项工作都落后。

省里批评，中央关注。

太钢全体干部职工，压力倍增。但他们，决心不减，宁可自己掉几斤肉，也不能再落后。

这期间，王震也来到太原考察。与当年周恩来、刘少奇等中央领导人来太钢不一样的是，王震不是来看太钢冶炼钢铁的新工艺、新产品的。年已七旬的他，此行只有一个目的，那就是帮助中央确定像太钢这样的落后企业，下一步是被兼并重组，还是干脆下马。

太钢当时有一个工业学大庆展览馆，用于展出和宣传太钢的产品。王震来到太钢后，商钧陪着他在这个展览馆整整参观了一上午。参观中，商钧向王震详细介绍了太钢的起步和发展，并指着展览台上那些由太钢研发生产的产品，一一讲解哪个是上天的，哪个是下海的。

一上午的时间，王震从展览馆出来。此时阳光正好，清风徐徐，这位七十岁的老人望着眼前的太钢，得出一个结论：太钢不是一个要下马的落后企业，而是一个需要国家扶持，一步步走向既定规划和目标的特殊钢企业。

太钢恢复生产的节奏，步入快车道。发电厂的职工昼夜加班，抢修机器。

一个多月后，太钢的生产逐渐步入正常，发电厂开始正常发电，鼓风机开始送风，高炉开始启动，平炉开始出钢，其他工序也都开始恢复生产。这一年，是1977年，太钢的钢产量达到了五十七万吨。

1978年，是我国发展进程中具有重要意义的一年。这一年，党的十一届三中全会召开，改革开放的号角吹遍神州每一个角落；也是这一年，全国科学大会隆重召开，科学的春风吹遍大江南北，也吹进了太钢。截至这一年底，在太钢全体干部职工忘我的劳动下，生产出了九十四万吨钢锭，终于结束了多年亏损的局面。

接着，他们与全国数十万、数百万的钢铁人一样，怀揣着钢铁报国、钢铁强国的滚烫心愿，开启了新的征程。

1979年，始终重视人才、重视技术、重视创新的太钢选派了六名研究生到国内外研究部门去学习。这在我国当时的冶金行业，开了先例，一度成为业内一件轰动性新闻。在此基础上，太钢又提出了“创四个品牌产品，消灭四个三类产品”的口号，成立了不锈钢、深冲板、轴承钢、冷热轧硅钢等十一个钢种的技术攻关组，提高了钢的优质比、合金比，同时还试制出新产品四百多项。生产的低温无磁钢、“八七”纯铁、压力容器钢、深冲低温钢等产品均达到了国内先进水平，填补了我国的空白。

还是这一时期，太钢研制、生产的冷轧薄板特殊钢，也为我国的第一枚洲际运载火箭发射提供了保证。

1980年5月9日，与往常一样，是个很平常的日子，世界各国却因我国新华社刊发的一则公告而震惊。当天，新华社向全世界发出公告：中华人民共和国将于1980年5月12日至6月10日，由中国本土向南纬7° 0'、东经171° 33'为中心，以70海里为半径的圆形海域范围内的太平洋公海上，运行发射运载火箭试验。

公告一出，举世皆惊。位于东方的中国，成了瞩目焦点。美英日等国更是纷纷派出舰队侦查，企图获得更多的情报。

新华社公告中所写的“运行发射运载火箭试验”，指的正是我国第一枚洲际导弹“东风五号”的发射试验。

1980年5月18日上午10时，酒泉卫星发射基地，“东风五号”点火发射。在巨大的轰鸣声中，这枚洲际导弹腾空而起，飞越银川、太原、石家庄、济南等城市上空，然后进入西太平洋上空，再越过赤道进入南太平洋上空，最终到达八千多公里外的南太平洋指定位置。

“东风五号”的成功发射，实现了中国洲际导弹从无到有的跨越，标志着我国成为继美国、苏联之后世界上第三个进行洲际导弹全程试验并获得成功的国家，打破了超级大国对洲际战略核武器的长期垄断。

太钢研制生产的冷轧薄板，为我国洲际运载火箭成功发射贡献了力量。因此，受到了中央军委的表彰。这一成绩，更激发了太钢职工加快向特钢迈进的脚步，激发了他们钢铁报国的决心和斗志。

听，共和国长子的脚步如此有力。

贰拾叁　失败是成功之母

1978 年，神州大地处处发生着变化。具体到了太钢，既为国家研发和生产出了诸多新钢种，还有一件大事，那就是不但 6 吨氩氧精炼炉通过了冶金工业部的技术鉴定，而且冶金工业部还批准太钢立即进行 18 吨氩氧炉的设计。

也是这一年，我国恢复了全国政治协商会议。政治协商会议第五届第一次会议召开，王国钧作为冶金行业佼佼者，被推选为代表，参加了会议。1979 年 6 月，政协五届二次会议召开。会议召开的前两日，正在美国考察的王国钧准备回国。临走的前一天晚上，在所居住的山庄，考察团的中国专家与美国当地朋友联欢话别，而人群中，却独独少了王国钧的身影。此时，他正在一棵大树下，默默地等待一位故友。

第二天，王国钧踏上了回国的飞机，按时赶回北京参加政协五届二次会议。在会上，他讲了此次美国之行的感受。他说："资本主义并不可怕，我们只有了解他们，才能战胜他们。"

那次从美国回来，同行的人大都或多或少给家中亲人带了小礼物，唯独王国钧什么礼物也没带，但他带回了一样特殊的东西——

两瓶美国最新的纯铁标钢钢样。那是他离开美国的前一晚，在那棵树下，匆匆赶来的一位故友送给他的。据说，这两瓶最新的纯铁钢样，在当时很难得到，即使花钱也无法买到，所以王国钧在考察期间，拜托他在美国的一位故友，想办法帮自己弄到这种纯铁钢样。这位故友十分理解王国钧的心情，所以竭尽全力帮助他实现了愿望。临别之际，当王国钧从那位故友手中接过两瓶纯铁钢样后，如获至宝，一路呵护，带回中国。

王国钧回到太钢后，潜心研究这两瓶纯铁钢样。但一个月后，正当王国钧研究进入关键时刻，他的身体再次出现了问题，被送进了医院。在太原几所大医院检查了一圈后，所有的医生都给出了结论：肺癌。

纯铁钢样研究，不得不中断。

太钢领导闻听此讯，十分震惊。他们不是为纯铁钢样的研究中断而震惊，而是为王国钧身体所患疾病痛惜。谁能想到，这位为我国特殊钢事业奔波大半辈子的人，竟然会病魔缠身。痛惜之余，太钢决定立刻安排王国钧到北京检查治疗。

而且，说走就走，一分钟也不耽搁。

临行之前，王国钧心中的包袱很是沉重。因为，在他的身边，有一些朋友正是被这种疾病夺走了生命。

尽管身体已经被判了“死刑”，王国钧还是向太钢领导提出了一个请求，那就是由他给厂里的干部和技术人员作一次报告。

有人劝他：作报告对你身体不利。

有人催促：你必须停下手头一切工作，抓紧时间去北京治疗。

但王国钧不惜病体，坚持自己的请求。无奈之下，太钢领导答应了他的这一请求，因为这也是王国钧自1951年来到太钢工作后，提出的唯一的“个人请求”。

身体有些孱弱的王国钧如愿来到了会场。会场上，他满怀不舍地望着大家，深情地给大家讲了当前国家的形势和大力发展科技以及加强科学生产的重要意义，希望眼前的这些太钢人能继续完成18吨氩氧炉精炼钢的建设，能继续完成纯铁钢样的研究，继续发展特殊钢，继续为我国的重要装备，尤其为国防、军工事业研制、生产出更多的优质钢种，作出更多的贡献。

王国钧把这次的报告，看作是他的临终赠言，所以讲得很动情。

当大家得知这可能是六十多岁的王国钧与他们的最后一次见面时，来听报告的干部、技术人员眼中都噙满了泪花，听得无比认真。

也许是上天对王国钧还有一丝眷顾，到北京后，经过一番检查和治疗，医院排除了之前的肺癌之说，确诊为肺炎。这让王国钧不由得长舒了一口气，因为自己又可以继续为特殊钢事业，为钢铁报国、富国强兵的理想而继续奋斗了。

两次生病，让王国钧更加感到了人生短暂。回到太钢后，他越发珍惜每一分每一秒，几乎天天都是在加班中度过的。一个冬日的深夜，北风呼号，雪花飞舞，忙碌了一天的王国钧骑着自行车回家。由于心中思考着生产中的一个问题，加上眼睛高度近视，看不清路，在一十字路口，王国钧被一辆大卡车撞倒。可第二天，本该在家养伤的他，又出现在了研发和生产现场。

1981 年 1 月，北京钢铁设计总院和太钢完成了 18 吨氩氧炉的设计。第二年四月，此项设计在太钢开始动工建设。1983 年 6 月，全国政协换届，王国钧再次当选政协委员，被分在科技组。科技组是政协会议中最大的一个组，共分五个小组，有二百七十人。王国钧所在的组，大多是我国国防科技方面的尖端专家，来自核工业、航天、航空、电子等领域，组长是我国著名的原子能专家钱三强。会中，钱学森也参加了他们小组的讨论。国家对科技事业的重视，让王国钧在特殊钢方面的研究热情更加高涨。

1983 年 9 月 17 日，在其他国家对我国实行技术封锁的情况下，历经十余年研究，以王国钧、胡德斌、郭朴田、智炳钧、赵家声、马锡忠等为代表的太钢人，建成了我国第一台工业性生产装置 18 吨氩氧精炼炉。这是我国自行设计的第一台 18 吨氩氧精炼炉。它的建成和试制成功，填补了我国氩氧精炼炉的技术空白，各项指标都达到了国内攻关项目的要求，还大大提高了不锈钢的质量，为我国不锈钢和其他特殊钢生产开辟了一条新的途径，更为太钢“两板一片”的发展创造了有利条件。冶金工业部和山西省委、省政府对这项成果高度重视。18 吨氩氧精炼炉正式投产之日，时任冶金工业部副部长的陆达和山西省副省长阎武宏都赶来参加了投产仪式，见证了这一重要时刻。

不久，王震等中央老领导也来到太钢，目睹了这台我国自己设计、建成的氩氧精炼炉。

有了氩氧精炼炉后，太钢计划再配置一套不锈钢连铸机，与氩氧精炼炉配合使用，以发挥其更大的生产能力。1984 年，太钢领导商钧带队到欧洲考察不锈钢连铸机，遇到不少外国同行。当时，这些外国同行普遍以为中国还在使用电炉炼钢，没有氩氧炉，更没有掌握氩氧炉精炼不锈钢工艺，于是用轻视的口气问商钧："你们要连铸机做什么？你们的不锈钢有那么大的生产能力吗？"商钧听后，挺了挺腰板，回答对方："我们有氩氧炉。"外国同行听了，更加好奇，问："你们的氩氧炉是从哪个国家进口的？"商钧又答："是我们自己研发建设的。"随着商钧的话音刚落，那些国外同行的脸上一齐露出了惊讶的表情，好像在说：你们中国也能制造氩氧炉？

商钧看出了对方的诧异之情，于是便将太钢研发氩氧炉的经过和投产后的情况告诉了他们，那些外国同行听得频频点头。再次见面时，那些外国同行对商钧等来自中国的考察团成员明显流露出了钦佩之情，一扫往日的傲慢。

太钢自己设计、自己建设的氩氧炉被外国同行得知后，很快惊动了美国相关人士。因为当时氩氧炉属于美国专利，他们不相信，一群中国钢铁工人，连氩氧炉长什么样都没见过，仅靠着书本上的东西，竟然就能建起来，而且还掌握其工艺技术，顺利出钢。于是，美国相关人士带着满腹疑虑，从大洋彼岸来到中国的太钢，实地了解情况。太钢第三炼钢厂的负责人邓克勤接待了对方。

邓克勤 1954 年初中毕业来到太钢，长期在三钢厂工作。氩氧炉试验期间，他全程参与了这项工作，曾受太钢委派，到日本一家钢厂学习氩氧炉精炼工艺。其间，受到日方一位技术人员的百般刁难。虽困难重重，但他依然凭借一身正气和对新技术的渴望，学到了真本领。所以，他对氩氧炉试验的整个过程，可以说是了如指掌。彼时，作为三钢厂的负责人，邓克勤给黄头发蓝眼睛高鼻梁的远方来客讲了氩氧炉的研发经过，可对方还是不相信，要求到车间去亲自看看。于是，邓克勤带着对方来到原料车间和连铸车间，然后走进炼钢车间。进炼钢车间时，正赶上工人们在出钢，当时出一炉钢需要四十到五十分钟。美国来人就这么一直站在氩氧炉前，直到看完整个出钢过程，之后什么也没再说，心服口服地离开了。

就在太钢一年一个新面貌，一年一个新台阶时，太钢领导意识到，人无远虑必有近忧，一些运行多年的设备，到了需要更换的时候了，不然，将会直接影响产品的研制、生产和供应。当时太钢所有的生产、生活、医疗用氧，靠的是一台 1969 年从德国引进的 1 万立方米制氧机。因为当初引进时，外汇不多，所以只引进了这一台。

这台制氧机在太钢连续运转了十多年，已到了随时停产的年限。制氧机一旦停产，太钢许多设备就会因“缺氧”而集体“趴窝”。到时候，别说国防、军工用钢，就是普通钢材，也难以生产出来。

这对于一个年产百万吨钢的企业来说，是个不小的问题。商钧为此整日如坐针毡，寝食难安。

如何能尽快再引进一台制氧机，成了商钧的一块心病。无巧不成书，1982 年，商钧到北京参加全国冶金工作会议。会上，本钢、太钢、包钢几个大钢厂的负责人在一个小组，商钧在这里遇到了本钢负责人徐步云。两人是故友，之前曾同去日本考察，又都挚爱着钢铁，所以一见面，话题自然离不开本行，相互取经、相互借鉴。在愉快的交流中，徐步云告诉商钧，他们本钢有一台刚从德国引进的1万立方米制氧机，已经全部到货，可惜由于资金不足，不准备要了。商钧一听，顿觉眼前一亮。心想，这和太钢目前正在使用的那台制氧机不是一模一样吗？他如获至宝，喜出望外地对徐步云说："你不要了，就转给我吧，我有钱。"徐步云说："如果你有钱就给你。"

就这样，两人一同去向冶金工业部部长唐克汇报情况。唐克听后，也考虑到太钢的制氧机确实到了即将停用的年限，以及单机运行的危险性，于是同意将本钢的制氧机转给太钢。

为了避免夜长梦多，商钧在会议期间便起草文件，并请唐克签字，接着去办公厅盖了公章，然后把公函寄往太钢。同时，他还连夜打电话叮嘱太钢的张景华等人，马上组织人员从太原出发，到本钢运回那台制氧机。并特意交代："运不回大的，就先把小件拉回来。"因为商钧觉得，只要拉回制氧机的一部分，哪怕是小件，那这台制氧机就非太钢莫属了。

其实，太钢当时和本钢一样，也缺少资金，可商钧求"机"心切。他想，等拉回制氧机后，再想办法筹钱。当下最重要的，是先把制氧机安装到太钢。

冶金工作会议还没开完，张景华已经带人将制氧机的小件从本钢运到太钢，接着，制氧机也运到太钢。

新的制氧机运回后，太钢组织队伍动工建设、安装。可是，这项工程当时国家还没批准立项，购买制氧机所需要的四千七百多万元投资只能靠太钢自己解决。而太钢，一下子根本拿出这么大一笔钱。商钧对总会计师韩桂五说：“老韩，咱就是卖了裤子，也要凑够制氧机的资金。”

想尽一切办法，节省一切费用，太钢凑齐了购买制氧机的钱。1983 年，这台 1 万立方米制氧机在太钢顺利投入使用。它不但保证了氩氧精炼炉的正常使用，初轧厂特钢钢坯的火焰清理用氧，还保证了二钢炉“二吹二”的氧气需求和高炉富氧鼓风的需要，为特殊钢生产提供了保证，解决了全厂的生产危机。同时，新旧两台制氧机同时运行，实现了“双吹”，这让太钢的不锈钢质量和产量大大提高。

1984 年 10 月 1 日，国庆三十五周年之际，王国钧作为山西省劳模，到北京参加国庆观礼。在天安门旁的红色看台上，当他看到列队的飞机从天安门上空飞过，坦克、炮车和各式导弹在天安门前的长安大街上雄伟经过，王国钧的一颗心就按捺不住地加快跳动起来。因为，在这些接受党和国家领导人、接受全国人民检阅的现代化国防装备上，都有太钢研发生产的材料。

王国钧和所有太钢人的智慧、汗水、梦想，正在一步步变成富国强兵的现实。

由于太钢对国防军工作出了贡献，1985 年 6 月，在国防科学技术工业委员会、国家计划委员会、国家经济贸易委员会、国家科学技术委员会联合召开的全国国防军工协作工作会议上，太钢获得先进企业的奖状和奖杯，王国钧获得了国防军工协作工作先进个人金质奖章。

那一年，王国钧六十九岁。当他站在领奖台上，捧着奖状、奖杯，戴着金质奖章，无比欣慰，尤其是想到在我国原子弹爆炸、卫星上天、洲际运载火箭发射、潜艇水上发射运载火箭、通信卫星发射等诸多国防尖端重器和高技术领域中，都有太钢生产的特殊钢材；高能加速器和电子对撞设备等高科技研究，太钢也都及时提供了优质关键材料；全国仪表、电子工业电器原件所用的优质纯铁，也主要由太钢提供。他为太钢骄傲，也为那些怀揣钢铁报国、富国强兵梦想的同行者所感动。

三个月后，由太钢生产的核潜艇屈服强度100公斤级耐压壳体钢板技术鉴定大会在大连举行。参与钢板研制的太钢负责人李成、金成山、张步海，研制人员曹世英、庄金泗、杨春芳、彭必先、史长琛、刘源贵、于岁升、张文胜、蒋桂珊、吴启莹等参加了这次会议。

从接受这项任务，到完成技术鉴定，太钢整整用时十个年头，完成了国家交给的任务。

在荣誉和成绩面前，太钢依旧没有止步。当时，由于国家资金紧张，所以商钧虽去国外考察了一圈连铸机设备，但因为价格昂贵，国家无法为太钢从国外引进。于是王国钧和太钢领导李成商量：靠国内力量，靠自己力量，研发这一设备。

不锈钢板坯连铸工艺研发开始后，国家经委对太钢给予了大力支持，加快了太钢的板坯连铸机研发速度。不久，太钢制造出了我国第一套不锈钢立式板坯连铸机，并准备投入试验。

连铸试验开始后，王国钧和大家无论白天，还是黑夜，都不离开现场，几天几夜吃住在连铸机前。许多领导闻听后，也把办公地点搬到现场，一边办公，一边亲自指挥。

但连铸，尤其是不锈钢连铸，太钢毕竟之前连见都没见过，所以第一次试验时，钢水还没到指定的位置，便“哗——”地洒了一地，试验以失败而告终。

第一次试验失败后，大家认真召开技术分析会，研究各个环节可能存在的问题，最终确定是由于密封不良导致的浇铸失败。于是，他们接着进行第二次试验。但令人惋惜的是，在大家期待的目光中，这次试验依旧没有取得理想的效果，再次以失败告终。

为了稳定军心，在现场指挥的太钢领导，一边安慰大家，一边组织大家再次查找原因，并准备进行第三次试验。这一次，钢水有序地倒入指定位置，浇铸一次成功，随即，第一块不锈钢连铸板坯从连铸机上拉了出来。那一刻，在场的每一个人都情不自禁地欢呼起来，大家互相握手、拥抱，流下了激动的眼泪。

跌倒了，爬起来，再跌倒，再爬起来。经过一再试验，1985年11月，太钢建成了我国第一台自己设计、自己制造的1280毫米不锈钢立式板坯连铸机。12月27日，成功拉出了我国第一块不锈钢连铸板坯，结束了我国没有不锈钢板坯连铸机的历史，填补了我国合金钢连铸技术的空白，标志着太钢的不锈钢工艺达到了现代化的水平。

这一天，已七十多岁的陆达再次来到太钢，为我国第一台连铸机的投产剪彩。站在他旁边的，是同样满头银发的王国钧。

老骥伏枥，志在千里。他们，一刻也没放弃过曾经的理想。

也是这一年，我国第一台转炉在太钢投产。

还是这一年，太钢计划搞冷轧硅钢。冶金工业部一位副部长提出意见，说武钢已经搞了，太钢没必要再搞硅钢。于是太钢将这位副部长请到太钢，给他讲了太钢的历史：我国工业史上最早采用氢气退火生产出高性能热轧硅钢片出自太钢；采用多层叠轧生产出大张 0.2 毫米热轧硅钢片满足军工高频材料需求的也出自太钢；我国第一个建立起冷轧硅钢的中间试验工厂并研究出冷轧硅钢，同时生产出高性能冷轧硅钢片的也是太钢。终于，这位副部长明白了太钢在硅钢领域的能力和贡献，开始支持太钢搞冷轧硅钢。

军品优先，推广民用。这是太钢在研制新产品时，始终遵循的一个方针。资料显示，自 1977 年初山西省委限期太钢在上年亏损七千一百万元的基础上，扭亏为盈，来年给省委交一根冰糕钱之日起，到 1985 年，太钢共为国家研发新产品一千三百多项。其中，电磁纯铁、热轧硅钢片、不锈钢、冷镦钢、火箭弹发动机壳体用钢、舰艇钢、航空用钢、枪弹钢、炮弹钢等为我国的军工用钢提供了保障。406 超高强度钢板获得了国家发明三等奖，航空用结构钢获得了国家发明二等奖，GC-11 防弹板等获得了国家发明奖。同时，他们研发和生产的油桶板获得了国家银牌，为我国的粮食加工、化学工业、商业、农机等部门提供了大量的产品；研发生产的离心铸造高合金无限冷硬复合铸铁轧辊获得银牌，性能超过了日本进口的产品，为国家节约了大量外汇……

1986 年，我国第一条冷轧宽带不锈钢光亮退火线机组也在太钢投产，填补了我国冷轧不锈钢带生产的空白。之后，太钢又新建了二号氩氧炉等设备。依靠这些现代化的装备和工艺，太钢为国家生产出了更多的优质产品。许多年后，太钢研发的产品，更是被应用到我国诸多重器领域之中。但，那是后话。彼时，在攀登科学高峰的道路上，在实现钢铁报国理想的道路上，太钢人正一步一步地往前迈进。

莫道征途漫漫无同行，看，在那一座座炼钢炉前、一台台轰鸣机器旁边，陆达、王国钧、马光国、施济才、冯怀真……那一个个身影，不正是一群心怀为国争光、钢铁报国、富国强兵梦想的钢铁人最真实的写照吗！

贰拾肆　冰与火

20 世纪 80 年代初，太钢的特殊钢生产一天一个新台阶。1983—1984 年间，以生产不锈钢冷轧薄板为主的太钢七轧厂，却在冰与火中度过了难忘的一年。

七轧厂建于 1963 年。当时，国家准备从德国引进设备，在我国建设一座设计能力为年产三万吨的冷轧不锈钢薄板现代化工厂。那么，这套设备引进后，放在哪里比较合适，出现了很多争议。冶金工业部的一部分人主张放在上海，因为他们认为不锈钢的生产首先需要清洁的环境；而位于黄土高原的太钢，受地理环境影响，长期尘土飞扬，显然不具备条件。

就像当初争取 1000 毫米初轧机一样，太钢又开始了积极地争取，向冶金工业部列举了自己的种种优势。终于，精诚所至，金石为开，国家决定将这套设备安装在太钢。于是，太钢开工建设起了第七轧钢厂。

由于引进的是德国设备，为了方便与德国公司人员谈判，太钢抽调了几名懂技术的年轻人，成立了两个德文培训班，学习德语。1965 年 8 月，七轧厂筹备组也正式成立，办公地点就设在十八宿舍的小院里，与德文培训班相隔一墙。11 月，德文培训班的年轻人前往北京，代表太钢与德国施劳曼公司、松德威克公司进行谈判，并分别与这两家公司签订合同。由于太钢年轻人能够很好地与德方人员交流，所以谈判事项相对较为顺利，合同也很快定了下来。合同中规定：冷轧不锈钢带钢工厂从 1967 年 8 月正式开始安装，1968 年 8 月试车投产。其间，德方将根据合同，分期分批向太钢提供设计资料。

就在七轧厂建设和设备安装按计划推进时，承担施工任务的十三冶金建设公司因受政治环境影响，工程建设无法按进度进行。德方为此不再派技术人员来太钢指导工作，致使工程一拖再拖，直至五年后，七轧厂才建成，设备才投产。

投产后，由于缺乏冷轧不锈钢薄板的生产经验，且这些设备建在一个特殊时期，“先天不足”，所以生产出来的产品，无论是板型、尺寸，还是表面质量，都存在一些问题。

针对这些问题，七轧厂与北京钢铁研究总院、北京建筑研究院、北京自动化所等单位一起攻关。攻关期间，七轧厂从炼钢、热轧、冷轧等各个环节找出问题，总结原因。几经试验，仍旧无法从根本上改变问题。为此，太钢和冶金工业部都十分着急，

他山之石，可以攻玉。1982 年，太钢先后派人到德国、日本、法国等国家的不锈钢企业学习考察。在此过程中，考察人员发现日本的日新制钢所生产的不锈钢产品质量较好，且对方装备水平也与太钢的相近，于是决定与日新制钢合作，将太钢生产的十个钢卷运到日本，让日方用他们的设备、技术和轧机操作，完成后

又运回太钢。

经检验，运回太钢的这些产品，各方面数据都很理想。于是，太钢按照日本的方法，在自己的设备上又轧制出了一批冷轧不锈钢薄板。

为了检验这些冷轧不锈钢薄板的质量，1983 年秋天，太钢从日本请来日新制钢常务取缔役土居等人，对七轧厂生产的冷轧不锈钢薄板进行考察和质量鉴定。

一番测试、对比、评定，日新制钢常务取缔役土居等人给出了结论：太钢生产的不锈钢薄板质量等于零。

质量等于零！这个结论无论是对冶金工业部的领导，还是太钢的领导来说，其震惊程度都不亚于一场八级地震，尤其刺痛着太钢七轧厂职工的心。

秋风瑟瑟，凉意阵阵，但在太钢七轧厂职工的心中，这个零分，比那秋风还要冷许多。因为他们知道，这个零分不仅仅是给太钢打的，而是给全中国的冶金行业打的。

靠人不如靠己。

日本日新制钢常务取缔役土居等人走后，太钢痛定思痛，决定通过自身的努力，改写这种结论，并调设备研究所所长黎礼才到七轧厂担任厂长职务。

黎礼才1964年毕业于武汉钢铁学院，到太钢后，陆续在技术员、副工段长、副科长等许多岗位上锻炼过。1984 年元月，他接受任命，来到七轧厂，来到日本专家给出“质量等于零”的那批冷轧不锈钢薄板前，内心一时涌出各种滋味。

在商钧等领导的支持下，七轧厂很快被列为太钢的“特区”。商钧在与黎礼才的谈话中，明确告诉他：“在‘特区’，你可以进行各种改革试验。”冷轧不锈钢薄板大部分问题出在热线上，尤其是在酸洗环节，商钧亲自在七轧厂抓了不锈钢酸洗的温度、酸度和过钢的速度，又从日本进口了十个不锈钢热轧钢卷，与太钢生产的热轧钢卷做对比试验，查找影响不锈钢冷轧薄板质量的原因。

处于“特区”的七轧厂职工，也迫切想甩掉“质量等于零”的帽子。他们在商钧和黎礼才的带领下，从一道焊缝、一个钢卷等细微之处入手，埋头攻关。

夏天到了，七轧厂的厂房里密不透风，连台电风扇也没有，如蒸笼一般，但职工们个个闷头研究，任凭汗水流淌。天气炎热，黎礼才担心大家中暑，于是安排食堂熬好绿豆汤，挑到厂房里，一勺一勺盛给大家，这让大伙十分感动。接下来的日子里，大家都像是拼了命似的工作，黎礼才更是四十多天没回家。他们一心想尽快生产出符合标准的冷轧不锈钢薄板。

辛苦的付出，终于换来了成果。1984 年 7 月 14 日下午，七轧厂按照“2B 工艺标准”，生产出了首批超过国家最高质量标准的冷轧不锈钢薄板，开创了太钢 2B 表面冷轧不锈钢板的新时代，填补了我国 2B 产品的空白，甩掉了“质量等于零”的帽子。

7 月 15 日，全国三百多家不锈钢用户在太钢召开会议。太钢职工将这些不锈钢板抬到会场。当看到七轧厂生产的最新产品时，大家无不为之震动和鼓舞。时任太钢总工程师的王国钧表示：太钢七轧厂生产出的高质量 2B 表面冷轧不锈钢板，对太钢来说有着划时代的意义。

太钢七轧厂冷轧不锈钢薄板质量的进步，引起冶金工业部领导的关注，冶金工业部为此派专人到太钢七轧厂调查总结，并在《内参》上发表了“太钢生产出 2B 表面不锈钢产品，实现了‘零’突破”的文章。其间，陆达和冶金工业部炼钢司司长也专程来到太钢，听取了商钧、李成、王国钧等人对冷轧不锈钢薄板的攻关和生产情况汇报。在听完他们的汇报后，陆达提出一个问题：“你们的冷轧不锈钢薄板质量为什么会提高得这么快？”

商钧等人不服气地回答：“因为日本人给我们打了零分！”

不久，日本日新制钢的专家也听说了此事。他们再一次来到太钢，当看到七轧厂新生产的冷轧不锈钢薄板后，都感到十分惊奇，用日语连连赞叹道：“没想到太钢七轧厂变化这么快、这么大，生产的产品有的已经达到了日本一级品的质量水平。”

冶金工业部和山西省的领导对太钢七轧厂的进步，也给予了充分肯定和高度评价，太原市委、市政府也在全市干部大会上对其进行表扬。1985 年初，在北戴河召开的全国冶金工作会议上，冶金工业部专门指定黎礼才代表太钢在大会上介绍七轧厂冷轧不锈钢薄板的生产经验。

在涅槃中重生的七轧厂，朝着更高的目标前进。

贰拾伍　沙场点兵

20世纪80年代末至90年代，为了满足国家发展需要，尤其是一些重要领域用钢需要，太钢再次开始了大规模的技术改造，有1350立方米高炉、1549毫米热连轧、20万吨高速线材生产线、3号和4号100平方米烧结机、50万吨板坯连铸机、森吉米尔轧机、冷轧硅钢生产线、冷轧不锈钢光亮线、不锈钢冷热处理混合线等，自动化装备在这一时期得到快速发展。

在这些技术改造中，1549毫米热连轧设备的投产，在太钢留下一段难忘的故事。

1992年初的一天，是太钢李高亭人生中最难忘的日子。那一天，春寒料峭，乍暖还寒，太钢领导李成把他从初轧厂叫到办公室。谈话中对李高亭说出了一个决定：成立热连轧厂，由你组建。

当时国际上的大型钢铁联合企业都有热连轧机，我国的鞍钢、宝钢、武钢也陆续安装了这套设备。太钢此时虽已被国家指定为不锈钢生产企业，但在生产中，总是会经常出现这样或那样的问题，如受炉卷轧机自身的限制，存在钢卷厚、板型差、成材率低等现象。因此，太钢下定决心，筹建热连轧厂，以回报国家多年的信任。

李高亭出生于1941年，上海人，1960年从学校毕业后分配到太钢，曾做过工人、技术员、工段长、生产厂长、厂长，可以说是在太钢摸爬滚打了半辈子，经验十分丰富。这也是李成选择由他来组建初轧厂的原因。

可毕竟年岁不饶人，且此事责任重大，自己还能像年轻时那样，扛起重任吗？坐在李成的对面，年过半百的李高亭半低着头，沉思着。

犹豫之际，猛抬头，他的目光与李成的目光相触，那是一种无比信任目光，跟当年王国钧与陆达目光相触时一模一样。

“咬咬牙，接过这担子吧。”李成对李高亭说。

霜染两鬓的李高亭，望着比自己年龄大近十岁，满脸充满期待的李成，郑重地点了点头，然后，他转身噔噔噔地走出李成的办公室，走出办公大楼。此时，冷风依旧，但李高亭却闻到了春天的气息。他在风中走着，走着，又想起李成嘱咐他的那句话：带出一支好队伍，尽快掌握国内国际先进技术。

建起热连轧厂，不是一件容易的事；仅购置一套热连轧设备，就得两亿元人民币。

两亿元人民币。这对资金短缺、并不富裕的太钢来说，是一笔犹如天文数字般的巨款。

可报国的梦想，不能放弃呀。

几番考察研究，几番商讨对比，太钢最终决定从日本购回一套对方淘汰下来的二手设备——1549毫米热连轧生产线设备。

对方开价：五亿日元。

这笔钱，相当于两千万元人民币。乍听起来，有些昂贵，但仔细算算，它与一套两亿元的新设备价格比起来，实在是便宜了许多，便宜到几乎是一堆“废钢铁”的价格。

由于是“废钢铁”的价格，所以日本厂家不负责拆卸，也不负责安装。太钢把这堆“废钢铁”当成一件宝贝，安排了七八十名精兵强将，本着“原拆原装”的原则，远赴日本。在日本三九株式会社的帮助下，这套两万吨重的热连轧设备的每一道工序、每一个零部件都精心做了标识和编号，并拍了照、绘了图。就像考古专家搬迁文物时一样，仔细再仔细、小心再小心、认真再认真。

拆除设备，用时九个月。九个月后，这套热连轧设备在一群中国钢铁工人的呵护下，跨过太平洋、东海、黄海、渤海，安全运到中国。在天津港靠岸，然后转至火车和汽车上，朝太钢而来。

一队人马把设备运回太钢，一队人马在太钢加紧建设相关设施。这时，又一个问题摆在了李高亭的面前，那就是还没组织起相应的热连轧工人队伍。于是，太钢开始从技校、冶炼学校、大专院校招人，又从本单位的生产骨干中挑选了一部分工人。数月后，一支六百人的热连轧全线操作工人队伍组建起来。接下来，便是对他们进行培训。

由于这六百人中，大多是从技校和冶金学校招来的学生，有些学生还没毕业，还不到二十岁，有的才十六七岁，长着一张娃娃脸。这些“娃娃脸”放下书本，从学校课堂来到太钢，可以说是两眼一抹黑，什么也不懂。而此时，太钢给李高亭下达的命令是：1994 年 8 月 8 日，热连轧设备必须正式投产。

之所以选择这个日子，是因为那一天，是太钢建厂六十周年的纪念日。一个甲子，有着重要意义，太钢要用两个项目来庆祝这个日子：一个是尖山铁矿投产，一个就是热连轧设备投产。

李高亭牢牢记着这个日子，不敢有丝毫含糊，连走路、吃饭、睡觉想的都是 9488。

为了保证热连轧设备按期投入使用，李高亭请示领导后，制订了一套完整的培训计划。既分专业进行教育，又对这些“娃娃脸”进行军训。因为，李高亭对这支队伍有着更高的期望。

七八月的太原，骄阳似火，“娃娃脸”们在毫无遮挡的太阳下开始了魔鬼式的训练，摔、爬、跑、拉练，几乎与部队没有两样。在这一过程中，“娃娃脸”们汗水中夹杂着委屈、夹杂着眼泪、夹杂着不满、夹杂着埋怨，最后，这些“娃娃脸”从哭鼻子抹眼泪、到勉强接受、到完全适应，再到蜕变成长。

军训结束后，李高亭邀请太钢领导前来检阅。

检阅当日，天公不作美，说变天就变天，像是专门考验李高亭的这支队伍一样，瞬间乌云密布、大雨瓢泼。就在“娃娃脸”们以为检阅不能正常进行的时候，传来了李高亭“下刀子也得照常进行”的命令。就这样，“娃娃脸”们和前来参加检阅的太钢领导，在大雨中度过了难忘的一次检阅。

在太钢的内部培训和军训结束后，李高亭又向领导提出申请，把这支六百人的队伍送到武钢去学习，学习期限一年，完全实行军事化管理，一年内不许回家。

有人窃窃私语：去武钢学习可以，但完全没必要实行军事化管理。

李高亭知道了，说："50年代我们太钢扩建时，国家就提出要把自己当成国防工厂，要像国防工厂那样严格要求自己的工作。现在的这些娃娃，将来要担起国防工厂的大任，所以从一开始就必须严格要求、严格训练。"

窃窃私语者听后，想起太钢一路走来的历程，连连点头。

从太原到武汉，从北方到南方，"娃娃脸"们都是第一次出远门，再加上完全军事化管理和水土不服、饮食不习惯等原因，新鲜劲一过，很多人就出现了不适，有发热的、呕吐的、肚子疼的、患盲肠炎的。太钢为此专门给这群"娃娃脸"们配备了一名医生和一名护士，及时给予治疗。身体的疾病可以用药物治疗，"娃娃脸"们对家人的思念却无药可治。因此，悄悄躲在角落里抹眼泪者常常有之。病归病、哭归哭，却没有人打退堂鼓，没有人提出要退出这支队伍，更没有人提出要回太原。他们跟着武钢的师傅们专心致志地学技术、练本领。

太钢这支六百人的队伍，全部涌入武钢1700毫米轧机上实习，无形中打乱了武钢在许多方面的节奏，包括就餐方面，也给武钢带来了不便。为此，李高亭给"娃娃脸"们立了个规矩：所有人员，必须等武钢的师傅吃完饭后，再进食堂。在此期间，武钢虽然也尽力给这些"娃娃脸"以全面照顾，但"娃娃脸"们还是会经常吃到已经凉了的饭菜。

在学习上，这群"娃娃脸"们每天跟着武钢的师傅学习操作，下班后，还要集体再学两个小时，并且每周都要进行一次考试。

为了让武钢的师傅们倾囊相授，工作中遇到的脏活、累活、苦活，“娃娃脸”们总是抢着干，就连地沟里积淀多年的污垢都清理得一干二净。面对约束力、学习力如此之强的太钢队伍，武钢的师傅感动了。他们毫无保留地把技术教给这群来自北方的特殊徒弟。

中秋节到了，“娃娃脸”们在收工后，望着空中的那轮明月，想让明月捎去对家人的思念。月光下，他们的面容是那么纯净，眼睛是那么清澈。

其实，太钢也无时无刻不惦记着这些“未来的希望”。

春节转眼到了，李高亭和太钢的十多位领导，带着单位的文工团，远赴武汉，去看望“娃娃脸”们。除夕夜，李高亭让武钢食堂的师傅把钥匙给他们留下，然后派人去市场上买了鱼肉蛋菜，给“娃娃脸”们炒了菜、包了饺子。

那一晚，“娃娃脸”们坐了六十多桌。因为开心，他们一个个脸蛋都涨得通红、透亮。开饭时，武钢的几位领导闻讯赶来，与太钢的领导以及六百名“娃娃脸”共度除夕，共迎新春。

又一个盛夏来临的时候，这些“娃娃脸”们学习结束，即将离开武钢。为了检验他们的所学所获，1993 年 8 月，李高亭与太钢有关领导来到武钢，组织这些“娃娃脸”们在 1700 毫米轧机上进行了一次操作大演练。

那是一个周日的晚上，8 时，1700 毫米轧机前的武钢工人，全部按规定撤下。顷刻，从加热到卷取的各工序前，全部齐刷刷换成了太钢的“娃娃脸”。

所有的人，都为这些“娃娃脸”们捏了一把汗。

操作开始后，只见这些“娃娃脸”们深吸了一口气，然后，他们如初生牛犊一样，稳扎稳打地按下按钮，一丝不苟地盯着机器，有条不紊地跟着工序来回跑动。其间，没有出现一点儿闪失。

连续操作两个多小时后，李高亭与在现场检验的太钢领导露出了满意的、欣慰的笑容。此时，深邃的夜空，月光皎洁、星河灿烂。

就要踏上北归的列车，离开武汉，返回太原了。熙熙攘攘的火车站，“娃娃脸”们身背行囊，准备踏上列车。此时，与“娃娃脸”们朝夕相处一年的武钢师傅们也特意赶来为他们送行，有的师傅的家属听说这些“娃娃脸”要走，也赶到车站。一时间，站台上、车厢里，许多师徒不舍得分别，抱在一起，眼泪哗哗地流下。过往的旅客看到这一幕，也都被两大钢厂这群师徒的真挚情谊感动。

列车向北，千里驰骋，载着六百名“娃娃脸”向着家乡的方向飞驶。“娃娃脸”们回到了太原，回到了太钢。见到他们的那一刻，许多人都惊喜地发现，这些“娃娃脸”们一扫昔日的娇气，脸蛋黑了，身板结实了，个个如壮实的牛犊一样，只等上级下达任务。

热连轧设备正在安装调试阶段，太钢安排一部分人员加入安装队伍，给十三冶、二十冶、建设公司的专业人员打下手；还有一部分人员参加到设备调试中。调试期间，大家全都没白天没黑夜地守在现场，有的人一连数日都没回过家。当时没有电话、没有 BP 机，更没有手机，母亲见不到儿子，妻子联系不到丈夫，很是着急，于是家属们火急火燎地找到厂里，来到热连轧调试现场。看到热火朝天的设备调试场面，她们悬着的心才放了下来。

李高亭对这支朝气蓬勃的队伍很是满意，但他还要从这六百人中挑选出一百名佼佼者，组成一支神秘的队伍——开工队。这支开工队将在 1994 年 8 月 8 日热连轧设备正式投产的那一天，承担开工任务。

有人猜测，热连轧设备投产在全国属于首例。以前对于类似这样重要设备的开工，都是邀请外籍专家来指导，太钢这次是不是也请外援来帮助?

彼时，郭钦安、陈瑯环等从战争年代走出来的革命者，已经离世；王国钧、柴九思、梁海峤等有过海外留学经历，一生都在报效祖国的知识分子，也已离世。

斯人已去，但精神却未远走。

太钢领导经过商量，作出决定：自己的事，还是靠我们自己来解决！而且，他们自上而下，对从武钢学习归来的这支队伍都充满了信任、充满了信心。

其实，太钢不是没考虑过使用外援，但他们算了一笔账，请外援至少需要开销三百八十万元，再加上吃喝住行等费用，还需二百万元。而当初，自己就是因为没钱，才从日本购买了淘汰设备；就是因为没钱，才把六百名“娃娃脸”送到武钢去苦练技术。所以，太钢坚持自己的事情自己做。

国内同行听到这个消息，佩服之余，又有一些隐隐的担忧。

六百名从武钢归来的“娃娃脸”，听说要选拔开工队队员，一个个摩拳擦掌、跃跃欲试，都渴望被选入开工队，成为那支精锐队伍中的一员。因为在他们心中，这不仅是对自己此前所学所练成绩的一种认可、一种肯定，而且有一种难以诉说的情愫在里面，更有一种超越了一切的追求、理想。

那就通过赛场比试来选拔吧，太钢作出决定。

登时，高炉、平炉耸立的太钢，犹如沙场一般，六百名“娃娃脸”就是这沙场上的兵。

理论考试、实际操作，几轮下来，六百名“娃娃脸”的成绩、水平不相上下。

选谁不选谁，李高亭手握钢笔，犹如千钧。他几次提笔，又几次放下，眼前一遍遍浮现出了“娃娃脸”们在操场、在炉前、在赛场上不甘落后的身影。在李高亭眼中，他们，是太钢的未来、太钢的希望。

多么让人喜爱的一群年轻人呀！

在“伤了一番脑子”后，李高亭最终列出了开工队的百人名单。

百人名单公布之日，被选中的“娃娃脸”，兴奋地涨红了脸；没被选中的“娃娃脸”，委屈地哭红了眼。

1994 年 8 月 8 日很快来到了，热连轧生产线正式投产。这天一大早，开工仪式现场人山人海，冶金工业部、山西省、太原市政府的领导全来了。人群中，日本日新制钢株式会社的高级代表团也来了。他们也想见证一下中国钢铁工人是如何让这套在自己手里淘汰数年的“废钢铁”重新焕发生命的奇迹。

10 时 30 分，总指挥李高亭用他那沙哑的嗓音下达指令：“开始！”随着指令下达，早已守在设备前的开工队队员们立即行动起来。

在此之前的试轧中，每调试一块钢，李高亭都要从炉区跟到卷取区，然后再返回炉区，再发出下一块钢出钢的指令。为此，嗓子也变得沙哑起来。

而此时，李高亭胸有成竹。他下达命令后便稳坐在指挥桌前，因为他知道，自己一手锻炼出来的这支队伍，不会让他失望，不会让太钢失望，更不会让无数关注他们的人失望。

此时，开工队的队员们身姿矫健、动作娴熟，每一道工序在他们面前都井然有序、准确顺畅。在他们的操作中，现场所有的人只听见机器轰鸣，马达隆隆。很快，加热炉内一块红彤彤的钢坯，如一轮红日，被缓缓地推了出来，接着，钢坯如一条火龙，瞬间穿越热连轧机，在升腾的气雾中，从机器的最南端，送到了最北端，然后被卷成红红的钢卷。

“过钢成功！”当第一个崭新漂亮的钢卷从1549毫米热轧机生产线上出现在人们眼前时，现场掌声雷动，不少人的眼中淌下了激动的热泪，就连远道而来的日本客人，也情不自禁地为眼前的这群中国钢铁工人竖起了大拇指。

现场所有的人，都沉浸在成功的欣喜中，他们流下了骄傲与自豪、喜悦与激动的眼泪。

为什么我的眼里常含泪水？因为我对这片土地爱得深沉。艾青的这句诗，彼时，在现场许多人的心中出现。

在人群中，有一名叫吕晓云的年轻女工程师。她1982年从北京钢铁学院自动化系毕业，来到太钢工作，七年后，获得了北京科技大学研究生院自动化专业工学硕士学位。1992年，是她到太钢的第十个年头，恰逢1549毫米热连轧项目启动，于是她便加入进来，从可行性方案审定，到设计、实际建设，以及眼前的顺利过钢。她一路见证了这个项目的推进和投产。

此时，看着第一个崭新漂亮的钢卷出现在热轧机生产线上，她的思绪回到了两年前。由于1549毫米热连轧生产线是从日本购买回来的二手设备，电气、仪表、计算机控制等“三电”系统陈旧，需要重新配置。而当时，国外的原控制系统供应商给太钢报出了一个无法接受的价格，于是，冶金工业部和太钢决定依靠自己的力量，依据武钢1700毫米热连轧机建设和“三电”改造的蓝本，由太钢、武钢和北京钢铁设计总院、北京科技大学组成团队，购置国外一套计算机硬件，自己设计开发、联合编程。吕晓云，就是这个团队中的一员。虽是女性，但在现场安装调试期间，为了保证按进度推进，她和全体参加建设的自动化计算机人员会同土建、结构、机械设备工人和技术人员，一起钻地沟、爬桥架，满身油污、满头大汗，几天几夜不回家，进行单体试车、联动试车，随时处理出现的问题。有时候，实在太累了，她就和大家一样，靠在计算机旁的地板上打一会儿盹，而睡着的时候，手里还常常拿着笔和图纸，保持着交流的姿势。

人群中，还有一位名叫王其峰的中年人，这位毕业于清华大学的高材生，作为攻关“三电”系统的团队负责人，也在深情地凝望着那群生龙活虎的年轻人，和出现在生产线的那个漂亮钢卷。只是，此时的他，还不知道，病魔，已经悄悄地盯上了他。

1994年8月8日，是太钢成立六十周年的纪念日，也是热连轧厂正式投产的日子。从那一天起，太钢开始向着更高的目标奋进。那些与热连轧设备一起成长起来的“娃娃脸”们，自这一天起，成为太钢冉冉升起的希望；而那些与吕晓云一样默默在岗位上耕耘的太钢人，从这一天起，更是成为太钢特殊钢队伍中的骨干。这些希望和骨干，时时刻刻以国防工厂一员的标准要求着自己。

同一天，饱含着太钢另外一部分职工艰难创业、悲欢离合的尖山铁矿也正式投产。此前，太钢的铁原料用的是海南矿、河北邯郸和唐山矿、东北弓长岭矿，以及福建龙岩矿的矿粉。所以，尖山铁矿的投产，扭转了太钢在矿粉方面一直吃“百家饭”的局面，使太钢有了稳定的资源保障。

贰拾陆　又有后来者

有人说，如果把太钢几十年来为国家发展，尤其是在一些重点领域作出的贡献，看作是一幅画卷，那么，在这幅画卷中，不仅有陆达、王国钧、李晓林、陈瑯环、黄墨滨、商钧、李成等人的身影，还有一些人，也在后来的岁月里，怀着钢铁报国的心愿，接过前辈的接力棒，朝着这幅画卷走来。他们用勤劳、勇敢和智慧共同绘制成了一幅更饱满、更蓬勃、更生动的画卷。

时间，轻轻一跃，便进入了21世纪。从1952年炼出第一炉不锈钢的太钢第三炼钢厂，六座电炉在累计产钢908万吨后，完成了自己的使命，退出了历史的舞台。此时的太钢，陆续建起了具有国际一流水平的7.63米焦炉、4350立方米高炉、90吨超高功率电炉、160吨超高功率电炉、180吨AOD炉、180吨转炉、180吨LF炉、板坯连铸机、2250毫米热轧机组和平整分卷精整机组，以及年生产能力为100万吨的热线和50万吨的冷线等设备和生产线，实现了全线工艺技术装备的整体升级，并在国内首家采用以铁水为主原料的“三步法”炼钢工艺。在当时，这是国际最先进的冶炼不锈钢生产工艺技术。

一系列新设备的投入和新工艺的出现，加大了新产品的研发力度，由太钢生产的产品再次陆续进入我国重点工程领域。

2003 年 3 月，中国原子能科学研究院电告北京太钢经贸中心，欲订购 50 吨太钢生产的 0CrNi10Ti 不锈钢钢板，用于我国核反应堆的堆芯构件，也就是核燃料储水池。

核燃料储水池是核反应堆所有部件中非常重要的部件之一，位于四道防线中的第一道防线。为了严防核辐射和核泄漏，有关部门对核燃料储水池所用的钢板有着相当高的要求，规格也比较特殊，所以生产技术条件较其他钢板要求更高。

太钢接到任务后，对产品研制、炼钢、轧钢、剪切等各道工序提出了严格要求。四个月后，产品试制出来，并顺利通过了中国原子能科学研究院的性能检验和验收。接着，太钢为国家重点工程——核电站核反应堆项目堆芯构件生产的 0CrNi10Ti 不锈钢钢板，装车发往北京。

用于核燃料储水池的钢板运走后不久，太钢人又听到一个振奋人心的消息。

10 月 15 日，全国人民通过电视收看了一则重要新闻。我国研制的第一艘载人飞船“神舟五号”在酒泉卫星发射基地成功发射。

“神舟五号”一飞冲天的消息传来，国人的振奋之情不亚于当年“东方红一号”成功发射。因为“神舟五号”的成功发射，标志着我国成为继美国和苏联之后，第三个有能力将人送上太空的国家。它不但实现了中华民族千年“飞天”梦想，更提升了我国国际地位。

“神舟五号”成功发射后，太钢人尤其振奋，因为在这艘具有里程碑意义的飞船上，有太钢研发生产的三种产品。而此前成功发射的“神舟一号”“神舟二号”“神舟三号”“神舟四号”飞船上，也同样都有太钢的产品。

说起“神舟五号”载人飞船的成功发射，背后还有一个小插曲。神舟系列载人飞船在没有正式载人上天试验前，需要先造模拟舱上天进行试飞。“神舟五号”是我国第一艘载人飞船。当时，上天试飞的模拟舱钢板由哈工大来负责选定。在选定这种材料时，哈工大并不知道我们国家已经有能够生产此种钢板的厂家，于是组织相关人员到国外去寻找这种特殊材料。

漂洋过海的哈工大人员在寻找这种特殊材料期间，一位国外人士明确告诉他们，中国的太钢就能生产这种材料。于是哈工大的相关人员转身回国，赶往太钢。终于，在这里见到了他们理想的钢板。之后，哈工大正式选定太钢的某种钢板用于模拟舱建造，并通过了上天试飞的检验。太钢也因此成为我国第一个为神舟航天模拟舱试验提供钢板的企业。

2004 年夏，为持续加强钢铁材料在军工高端领域的研发和应用，太钢成立军工办，专门从事军工产品的开发与管理。接着，太钢为正在建设的奥运设施提供了不锈钢管、钢板等产品，助力我国奥运体育场馆建设。一年后的 10 月 12 日，“神舟六号”冲天腾飞，这是我国第二艘搭载航天员进入太空的飞船，也是我国第一艘执行“多人飞天”任务的载人飞船。继杨利伟之后，航天员费俊龙、聂海胜顺利进入太空。而在这艘飞船和火箭上，有四种钢产品来自太钢。

2007 年 5 月，太钢研发生产的核电站用核级不锈钢，各项指标达到要求，填补了国内空白，国内核电站用核级不锈钢的用户首次与太钢签订生产合同，结束了国内核电站用核级不锈钢被国外垄断的历史。这一年 10 月 25 日，搭载着我国首颗探月卫星“嫦娥一号”的长征三号甲运载火箭成功发射，《爱我中华》《歌唱祖国》《我是中国人》等乐曲声在太空响起。

“嫦娥一号”是我国探月计划中的第一颗绕月人造卫星，其运载火箭长三甲三级发动机的关键部件尾喷管，以及工程控制系统的各类电磁继电器用电磁纯铁，都是由太钢生产提供的。长三甲火箭的第三级为液氢液氧火箭，核心的燃烧室材料，也是由太钢协作生产的。同时，太钢还为卫星测试系统设备用不锈钢、低磁钢供货。

2008 年 9 月 25 日，“神舟七号”载人飞船发射成功，航天员翟志刚、刘伯明和景海鹏进入太空，实现了中国航天员首次出舱在太空行走，同时开展卫星伴飞、卫星数据中继等空间科学和技术试验。而在“神舟七号”上，同样有太钢生产的三类七种材料，分别用于载人火箭发动机尾喷管、逃逸塔和电器控制系统。

由于对航天事业的突出贡献，太钢领导因此多次受到航天部门、国防科工委的表彰，也曾多次受邀出席神舟航天工程在人民大会堂举行的庆功会。

此外，备受国人关注的“西气东输”、三峡工程、“和谐号”高速动车组、东风系列火箭等国家重点工程，以及亚洲最大的、用于宇航员失重训练的浮力水槽等装备，都有太钢的产品应用其中。

2008 年，我国启动核电项目。有关建设单位在网上惊喜地看到一张 S32101 双相不锈钢产品的信息。这个产品，正是太钢研制、生产的。而且，当时我国也只有太钢一家能够生产出这种双相不锈钢产品。参与这个产品研发的团队，是一群与陆达、王国钧等人有同样梦想的人。其中，有一名年轻人叫李国平。他 1995 年从包头钢铁学院压力加工专业毕业，进入太钢四轧厂。他刚入职时曾经有过一段短暂的迷茫。“我的青春究竟该怎样度过？人生的路又该如何走好？”许多个日子里，李国平常常在思考这个问题。

越思考，越清晰。

1997 年的一天，李国平利用到厂钢研所送产品试样的机会，鼓足勇气向钢研所的副所长毛遂自荐，希望能调入钢研所，参与特殊钢研发。

那位副所长打量了一下眼前这个刚二十岁出头的年轻人，从外表看，李国平并无过人之处，且身上的书生气还未褪去，一副文弱的样子，但一双眼睛，充满了亮光。于是，那位副所长让李国平先填写了一份简历。

此后数月，李国平在钢研所的简历，犹如唐代诗人崔颢笔下一去不复返的黄鹤一样，没有了下文。

李国平出生于大同天镇一户普通的人家。那年春节，他回家过完年，动身返回单位。路上，想到自己与特殊钢无缘，心中难免有些遗憾，谁知，就在他一回到太钢，走进大门，就接到一个令他意想不到的通知。

太钢历来就有对人才倍加重视的传统，钢研所作为太钢的一个部门，也始终秉承着这样的传统。那年的春节刚过，钢研所便敞开怀抱，欢迎李国平这位有志青年加入。那一刻，惊与喜，全都扑向毫无思想准备的李国平。

彼时的李国平，刚从学校毕业三年，还只是太钢四轧厂一个小小的技术员，普通的再普通不过了，但梦想种子一旦有了土壤、破了壳、发了芽，便离长成参天大树不远了。

调入钢研所后，李国平一心从事不锈钢的研发工作。那年7月，太钢接到为三峡水利枢纽工程使用的不锈钢复合材料研发的任务。三峡工程是世界上最大的水利枢纽工程，也是我国有史以来建设的最大型工程项目。1994年在西班牙巴塞罗那召开的全球超级工程会议上，三峡工程被列为全球超级工程之一。因此，三峡工程的重要性，不言而喻。而能研发这项瞩目工程的不锈钢复合材料，对太钢来说，更是一种信任、一种考验。

太钢很快组建起了研发团队，李国平便是参与人员之一。接到课题后，李国平像一台上足了劲的马达一样，不知疲倦、不知饥渴，奔波于矿山和太钢各生产车间、试验室，以及宜昌、郑州等地的设计院、施工工地、合作院校之间。为了打通一个个难关，他常常是白天在现场了解情况，晚上抱着一摞摞资料反复研究。

产品进入试验阶段后，李国平忘记了一切，他跟着工艺走，跟着材料走，尤其是材料从前一道工序进入下一道工序时，他总是早早地在下一道工序那里等着。在他眼里，这些不会说话的钢板，时而像自己的孩子一样，需要他呵护；时而像自己的亲密战友一般，代替他去为国争光、为国效力。

李国平对新产品研发孜孜不倦地追求，与他那文弱的体格极不相称。因此，研发期间，他累过、病过，但为了产品的研发，为了能向三峡工程按期供应所需要的新产品，李国平选择了置之死地而后生。

历史总是惊人的相似。昔日，花甲之年的王国钧不惜病体，也要推动氩氧精炼炉工艺，提高特殊钢的质量。今时，年轻的李国平为了我国有史以来建设的最大型工程项目——三峡工程，义无反顾、勇往直前。

是太钢这个特殊的企业锻造了他们内心崇高的信仰，还是他们内心崇高的信仰影响了太钢这个特殊的企业？

应该两者兼有吧！

在不断的努力中，李国平和大家先后研发出 S31805、S32205 等双相不锈钢产品，填补了我国诸多空白。2000 年，太钢的双相不锈钢被列入我国“十二五”国家科技支撑计划。六年后，太钢研发的双相不锈钢 S32101 试验取得成功，这在国内，属于首例。高兴之余，李国平和大家把这个宝贝挂到网上，期待被外界看到。2008 年，国家启动核电项目，有关建设单位在网上发现了这张 S32101 双相不锈钢板，并在第一时间与太钢取得联系。自此，继三峡工程之后，太钢的双相不锈钢产品进入我国核电项目，这标志着我国的核电项目所用之钢材，再也不用依靠国外进口。

研发的路，并不完全都是坦途。有时候，李国平也会遇到危险。一次，他和大家在研发试制一种新产品时，板材在最后的修磨阶段突然全部碎裂，李国平和现场人员都差点儿受伤。而像这样的危险情形，在试验中，时有发生。

不必问他们有多难，因为在国家利益面前，无论多难，他们都愿意付出，用自己的青春年华、用自己的一己之力，换取国家的需要。因此，每名参与研发的人员都与李国平一样，始终怀着置之死地而后生的决心。

焊工王秋平，他刚上高中那年，家乡遭遇水灾，学校和村庄相继被淹。在太钢当酸洗工的父亲，一位一辈子老实巴交的人，开口向单位说明了家中的情况。太钢领导得知后，破格照顾，将王秋平招进太钢。那一年，王秋十六岁，成为太钢的一名焊工。

“钢二代”王秋平拿起焊枪后，在父亲的教导下，在身边师傅的影响下，虚心请教，刻苦学习，渐渐崭露头角。二十七岁那年，他成为一名焊接技师；三十五岁那年，他成为一名高级焊接技师；四十二岁那年，他成为一名国际焊接技师。

一次，在太钢开发的某低磁钢焊接任务中，由于钢中含有很高的锰、铝元素，焊接难度较大，王秋平遇到了前所未有的难题。为了保证钢的无磁性，钢焊接后不会出现第二相析出，他经过深入研究和反复试验，摸索出了一套焊接工艺参数及一套完整的焊接工艺操作技术。经过他的焊接，钢板顺利通过了有关部门的评定，为国防建设作出了积极贡献。之后他又为三峡工程等国家重点工程的双相组织不锈复合钢排沙孔，为闸门用的产品制造安装提供了技术服务和焊工培训，多次解决了特殊钢的焊接技术难题。

随着王秋平的知名度越来越高，一些民企，甚至外企，都想暗地里高薪将他挖走，但王秋平从未动心。因为，他是太钢人，是一名中国钢铁工人。他愿将自己的一生都献给太钢，献给伟大的祖国。

牛国栋，一位面对更好的选择却甘愿留在太钢的年轻人。他和他的轧机，曾唱出最动人的歌：

我和轧机一起工作，手拉手轧制钢带，轧出太钢人铿亮的希望，一个个钢卷上，都书写着不朽人生的绚丽篇章……

牛国栋是山西文水人。文水是革命烈士刘胡兰的故乡，牛国栋从小就是听着刘胡兰的故事长大的。从少年到青年，他曾无数次问过自己：和平年代，自己应该怎么做？1997 年，牛国栋从太原冶金学校毕业，到太钢工作，成了一名轧机前的工人。没想到，就在他到太钢上班的第十天，一纸录取通知书送到了他的手中。原来，就在毕业前夕，牛国栋参加了省里组织的一次“选拔优秀大中专学生从事基层共青团工作”的考试。如今成绩揭晓，牛国栋以优异的成绩被省团校录取，并要求按规定参加脱产学习。

拿到通知书，牛国栋抱着试一试的想法，向太钢领导说明这一情况，没想到领导批准了他按时到省团校脱产学习的申请。

在省团校学习期间，牛国栋又参加并通过了公务员考试，还被批准加入中国共产党。学习结束时，他有两个选择：一是做一名公务员，到家乡从事共青团工作；二是回太钢，继续当一名轧机前的工人。当时，牛国栋内心很是纠结，一边是让人羡慕的公务员身份，一边是钢铁工人在现场干活的辛苦场景；一边是父母苦口婆心劝其回老家工作，一边是他对钢铁行业发展的美好憧憬和钢铁报国的情怀。最终，牛国栋选择放弃当公务员的机会，回到太钢，回到轧机前。

正值青春年华的牛国栋回到太钢后，以极大的热情投入轧机前的工作中。那些日子，有人说他傻，放着体面的公务员不做，非要守在机器旁，牛国栋却从运转的轧机中，听到了最美妙的歌声。

通过刻苦学习、努力钻研，2006年，牛国栋一举成为太钢“冷轧钢工技术比武状元”，接着，他和他的团队，朝着更高的目标前行，把那首《轧钢之歌》唱得更嘹亮、更动人：

我和轧机一起工作，手拉手轧制钢带，轧出太钢人锃亮的希望，一个个钢卷上，都书写着不朽人生的绚丽篇章……

如果有人问牛国栋，你对太钢是什么样的感情，他会告诉你，是绿叶对根的情谊：无论我停在哪片云彩，我的眼总是看向你，如果我在风中歌唱，那歌声也是为你而唱……我是你的一片绿叶，我的根在你的土地。

刘滨，一位立志要甩掉“洋拐杖”的人。2002年，年轻的刘滨参与了太钢罩式炉的设备引进、设计研究工作。当时，太钢虽然对国内外罩式炉的设计特点和发展方向有一些研究了解，但由于外方技术保密，罩式炉炉台、燃烧系统、阀站、减压站等设备均没有参考图，尤其是核心部分的炉台，在研发初期基本上没有一点可以供参考的图纸资料。所以，太钢前期引进罩式炉制造、安装等核心技术不得不依靠外方。刘滨参与罩式炉的设备引进、设计研究工作后，立志要形成太钢自己的方案和技术。为了对设备进行全方位的了解，刘滨和团队成员历时数年，潜心研究罩式炉，攻破了一个又一个难关，打破了外方的技术垄断，甩掉了罩式炉上的“洋拐杖”。

甩掉“洋拐杖”后，太钢动手自主开发，建设了三十座罩式炉。建设期间，刚到毛里求斯海外公司工作不久的刘滨又被召回国内，主持三十座罩式炉研发工作。这些罩式炉成功运营后，各项技术指标均达到了进口设备水平，在国内居领先地位。

2004 年，太钢热连轧厂运行多年的 1549 生产线要进行技术改造，袁盛芝任系统班第一位女班长。在 1549 生产线技改项目中，她用柔软的肩膀挑起常人难以想象的重担，负责加热炉区和步进梁区的电气施工和调试任务。

施工期间，这位文文静静的女子，常常和男同志一样在电缆沟里来回钻爬，不分昼夜地拆线、校线。长时间的连轴转，让她的嗓子哑了，嘴角裂了，本就瘦削的面孔更加苍白了。技改进入关键的调试阶段后，她更是寸步不离地守在轧机现场和电调室。饿了，吃两块饼干；渴了，抿一口凉水。高强度的工作，让袁盛芝的皮肤粗了，眼圈黑了，往昔漂亮的容颜也不见了。1549 主轧线技改顺利完成的那一刻，她朴素地说，为了心爱的事业，再多的付出也是值得的。

毕业于东北大学材料加工工程专业的博士韩东，在澳大利亚迪肯大学完成 CSC 联合培养后，第一时间选择回国报效祖国。当他来到太钢后，正逢国内飞机设计专家、中国工程院院士吴光辉将一项挑战性的任务交给太钢：让因瓦合金国产化，为中国航空产业攻克一个“卡脖子”难题。

因瓦合金学名 Ni36，是一种含有 36% 镍成分的镍铁合金。由于这种材料在一定温度范围内具有特殊的不膨胀性能，所以在我国航空航天等对温度变形有着严格要求的领域多有使用。但这种材料生产起来难度较大，多年来，我国对因瓦合金的需求一直依赖从国外进口。这对于我国航空产业来说，不得不说有着很大的制约。

对中国工业和中国制造有着特殊感情的韩东正式加入科研团队，为国产大飞机的制造奉献出自己的青春和智慧。

而在太钢，这样的后来者比比皆是。正是在这样一群群后来者的努力下，更多的太钢产品被用于“中国制造”。这些产品，遍及我国装备制造、轨道交通、石油化工、航空航天、船舶制造、核电等多个重要领域。

2018 年 10 月 24 日上午 9 时，世界的目光，再次聚焦东方，这一天，世界上最长的跨海大桥——港珠澳大桥开通。在烟波浩渺的大海上，全长近五十公里的港珠澳大桥犹如飞虹一般，将香港、珠海和澳门连接在一起，也让三地之间的陆路出行时间由之前的四小时，缩短为四十五分钟。

港珠澳大桥，横跨伶仃洋。七百多年前，南宋末年政治家、文学家，抗元名臣文天祥曾在此处留下“人生自古谁无死，留取丹心照汗青”脍炙人口的诗句，激励着一代代中华儿女为国家富强、为民族振兴、为崇高理想奔涌向前，前赴后继。

作为粤港澳大湾区互联互通的“脊梁”，港珠澳大桥被称为桥梁界的“珠穆朗玛峰”。有媒体称：它的开通，标志着中国从此由桥梁大国走向桥梁强国。

而太钢，与这座桥梁界的“珠穆朗玛峰”，这座标志着中国从此由桥梁大国走向桥梁强国的大桥，有着“亲密关系”。

让我们沿着时间的甬道，逆时而上，去回顾那段太钢与港珠澳大桥之间的故事吧。

2009 年，港珠澳大桥开建之初，远在汾河畔的太钢人，就把目光投向几千里外那片湛蓝的海湾。吸引他们目光的，不是那里金色的沙滩、迷人的海水、涌动的浪潮，而是那具有非同寻常意义的港珠澳大桥项目。

力争让这座世界第一跨海大桥用上我们中国自主生产的产品！太钢人遥望南方，想象着大桥建成后的雄壮和伟岸。

可是，港珠澳大桥无论是建筑规模，还是施工难度，以及建筑技术，都是空前的。尤其是大桥横跨伶仃洋，而伶仃洋海水中的氯盐含量高达 3.5%，超过国内其他海域，并且常年伴随有高温、高湿，日照时间长等特点，腐蚀环境超过其他海域。据了解，美国每年因钢筋腐蚀而造成桥梁倒塌的，就有近二百座，且这些倒塌桥梁的寿命，往往还不足二十年。

而港珠澳大桥的设计使用寿命，是一百二十年！是真正的百年工程。所以，在港珠澳大桥建设之初，负责建造这座桥梁建设的工程师们便在苦苦寻找一种强度高、耐腐蚀的不锈钢筋。但这样的钢筋，在我国的桥梁建筑史上，从古至今还未出现过，相关的生产企业，更是没有听说过。

难道，这样理想的钢筋，在中华大地真的不存在吗？

答案当然是否定的。

就在港珠澳大桥动工建设之时，太钢人便行动起来了。他们知道，如果想让港珠澳大桥的钢筋铁骨用上自己研制生产的“中国制造”，那就必须得拿出十二分的智慧、十二分的付出。不，这些都还不够，太钢人还必须拿出十二分的气魄——敢于挑战一切困难的气魄，去接受一次全新的挑战！

只要把国家的利益看得高于一切，就不会畏惧任何挑战！

港珠澳大桥一百二十年的设计使用寿命，有一项关键技术需要突破，那就是抗疲劳技术。无论是大桥的哪一个部位、大桥使用的哪一种材料，都必须满足这个条件。

在国家的利益面前，太钢开始行动了。而且，他们的标准更高。

技术中心高级工程师王辉绵和他的团队决定，不仅每平方厘米，即便是犹如一分钱硬币那么大的“面积”上，受力也必须达到五百公斤外。新研发的材料还要经得起五百万次的疲劳测试。

五百公斤、五百万次，这是前人从没有过的测试标准。

起初，外界有人认为这两个指标都难以实现，但王辉绵和大家通过对螺纹肋高和倾斜角度进行不断微调，对生产工艺中的速度、温度细致研究，经过七百多天的努力，研制出了理想的不锈钢筋，并通过了北京专业机构的疲劳测试。

而此时，一个新的问题也随之而来，按照设计，港珠澳大桥内使用的不锈钢筋，需要有一个起保护作用的连接套筒，而这种连接套筒，一般多出现在建筑行业，钢铁行业不涉及。

距离港珠澳大桥竞标的时间，已不到一年了，在这短短的三百多天时间里要完成连接套筒的研发和制作，并使新产品取得英国 CARES 的认证。因为英国 CARES 认证，是钢铁行业的最高标准，有了这个认证，太钢才有机会与国外那些知名大公司一起参与港珠澳大桥的投标。

这是一场真正的考验，太钢必须拿出激情、勇气、信心与时间赛跑。

在与时间赛跑的跑道上，王辉绵和大家兵分数路，分头联系国内生产碳钢套筒的厂家，尝试制作不锈钢套筒。但制作套筒的碳钢强度比其他钢产品的强度要高多了，王辉绵和大家刚一尝试加工，刀具就全部崩掉了。

再尝试，依旧是失败，依旧是刀具崩掉一地！

时间，进入倒计时，对太钢来说，一分一秒都显得无比珍贵。面对崩了一地的刀具，王辉绵和大家带着疑惑、带着急迫，走进中国建筑科学研究院，虚心向专家们请教。

星空不问赶路人，岁月不负有心人。经过一番努力，他们找准了问题的症结，设计出了一种特殊刀具，接着用这种刀具加工出了符合标准的不锈钢套筒，并在港珠澳大桥竞标之前通过了英国 CARES 认证。

2012 年 12 月，在港珠澳大桥工程竞标中，太钢与众多国际钢铁企业同时出现在竞标现场，一举拿下了港珠澳大桥的订单。并在后续的大桥建设中，将一千多吨的高质量不锈钢产品从太原运出，一路向南，运往港珠澳大桥工地，为我国从桥梁大国向桥梁强国迈进贡献钢铁人的力量。

港珠澳大桥通车后，太钢又接受了一项新的挑战性任务，参与世界在建规模最大、综合技术难度最高的巨型水电站——白鹤滩水电站百万千瓦机组电站的项目筹备。

白鹤滩水电站于1958年动议修建，后受中苏关系破裂和三年困难时期等影响，计划一再搁置。直到2010年，国家再次启动这个计划，白鹤滩水电站开始正式修建。

白鹤滩水电站仅次于三峡水电站，泄洪能力最高可达三万零九十八立方米每秒。有数据显示，以这样的泄洪能力往西湖注水，六分钟就能装满一个西湖。因此，其修建规模和单机容量等，都创造了许多世界纪录，并入选世界前十二大水电站。

在这项创造多项世界纪录的水电站大坝内，装有十六台具有完全自主知识产权，单机容量在一百万千瓦的水轮发电机组，单机容量位居世界第一。这些发电机组中的电机转子，有一个重要的部件，那就是磁轭及磁极使用的磁性材料。这是一种具有高强度、高精度、高磁性的材料，生产工艺十分复杂。长期以来，我国在水利建设方面所使用的磁轭钢，全部依赖进口。2012年，太钢接受白鹤滩水电站百万千瓦机组电站的项目筹备任务。虽然在此之前，太钢已经研发出了用于水电项目的磁性材料，但白鹤滩水电站所需要的两万多片扇形磁轭钢片的标准远远高于其他。因为这些钢片在工作时，每分钟的转速需要达到一百一十一圈，这相当于以时速三百四十五公里的速度在飞速旋转。在这样的高速旋转下，任何一片磁轭钢出现一丝丝“瑕疵”，都会导致转子重量分布失衡，从而减少整个发电机组的使用寿命。

面对这座世界在建规模最大的巨型水电项目用料，太钢研发团队成员感受到了一种巨大的压力，可是，一想到自己研发、轧制的产品将在大国重器得到应用，造福国家和人民；一想到能为国家重点工程再次贡献自己的智慧和力量，他们为国争光的心便再次由衷地迸发出来。

研发任务开始后，他们经过无数次的试验和修正，终于找到了高等级磁性材料成分最佳参数配比，自主研发出了巨型水电装备使用的磁性材料，满足了白鹤滩水电站建设项目的需求。而且，这一产品经过检测，钢片不平度小于 1mm/m，远远低于国外提供的磁轭钢片不平度误差不超过 6mm/m 的标准，质量超过了多家世界著名高强钢生产企业，从而使白鹤滩水电站所需的磁轭钢片，完全用上了中国制造。同时，太钢研发生产的高牌号硅钢、不锈钢水电板等多种产品，也用到了白鹤滩水电站项目建设中，为“大国重器”装上了“太钢芯”。

除此之外，长征系列火箭、神舟系列飞船、“嫦娥探月”月球探测器、天宫系列空间实验室、十多个“华龙一号”、超超临界火电机组等一系列国家重大工程的关键部位，也都有太钢产品。

在钢铁报国的道路上，内心充满豪情的太钢人从未忘记自己的初心。他们，一次次接受着国家的考验，为国家争光！

贰拾柒　钢铁是这样炼成的

在钢铁报国的行列里，有一些身影，早于他人离开人世。

2012 年 6 月 29 日，太钢将一项“优秀共产党员特别奖”的荣誉，授给了一位与病魔抗争了十二年的太钢人。这个人，叫王其峰，是太钢自成立以来获此殊荣的第一人。此刻，他正躺在病床上。

太钢为何会把这样一项特殊的荣誉，授给一位生命处于弥留之际的病人？

让我们把时间，倒回到 1994 年 8 月 8 日太钢成立六十周年的那一天。那天，1549 毫米热连轧生产线正式开工投产。现场，负责“三电”改造的王其峰也在人群中，他深情地望着那出现在生产线上的第一卷崭新钢卷，憧憬着太钢的未来。

王其峰出生于 1946 年 5 月，1970 年从清华大学电机系毕业后，被分配到太钢，是 L1 控制系统和传动技术方面的知名专家。

1974 年，我国首次系统引进的国际先进的 1700 毫米轧机，在武钢落户。熟悉轧钢的人都知道，轧钢所有的生产动作都要靠电来控制，所以热连轧的关键是计算机、电气传动、自动化仪表“三电”系统，而毕业于清华大学的王其峰，就是这方面公认的权威、专家。

1700 毫米轧机在武钢落户后，王其峰作为自动化控制方面的专家，被冶金工业部点名要到武钢援建。直至援建任务结束，他才又返回太钢。

1994 年，太钢因资金不足，从日本购买了一套二手的 1549 毫米热连轧设备。王其峰得知“三电”系统需要重新设计改造后，接过此重任，倾注全部精力，带领技术人员从一点一滴开始，对这套热连轧设备的“三电”系统进行攻关。

在他的带领下，经过一段时间的钻研，1549 毫米热连轧设备的“三电”系统难关成功被攻克。这在当时引起国内外电气自动化领域的巨大震动，业界对他们掌握技术的速度和程度既吃惊，又敬佩。

1549 毫米热连轧生产线在很长一段时间里，成为太钢的“半壁江山”。作为热轧厂的副厂长，王其峰也对这套设备钟爱有加。

不知不觉，时间到了 2002 年，这也是 1549 毫米热连轧生产线运行的第八个年头。为了满足国家各行各业、各个领域对钢产品用量增加的需要，太钢决定对 1549 毫米热连轧生产线进行大规模的升级改造，其中控制系统需要推倒重建。王其峰接到任务后，带领团队再次扛起重任。之后的日子里，人们经常看到王其峰守在升级改造的现场，或独自沉思或与人交流，或指导大家或亲手试验。周末和节假日也是如此。

有人劝他：别太累了，这把年纪啦，悠着点。他听后，笑着点点头，但转身便忘了，径直又回到施工现场。

没有人知道王其峰为何会这么忘我，没有人知道埋在他心里的秘密。只有他深知，自己在这个世上的时间不多了，所以，他必须和时间赛跑。

原来，就在一年前的一次例行体检中，王其峰被检查出白细胞异常，经过骨髓穿刺检查，最终被确诊为慢性淋巴细胞白血病。这是一种淋巴细胞克隆性增殖的肿瘤性疾病，淋巴细胞在骨髓、淋巴结、血液、脾脏、肝脏及其他器官聚集。这种病无法治愈。

听到这个消息，王其峰惊得一下子呆住了。他拿着体检报告，在医院走廊的座椅上，独自一个人静静地坐了两个多小时。

在这两个小时里，他想了很多，包括不久前刚出车祸的爱人，她能否经受住这样的打击？包括正在读书和刚走上工作岗位的孩子们，他们的学业与工作会不会受影响？还有，自己爱了大半生的厂子，正在筹划的大规模升级改造，接下来该怎么办……

两个小时后，王其峰带着对人生的思考，带着对生与死的思考，默默离开医院。

“每个人都有走到生命尽头的那一天，再伟大的人也难以避免，但活着的每一天都应该是有意义和有价值的。”这是王其峰那天走出医院时，内心深处的独白。

回去后，王其峰悄悄将检查报告藏了起来，更没有把自己患病的事情告诉任何人。他像往常一样继续去单位，去埋头工作。

1549 毫米热连轧生产线开始改造后，他吃在厂里、住在厂里，每天从早上起来便开始工作，一直到凌晨，不知疲倦。其间，他连续六十多天也没回过一次家，换洗的衣服也都是让别人捎来，在宿舍里换上接着工作。

经过一番常人难以想象的付出，王其峰带着团队做到了对整条生产线数百台主要设备和数千个控制点的全自动、高精度控制。

1549 毫米热连轧生产线改造完毕后，2004 年王其峰离开岗位，准备退休，但他很快又被太钢返聘回去，担任技改工程项目副经理。原来，太钢又接着准备新建 2250 毫米生产线。2250 毫米生产线是当时世界热连轧技术最先进的生产线，太钢要求这条生产线于 2006 年上半年投产，其中主电机、计算机、各类仪表等成千上万件设备、配件，全都交由王其峰带领的团队负责安装调试。时间：三个月！标准：一步到位！

此时，王其峰已六十岁了。许多人到了这样的年纪，都开始盘算如何颐养天年，而王其峰却带着对钢铁事业的眷恋，和团队成员昼夜不停地对新设备进行安装、检测、调试。

那段日子，王其峰愈发清瘦了，大家都以为是他太劳累了。直到有一天，老伴发现了他的化验单，终于知道了他的秘密。望着身体虚弱的王其峰，老伴很是难过，但他知道丈夫不会放弃所热爱的事业。她万般心疼地劝王其峰一定要爱惜身体，不要劳累，更不要磕碰，在厂里加班的每一天都一定要给家里来个电话，报个平安。

王其峰答应了老伴的要求，同时也提出一个条件，那就是让老伴继续帮他隐瞒病情，不要让单位的同事知道。

从那以后，王其峰每晚都会给老伴拨通电话，说着只有他们两人才能听懂的话，汇报着自己的身体状况。而老伴，也十分理解他，帮他继续隐瞒病情。

三个月后，2250 毫米生产线一次试车成功，太钢创造了设备安装调试的世界纪录。而这份纪录里，饱含着王其峰人生最后阶段的心血。

设备运行后，难免会出现故障。每当遇到棘手问题，王其峰无论白天还是深夜，无论刮风还是下雨，都会立刻赶到厂里。一次，大家对设备进行中修，突然，计算机系统瘫痪。王其峰得知后，立即赶到现场，带着大家分头查找原因。

但毕竟，年岁不饶人；毕竟，病魔在一步步地吞噬着他的身体。在查找计算机系统瘫痪原因的那些日子里，王其峰有时太累了，便一头倒在地板上睡一会儿。

“老王厂长太累了，让他多睡一会儿吧。”有人轻轻地说。

“嗯，那我们动静小点，不要吵醒老王厂长。”有人同样轻轻地附和道。

老王厂长。这是大家对王其峰亲切的称呼。只是所有人都不知道，眼前这位视厂如家、视设备如知己的老厂长，是一位身患绝症的病人。

在地板上打瞌睡的王其峰，每次都只是打一个盹便起来，然后接着投入工作。直到找出原因、排除故障，他才拖着疲惫的身子，放心地离开。

自动化控制领域是一个知识更新非常快的领域，许多年轻人有时都跟不上更新的脚步，王其峰却坚持学习，紧跟更新，掌握最新知识。有一段时间，太钢先后从日本、美国、德国引进回来三套最先进的控制系统，其中许多技术都是国内首次引进，而王其峰每次都是第一个掌握它、精通它的人。

王其峰废寝忘食，孜孜不倦地钻研、学习并掌握新知识，令周围的同事佩服有加，就连年幼的孙子也很受触动。有一次，孙子问他最喜欢哪一句名言，王其峰拿出《钢铁是怎样炼成的》读道："人最宝贵的是生命。生命每个人只有一次。人的一生应当这样度过：回首往事，他不会因为虚度年华而悔恨，也不会因为碌碌无为而羞愧。"

在王其峰的影响下，太钢热轧厂成长起了一支强大的"三电"技术队伍，设备故障率和功能开发程度都保持在世界先进水平，电气、自动化等专业处于国内领先水平。

2011 年，王其峰的身体越来越虚弱了。那一年的冬天，厂子里有一个项目正在改造，负责为太钢制造精轧机主电机的是上海的一个厂家。主电机准备组装出厂时，王其峰考虑到以前使用的电机故障较多，影响到了生产，而这次项目改造的关键就是电机制造质量，于是提出去一趟上海，参加出厂测试。到了上海，随行的设备科副科长支成勇考虑到一路劳累，王其峰身体有些虚弱，于是安排他先休息休息，王其峰却片刻不肯耽搁。他很快赶到上海的厂家，用时一周与上海厂家完成了电机的性能测试。

冬去春来，2012 年，王其峰六十六岁。无情的病魔，终于要夺走这位可亲可敬的老厂长的生命了。五月初，一个春暖花开的日子，王其峰被送进了医院，送进重症监护室。当闻讯赶来的同事得知他的病情后，除了震惊，还是震惊。因为就在前一天，他们的老王厂长还在厂里工作，还在安排大家准备下周与外国专家进行技术交流。

病床上的王其峰，也牵挂着大家，牵挂着热连轧改造项目，可他知道，自己再也回不去了，回不到熟悉的厂房和热连轧设备前了。一天，同事们又来医院看望他，这位老厂长忍了又忍，终于对大家说出了自己的心里话：“要不你们把标书拿来，我在医院也能看一看。”

那一刻，前去探望的同事，许多人都悄悄落下了泪。

6 月 29 日，太钢在庆祝中国共产党成立九十一周年暨创先争优表彰大会上，授予王其峰同志“优秀共产党员特别奖”。王其峰成为太钢历史上获此殊荣的第一人。

九天后，与病魔、与时间赛跑了十二年的王其峰带着对钢铁事业的深深眷恋，安静地离开了人世。王其峰走后，他的事迹很快在太钢传开。人们动容之余，无不为这位老厂长惋惜，为老厂长身上的精神所感动。

就像王国钧等老一辈心怀钢铁报国梦想的太钢人当年离世一样，又一颗闪亮的星星划破夜空，深情地拥入大地。他们，用一生的追求告诉后人：钢铁是这样炼成的！

贰拾捌　国家至上

2017 年 6 月 22 日，太原，一个晴空万里的日子，夏风习习，汾河粼粼，这一天，太钢的职工欣喜地看到一个熟悉而亲切的身影——习近平总书记来到太钢，对太钢进行考察。

在考察中，习近平总书记首先走进山西钢科碳材料有限公司，这里，正在研发生产一种被称作“碳纤维”的新材料。

碳纤维，一个不为人们所熟知的材料名称。它是一种由碳元素组成的特种纤维，用“细如发丝”来形容它，都显得有些夸张，因为它的细度，只有我们一根头发的二十分之一。

碳纤维虽然细，但它的强度一点儿也不低，如果把同样体积的碳纤维和钢铁放在一起相比较，那么可以直接得出一个结论，那就是碳纤维的强度是钢铁的七到九倍。因此，碳纤维在某些领域的优势十分明显，特别是它在保证强度的情况下可以减轻物体的自身重量这一特性。以导弹为例，如若把这种材料用在导弹上，那么导弹将因为自身的重量减轻而加快飞行速度，基本上自身重量每减轻一公斤，导弹就能多飞行十六公里以上。也因此，碳纤维多用于航空航天、国防军工等领域，被看作是国民经济和国防安全的战略物资，有着“材料界的黑色黄金”之称。

碳纤维的用途如此之大，相应的制造工艺也十分复杂，技术难度也颇大。因此，我国对碳纤维的需求一直从国外进口，而国外则长期对我国实行严格的技术封锁和市场垄断。进入21世纪，日本、美国更是对我国碳纤维产品实行禁运，致使我国高端科技领域所使用的碳纤维经常出现“断粮”。在这种情况下，我国决定加大碳纤维研制的投入力度。

太钢的碳纤维研发始于2012年。那一年的9月，在中国科学院山西煤炭化学研究所的技术支持下，隶属于太钢的山西钢科碳材料有限公司成立，承担起T800级高端碳纤维及其复合材料工程化技术研发与生产任务。

这是一次强强联手的合作，太钢，要致力于向着更高的科技目标迈进，以实现钢铁报国的初心。

9月29日，两家合作的第一条生产线正式奠基。那是在远离太原市区一片荒芜土地上播下的又一颗希望之种。就像50年代初的电炉炼钢，就像80年代的氩氧炉炼钢，就像90年代的热连轧机……太钢人不断用双手种下一颗颗生命力顽强的希望之种。

山西钢科，建在距离太原三十多公里外的阳曲。参与碳纤维研发的人员，大多家住在市区，但为了早一天研发出碳纤维，在家与国之间，他们都主动舍弃了自己的小家。

一切，从零开始。无论是研究生，还是博士生；无论是管理者，还是研发者，从接到任务的那一刻起，面对碳纤维这个未知的领域，他们皆放下了身份、级别，以及曾经的荣誉，成为碳纤维研发团队普通的一员。

研发开始后，大家发挥各自专长，对包括温度在内的上千种工艺控制参数进行分析、统计、调整。

当时，有一名刚从象牙塔里走出来的姑娘，名叫韩笑笑。毕业之时，她怀着对山西、对家乡的热爱，放弃到南方工作的机会，应聘到太钢，被安排在山西钢科。当这位研究生毕业的姑娘兴冲冲地到单位报到时，却发现公司竟然设在远离市区的一个村子里，而且，下了公路，连一条像样的马路都没有。兜兜转转一个多小时后，韩笑笑终于进了公司大门，原本以为这里有气派的高楼、林立的厂房，轰鸣的机器，谁知看到的却是一片荒芜的空地和几间简易的房屋。

理想与现实的差别，在那一刻犹如一颗石块被投入一泓平静的池水之中，产生的涟漪可想而知。

谁不渴望留在繁华的城市，谁不羡慕坐在敞亮的写字楼里，谁不向往浪漫的花前月下，这是一个女孩子该有的正常愿望。此时的韩笑笑，面对眼前的一切，完全可以一走了之。但当她走近研发团队，看到这里的研发人员为了我国的碳纤维事业，有的为了一个数据，不顾夜深路远，半夜两点驱车三十公里赶回单位挑灯分析；有的因为饮食不规律，腹泻不止甚至脱水，还捂着肚子守在研发现场；有的因连续劳累生病，被送进附近的医院输完液后，拔下针头便奔回单位；有的爱人生孩子，自己却还默默地为了一项试验守在生产线……

这一切，都深深打动着韩笑笑。她决定，留下来，留在这片土地上，与前辈共同绘出属于新一代钢铁人的奋斗蓝图。

有志者，事竟成。2013 年底，他们冲破国外对核心技术的封锁与垄断，建起了第一条 T800 级高端碳纤维生产线。2014 年 4 月，工艺技术拥有完全自主知识产权的第一批 T800 级碳纤维产品生产出来了。经检验，这些产品的各项指标全部达到国际先进水平。

自此，世界碳纤维生产的行列中，有了中国的名字。

2017 年 3 月，太钢接到国家有关单位急需宇航级碳纤维的任务。宇航级碳纤维公开资料少、技术难度大，再加上此项任务时间紧迫，任务下达到山西钢科后，这里每一名研发人员都以满足国家战略需要为己任，克服诸多困难，终于在不到一百天的时间内，突破了关键技术难点，成功研发出宇航级碳纤维。尤其是在退丝加捻机的研发过程中，面对这项宇航级碳纤维产品生产过程中的关键设备，在国内外皆无现成经验可遵循的情况下，他们始终保持着前人勇于探索、为国争气的精神，夜以继日、食不甘味，痴痴研究、苦苦探索，直至攻破道道难关。

宇航级碳纤维生产出来后，经有关部门检验，产品性能指标均达到了使用要求，保障了国家某专项工程的顺利实施。这也标志着我国成为世界上第三个可以生产宇航级碳纤维的国家。为此，山西省委称赞太钢研发的碳纤维“为国家救了急、为山西争了光”。

为国家救急、为山西争光的背后，是一群可敬可爱的太钢人。他们明知在探索的道路上，会困难重重，会面临失败，却还要迎难而上，动力何在？山西钢科一位负责同志曾道出其中原因：“墨守成规不是太钢人的性格，大胆创新的太钢不能在传统产业上止步不前！太钢作为国有企业是有社会责任感的，要为国分忧。”

为国分忧！正是在这种强烈愿望的驱动之下，参与研发的人员近乎把自己的一切，都交给了国家，交给了碳纤维事业。负责研发的首席工程师杨晗，2011 年研究生毕业后应聘到扬州的煤化所。其间，他深知我国在碳纤维方面所受的制约，于是，当得知太钢准备研发碳纤维后，他决定告别风景秀丽的扬州，来到太钢，加入碳纤维研发团队，全程参与新材料的研发。

在研发过程中，面对新的领域，面对碳纤维技术、经验等一无所有的现状，杨晗倾尽所学，将自己的智慧和心血，全都倾注在国家需要中。很快，他成为山西钢科创新工作室的领头人，与团队成员针对各项难点，一一攻关。2013 年底，以杨晗为技术骨干的研发团队在进行了四百多组工艺攻关试验和二十多项专题研究，解决了十多项技术难题后，逐步探索出了一条提高碳纤维线密度合格率、碳纤维优级品率的途径，填补了国内碳纤维生产过程中一项技术空白，使我国的碳纤维生产技术达到世界一流水准。

为此，他忘记了刚刚出生的孩子。

带领整个团队进行研发的公司副总经理刘纳新，深知我国航天航空领域对碳纤维的个性化需求，尤其是当飞机飞到高寒地区时，对吸热性、耐久性、疲劳性有特殊要求。自研发开始以来，他从未休息过一天。对于所有数据，他都仔细把关。特别是在研发进入关键时期，针对一些重要数据、结论，他曾连续数日把自己关在一间屋内，将团队提供的上千种工艺参数进行反复核算、匹配、论证，并调整上千个工艺参数，建立起完全自主的指标体系，从而使他们研发、生产出来的碳纤维产品满足了国家航天航空部门的需要。

为此，他忘记了自己的身体。

负责质检的首席工程师雷爱民，在进入山西钢科之前，她在自己熟悉和擅长的领域工作，但接到建立碳纤维产品检测中心的重任后，她丝毫没有犹豫，从冶炼行业转向新材料行业。在国内同类行业毫无经验可以借鉴的情况下，仅用一周时间，她就搜集并阅读了国内外近百台（套）以及近五百份相关仪器的中英文说明书，并对里面所介绍的细密仪器数据进行彻夜研究。接着，她又利用一周时间，把整个检测中心的布局图绘制出来，把需要采购的设备及其技术规格罗列出来，使检测中心尽快建立起来。

检测中心建起来后，雷爱民带着她的团队又用时两年，整理并形成了一套十八万字的操作手册,其中涉及检测方法达三百多项。

为此，她忘记了自己是一位女性。

拳拳报国心，在他们身上，得到了淋漓尽致地体现。

2017 年 6 月 22 日，习近平总书记在山西钢科一边了解新产品的研发情况，一边鼓励大家："新材料产业是战略性、基础性产业，也是高技术竞争的关键领域，我们要奋起直追、迎头赶上。"

总书记的殷切嘱托，太钢人牢牢记在心里。他们再一次努力奔跑，朝着碳纤维的强国梦奋起追求。为进一步满足我国国防重大专项和航空航天等领域对碳纤维产品的需求，山西钢科在之前的基础上，加快建设年产千吨级的二期工程。年底，二期工程如期竣工，顺利投产。有报道援引山西钢科负责同志的话称：二期工程建成投产，将为我国航空航天未来三十年需求提供保障。

这是一群心怀钢铁报国、为国分忧者的底气和豪气！

而在太钢，与碳纤维研发团队同时前行的，还有许多人，他们一起在国家所需的“高、精、尖、缺”新材料研发道路上奔跑前进着。

2019 年 2 月 25 日下午，中国外交部蓝厅，山西全球推介活动如期举行。这也是外交部 2019 年开展的首场全球推介活动，来自一百三十多个国家和国际组织的二百三十多位外国驻华使节和代表，以及一百二十多名中外媒体记者一起见证了新时代山西风采。

推介会上，一幅精美的不锈钢剪纸作品吸引了与会嘉宾的目光。

众所周知，在我国几千年的发展进程中，剪纸作为一项民间艺术，受到人们广泛喜爱。这种艺术品，一般都是经过巧妙构思，然后用剪刀或者刻刀在纸上剪刻出理想的花纹。而外交部蓝厅推介会上展示的这幅剪纸作品，使用的材质不是人们熟悉的纸张，而是一种特殊的不锈钢，正式名字为“宽幅软态不锈钢”，由太钢研发而成。

当时，国际市场上的软态不锈钢厚度多为 0.05 毫米，太钢研发的“宽幅软态不锈钢”，厚度只有 0.02 毫米，相当于一张打印纸厚度的四分之一。犹如蝉翼一般柔软，只要用手轻轻一撕，便可撕开。因此，这种不锈钢又被称为“手撕钢”。

有人不禁生疑，“手撕钢”是用特殊原料制造的吗，不然它怎么会如此之薄之软？答案告诉我们，“手撕钢”的原材料正是我们所熟悉的普通钢材。它在经过一次次轧制后，方可达到 0.02

毫米。而这样的材料，由于具有特殊性，所以主要用于航空航天、石油化工、汽车、电子、家电、计算机、海洋探测等领域。

在太钢研发这种超薄不锈钢之前，与其他许多产品一样，我国对此产品的需求，长期依赖进口，而垄断着此项技术的几个国家，在向我国出口这种不锈钢时，也都有各种各样的限制。其中厚度为 0.05—0.03 毫米用于电子精密制造的超薄精带钢，出口国对我国实行高价限售；厚度为 0.03—0.02 毫米用于航天航空和核电、军工领域的箔材，出口国对我国实行严格禁售。除此之外，宽幅大于 400 毫米，用于核电、军工、高端电子和新能源的超薄精带钢，国际上尚处于空白。而我国，在一些重大战略和重点新兴领域，正亟须宽幅超薄不锈精密带钢。

2012 年，成立四年的太钢不锈钢精密带钢公司尝试轧制最薄的不锈钢，但在尝试过程中，经他们操作轧制的产品厚度始终徘徊在 0.1—0.5 毫米之间，再薄，便会出现断带。于是，太钢抱着无比真诚的态度，请来外国专家会诊，希望能给出断带原因。可外国专家到现场看了后，撂下一句“太钢永远也不可能生产出超薄宽幅精密带钢”，然后坐着飞机走了。

这句话，深深刺痛了太钢，也刺痛了一心想为国分忧的太钢人。

在这群人中，有一个“60 后”，他出生于河南周口，从小听着家乡英雄、抗日名将吉鸿昌的故事长大，吉鸿昌临刑前写的那首“恨不抗日死，留作今日羞。国破尚如此，我何惜此头”就义诗，他从小便会背诵，因此爱国情怀比其他人更浓。1989 年，这位“60 后”大学毕业，来到太钢工作，从基层干起，之后走到管理岗位。

2016 年 2 月的一天，领导把他叫到办公室，与他长谈，其中最关键的一句话是：精带公司从体量上虽说是个小厂，但担负着攻克“卡脖子”技术的国家使命，再没有突破性进展，没法向国家交代，你要把担子挑起来，彻底改变现有局面。

就像二十四年前李高亭接受组建热连轧厂任务时的情景一模一样，这位“60 后”也面临着同样的选择。他深知这副担子的重量，但他没有犹豫，把任务接了过来。

“60 后”走马上任后，决心带着大伙再次启动研发国家所需的超薄不锈钢计划，但他的这个想法刚一提出，就引起一片哗然。

“这个目标太高了，我们经不起折腾啊！”

“之前就请德国专家研发，试验了许多次都不成功。”

“这套设备已经被外国专家判了‘死刑’，我们不可能干成的！”

大家的顾虑，“60 后”十分理解，精密带钢公司成立以来，一直未能完成既定计划。大伙的思想压力都很大，甚至有的职工羞于让其他人知道自己在精密带钢公司工作，悄悄把工作服上的单位名称都遮了起来、捂了起来。

“可我们是中国钢铁企业里最有可能轧出 0.02 毫米不锈钢箔材的公司，如果我们不干，那让谁干？”“60 后”问大家。

一语惊醒梦中人！

很快，攻关团队组建了起来，“60 后”和大家郑重约定：必须为国家生产出宽幅超薄不锈精密带钢。

宽幅超薄不锈精密带钢，被冶金界喻为不锈钢皇冠上的明珠，太钢人要摘取这颗璀璨无比的明珠！

之后的两年时间里，研发团队在北京科技大学钢铁共性技术协同创新中心、山西省科技厅以及太原理工大学、太原科技大学等单位和院校的支持、配合下，克服了常人难以想象的困难、压力、挫折，进行了一次又一次试验。

但所有的试验，均以失败而告终！

面对失败，人往往会有两种选择：一种是无奈地放弃，一种是越挫越勇。

超薄不锈钢研发团队，选择了后者。

因为他们知道，在太钢这座熔炉里，曾经的前辈所经历的失败比他们还要大、还要多，但在钢铁报国、为国争光的行列中，从没有人放弃。所以，再多的失败，都无法阻挡他们实现梦想的脚步。

要想生产出最薄不锈钢，需要钢板从二百六十米长的带钢通道上顺利通过。在研发的七百多个日子里，大家在二百六十米带钢通道前，一遍遍破译着“超薄”的密码。

终于，在历经了七百一十一次试验、攻克了一百七十五道设备难题、突破了四百五十二个工艺难点之后，他们从四万多种轧辊的排列组合中分析、求证出能轧出宽幅超薄不锈精密带钢的方法。

2018 年初的一天，精密带钢生产车间，伴随着机器的轰鸣，一块数吨重的不锈钢板经过退火、软化及多道工序后，厚度渐渐变得越来越薄。最终，一张厚度为 0.02 毫米、宽度为 600 毫米的不锈钢精密箔材从二百六十米长的带钢通道成功生产出来。

太钢，摘取了不锈钢皇冠上的明珠！

至此，我国的航空航天、军工核电、高端电子、新能源等尖端领域所需的超薄不锈钢产品，再也不用仰人鼻息，受制于人。太钢，作为全球唯一可批量生产宽幅超薄不锈钢精密箔材的企业，完全保证着我国各领域对超薄不锈钢的需求。

“手撕钢”横空出世的消息传出后，在全球引起不小震动，无数双蓝眼睛，开始关注东方。

不过，太钢并没有止步于此。0.02 毫米，也并不是他们追求的终极目标。

2020 年 5 月 12 日，习近平总书记再次来到太钢，在精密带钢公司考察时，总书记看着全球最薄最宽的不锈钢箔材，称赞道：“‘手撕钢’是高新技术，你们把百炼钢变成了‘绕指柔’，很不简单！”同时，习近平总书记还与围拢过来的职工代表亲切交流：“希望你们再接再厉，在高端制造业科技创新上不断勇攀高峰，在支撑先进制造业方面迈出新的更大步伐。”

总书记考察后不久，太钢接到研发和生产一种更薄不锈钢的任务。在新的创新研发过程中，研发团队再次信心满满、披甲出征。技术质量部副部长廖席，紧盯高端市场需求和技术要求；生产组长段浩杰，着力解决生产难点；工艺组长韩小泉，对标进口高端材料找差距，改善箔材性能……在他们的努力下，钢质纯净度、高等级表面精度、产品性能等五大核心工艺的技术难题被相继攻克。

三个月后，“手撕钢”的厚度在他们的手中，从 0.02 毫米“薄”至 0.015 毫米。

世界上最薄的钢，由太钢生产出来。它不仅填补了国内的空白，更打破了德、日等国企业的全球技术垄断。

俏也不争春，只把春来报。待到山花烂漫时，她在丛中笑。毛泽东《卜算子·咏梅》中的经典诗句，此时用在研发队员的身上，竟有几分贴切。

这一年的12月27日，第六届中国工业大奖发布会在北京召开。这个奖项，旨在深入贯彻党的十九大和党的十九届五中全会精神，大力表彰在以制造强国为己任、以产业报国为初心，坚持自立自强，走中国特色创新发展、绿色发展新型工业化道路等方面有突出成绩和贡献的工业企业和项目，引领我国工业经济高质量发展。

大奖发布会上，太钢不锈钢精密带钢公司“宽幅超薄精密不锈带钢工艺技术及系列产品项目”捧回了有着“中国工业奥斯卡”之美誉的中国工业大奖。这也是继2014年后，太钢又一次捧回此项大奖。

这一天，正是七十年前王国钧等人从北京出发，来到太钢，寻求钢铁报国、富国强兵之路的日子。

整整七十年，在这七十年里，太钢为我国的诸多重点工程、国防军工、国之重器贡献着全部的力量。

历史，选择了太钢；太钢，无愧于历史的选择。在实现中华民族伟大复兴的中国梦的征程中，如今已是中国宝武钢铁集团有限公司大家庭一员的太钢，正一如既往地秉承着钢铁报国的初心，继续奔跑向前。

贰拾玖　周总理亲批重机厂

在山西，心系国家的产业工人，既有太钢人，还有许多工厂中的普通身影，如把一颗颗卫星、一艘艘飞船送往浩渺太空的发射塔架制造背后的人们。

让我们把目光从酒泉卫星发射基地的塔架，投向那个深埋功名的群体吧。

1970 年 4 月 1 日，对许多人来说，是一个普通的日子，太阳依旧高高升起，春天也正款款而至。对西北大漠深处酒泉卫星发射基地的司令员李福泽来说，这却是个特殊的日子。因为这一天，从北京出发，载着一枚“长征一号”运载火箭和两颗“东方红一号”卫星的专列，在经过五天五夜的行驶后，将抵达他所在的发射基地。

这是我国自己研制的第一颗人造卫星，它将在不久于酒泉发射基地进行发射。

那将是一次备受国人瞩目、世界震惊的发射。

所以，过去的一整个晚上，李福泽可以说是片刻也未入睡。一大早，他便披衣下床，推门而出，准备驱车前往离发射场最近的火车站，等待迎接卫星专列的到来。此刻，门外依旧是呼呼刮着的北风，依旧是茫茫的戈壁，就连远处的祁连山，也同样裹着一层浓浓的银色。

李福泽的心却是热的，“东方红一号”即将抵达，他的心怎能不热。而且，他相信，发射基地所有同志的心，也都和他一样。

吉普车已经停在不远处，李福泽大步流星地走了过去，准备上车。不过，临上车时，他又止住了脚步，习惯性地抬头朝发射场上那最具标志，也最壮观的发射塔架望去。此时，那座高达55米，重达1.4万吨的发射塔架，虽然也被白雪裹着，但在寒风中，它仍然如一位“巨人”一样，默默挺立在戈壁滩上，等待着使命的到来。

李福泽深深注视了一眼这位“巨人”，然后哈了一口热气，上车朝火车站驶去。此刻，长长的铁道线上，从北京开来的卫星专列正旋转着巨大的车轮，喷吐着洁白的蒸汽，鸣响着高昂的汽笛，向着离发射场最近的火车站疾驶而来。

很快，卫星专列驶入车站。在办理了各种手续后，专列接着向前行驶。此时若从空中俯瞰，那茫茫戈壁上，几辆汽车正紧紧跟随着专列，朝李福泽之前注视过的那座发射塔架方向而去。

自此，我国第一颗人造卫星发射进入倒计时。

也许有人好奇，李福泽去火车站前注视的那座发射塔架，来自哪里？又是何时运来并安装到酒泉卫星发射基地的？它，又承担着什么样的任务？

提起这座发射塔架，就不得不介绍由我国自行设计、自行建造的新中国第一座重型机器厂——太原重型机械厂。

太原重型机械厂始建于新中国成立后的第二年。它的建设，与一位兵工泰斗在山西的一次考察有很大的关系。这位兵工泰斗，就是刘鼎。

刘鼎，1902 年 1 月 8 日出生于四川省南溪县城一个开明士绅的家庭。刘鼎读高小时，恰逢朱德率领的云南护国军一部人马在他所就读的学校操场上操练。刘鼎目睹护国军训练后，萌发了有朝一日也能从军入伍报效国家的愿望。而且，随着时间推移，这种愿望在刘鼎的心中日渐强烈起来。终于有一天，他背着家人跑到成都去报考军校，但那次，由于刘鼎年龄太小，军校没有录取他。

1917 年，刘鼎进入初中，对数理化一直十分感兴趣。也是在那一阶段，他从校长那里知道了英美等西方国家工业发达、科技先进，于是又萌发了学好科学技术报效国家的心愿。这个心愿从萌发之日起，刘鼎就一直都没有再改变。他曾回忆：在中学的最后一年，我开始信仰社会主义；同时，对新兴的科学技术产生了很大的兴趣；我信奉它们、爱好它们，也矢志于它们，把它们当作我的终身事业。

高中毕业后，刘鼎考入浙江高等工业学校（浙江大学前身），所学专业为电机工程。在校期间，由于他无钱交学费，不得不中途退学。

退学后的刘鼎与一些留法勤工俭学的年轻人建立了联系，也见到了蔡和森等从法国留学回来的人，了解到中国学生在法国半工半读的情况，于是决定到法国去勤工俭学。1924 年，刘鼎告别亲人，离开故土，跟随在德国留学、回国探亲的同乡孙炳文，乘轮船、转火车到达北京，之后又乘火车经莫斯科、波兰，到达柏林。

一路上，充满欧洲风情的村庄、田园、城镇，吸引着众人的视线，刘鼎却无心欣赏异国风光。到柏林后，刘鼎本来要继续前往法国，但孙炳文建议刘鼎留在德国勤工俭学。刘鼎考虑到自己出国，一是为了学工，二是为了学习先进的政治思想，也就是马克思主义。德国是马克思的故乡，又有雄厚的工业基础，且自己在浙江高等工业学校上学时，也学过德语，相比较而言，德国更适合自己。因此，他听取了孙炳文的建议，留在德国。

在德国，刘鼎又一次见到了自己少年时就仰慕的大英雄朱德。他在后来怀念朱德的一篇文章中写道："朱德同志怀着寻求真理、拯救中国的伟大抱负，毅然抛弃高官厚禄，漂洋过海到德国学习马克思主义……"而这，也正是刘鼎心向往之的人生选择。

1926 年，刘鼎离开柏林，到莫斯科继续学习深造。1929 年冬，刘鼎在回国途中遇到中东铁路事件，刘鼎受阻于苏联远东地区的伯力，在那里，他参加了远东中国游击队，与刘伯承朝夕相处了三个多月，之后回到上海，在周恩来的领导下开展工作。1933 年春，刘鼎按照地下交通要求从上海前往中央苏区，在闽浙赣军区司令部见到方志敏，并在方志敏的挽留下，在闽浙赣苏区工作了一段时间。之后，刘鼎又在西安事变、抗日战争、解放战争中，为党的事业作出了不懈的努力。

1949 年 9 月 21 日，中国人民政治协商会议第一届全体会议在北平召开。刘鼎作为中华全国自然科学工作者协会的代表，参加了这一盛会，并被选举为全国第一届政协委员。新中国中央人民政府成立后，刘鼎被任命为中央重工业部副部长，分管兵工、机器、汽车、船舶及电信工业。大会结束后，中央财政经济委员会组织各大行政区重工业部门负责人和专家组成重工业考察团，准备到我国的东北、华北和华东地区对重工业发展进行考察，任命刘鼎担任考察团团长。这是新中国成立后，第一次比较重要的考察活动，由陈云同志亲自部署此次考察任务。全国各地得知此事，也都极为重视。派出负责重工业的人员和专家，在开国大典举办前夕，前往北京集合。

1949 年 10 月 1 日，中华人民共和国中央人民政府成立。开国大典上，刘鼎被安排在天安门城楼主席台上观礼，考察团成员也被安排在临时搭建的观礼台上观礼。那一天，他们都是在无比激动中度过的。

10 月 3 日，刘鼎带着考察团从北京出发。他们去的第一站是东北，因为那里是全国的重工业地区。从东北考察结束后，他们又到了天津塘沽区，接着前往上海，参观了江南造船厂、上海钢厂等，并专门去看了存放在上海张华浜码头的日本赔偿物资。其间，刘鼎注意到，在日本赔偿的物资中，有一些重型设备，如大型水压机、重型车床以及龙门刨床等设备。这些设备很适合安装在重型机器厂使用，但由于我国当时没有重型机器厂，这些装备只能束之高阁，无法发挥其应有的作用。

考虑到这些设备的用途，在上海考察期间，刘鼎专程找到我国著名的机械专家支秉渊，与其推心置腹、深入交谈。最后得到这位机械专家的表态：无论这些重型设备安装到哪里，都将大力支持。也是从那时起，刘鼎在心里开始考虑这些设备究竟要安装到哪里。

一个多月后，刘鼎带着考察团回到北京，并与副团长沈鸿一起将此次考察情况向中央财政经济委员会作了汇报。

又一个月后，也就是1950年1月，刘鼎陪同首批到中央重工业部工作的苏联兵工专家，前往山西太原，对新中国成立后接管的阎锡山兵工厂，包括山西修造厂（枪炮厂）、枪弹厂、炮弹厂、炸药厂以及炼钢厂等进行考察。同时，刘鼎一行还考察了阎锡山时期的一座简易机场，这座机场位于太原汾河西边一带。当时汾河两岸一片冰封，地冻天寒，但当刘鼎看到这里的周边环境和自然条件时，心中还是不由得一动，因为，这里正是建一座重型机器厂的理想地点。

这次的考察结束后，刘鼎返回北京，将考察情况向重工业部作了汇报。在这次汇报中，刘鼎提出在太原郊区汾河西岸新建一座重型机器厂的建议。

5月，重工业部在北京召开第一次全国机器工业会议，并根据苏联优先发展重工业的经验，以及刘鼎在山西考察的情况汇报，正式向中央财政经济委员会提出在太原建设新中国第一座重型机器厂的建议。时任中央财政经济委员会主任陈云接到提案后，很快转呈给周恩来总理。没多久，中央财政经济委员会得到一个令人振奋的消息：周恩来总理批准了这份提案。

这意味着，新中国成立后的第一座重型机器厂，将在太原的汾河岸畔修建。

这在我国工业发展史上，可以说是非常重要的一项决策。

叁拾　中央决定

1950 年 6 月，中央财政经济委员会正式批准重工业部成立太原重型机器厂筹建处。虽然当时新中国刚成立不久，国民经济也才开始慢慢恢复，各方面的困难都很大，但中央财政经济委员会还是决定投资七点五亿斤小米（折合人民币六千零七十五万元），建起这座重型机器厂。同时下定决心，这座新中国建设的第一座重型机器厂，必须由中国人自己设计、自己施工。

担任筹备处主任的是郑汉涛。郑汉涛是浙江宁波人，1915 年出生于慈城芳江村，父亲是一名小职员。十九岁那年，郑汉涛从北京大学工学院机械系毕业。在著名爱国民主人士、实业家胡厥文的引荐下，思想进步的郑汉涛认识了范长江，并经范长江的介绍，到中共武汉办事处工作。

悄然离开故乡和父母亲人之际，郑汉涛给父亲留下一首诗。诗中写道，“欲知您儿去何方，掀开水浒第一章”。他的父亲在他离开后，看到了这首诗，立刻明白了儿子的去向。因为，《水浒》第一章的标题是“王教头投奔延安府”。

加入抗日队伍后，郑汉涛曾担任八路军军工部工程处处长，为八路军前总兵工事业的发展发挥了重要的作用，为保卫著名的黄崖洞兵工基地作出了突出的贡献。解放战争时期，他又先后担任晋冀豫边区工业局生产处处长和华北兵工局副局长。重工业部重型机器厂筹备时，郑汉涛兼任重型机器厂筹备处主任。虽然他时年才三十五岁，但他是一位公认的“老兵工”。

担任筹备处副主任的，正是此前刘鼎在上海与其谈过话的著名机械专家支秉渊。

当时，重工业部在北京成立重型机器厂筹建处后，由于这在当时是我国机械工业方面最大的一个建设项目，所以考虑到国家的经济状况、国防情况和技术力量，重工业部决定此建设项目由华北兵工局负责筹建，山西省和太原市政府全力支持建设。另外由华东工业部协助筹备，从上海市抽调技术人员。筹建处成立后，急需一位懂机械工业的技术专家，重工业部总工程师沈鸿想到了支秉渊，并向重工业部推荐了他。因为沈鸿相信，支秉渊是这个项目最合适的人选，也相信支秉渊完全能胜任此项工作。可是，沈鸿推荐之后，又担心支秉渊不愿舍弃上海的优越条件，到数千里之外的山西参与这个项目。于是，沈鸿便让华东工业部的有关人士去征求支秉渊的意见。

支秉渊没有忘记与刘鼎的君子之约。当华东工业部派人征求他的意见，告诉他国家要在太原建设一座重型机器厂，问他愿不愿意去参与筹备和建设时，支秉渊丝毫没有犹豫。他毅然决定放弃大上海的生活，远赴山西。

支秉渊 1897 年 2 月 18 日出生于浙江嵊县富润镇支鉴路村，

十八岁那年，从小就聪明过人的他进入上海南洋公学电机科学习。也是从那时起，他立志要学有所成报效国家。数年寒窗苦读后，支秉渊获得了南洋公学电机工程学士学位。毕业后，他被上海一家美商开设的洋行聘为实习工程师，其间参与了不少机器的安装，建了不少发电厂，为此他在机器安装和使用方面积累了一定的经验。五卅运动爆发后，支秉渊目睹同胞被害，对洋人所作所为极为不满，于是辞去洋行的工作，联络几名大学同学在上海泗泾路六号开设了一家事务所。在给公司取名时，大家经过商量，最终确定公司名称为新中工程股份有限公司。“新中”二字，则蕴含了他们对“新中国”的期盼之意，同时表达了他们无比强烈的民族自尊心以及振兴民族工业的志向。

八一三事变后，上海沦陷，新中公司在战火中从上海一路向西南方向转移，先是迁往武汉，但由于日军逼近，接着又转往长沙、祁阳。在祁阳，支秉渊带人于 1942 年的一个夏日，制造出了我国第一辆汽车。当时有报纸刊登此消息，称支秉渊是“中国福特”。之后，支秉渊在我国机电行业中的知名度越来越高。日本投降后，支秉渊曾一度担任吴淞机器厂厂长，参与了我党的地下活动和护厂工作。上海解放后，他被任命为华东工业部机械处处长。

1950 年 6 月，重工业部任命支秉渊为太原重型机器厂筹备处副主任，兼任太原建设工程处处长和上海事务所主任。

支秉渊接受任命后，很快便在上海和平大厦设立了事务所。事务所刚一成立，便受到上海知识分子的关注，尤其是在工程技术人员中反响很大。毕竟，即将在山西太原建设的这座重型机器厂，是新中国成立后靠自己力量建设的第一座重机厂。

1950 年 7 月 3 日，华东工业部召开上海技术界座谈会，商讨重型机器厂建厂大计。到会的人员，大部分都是工程机械方面的专家和社会名流。会上，郑汉涛先给大家讲了话。他在讲话中阐述了建设新中国第一座重型机器厂的目的和意义，建议大家齐心协力，将这座重型机器厂建成我国规模最大的企业；并提出了凡是其他工厂不能制造的重型机器设备和大型铸锻件，这座工厂都要制造的长远目标。希望各位专家能够为改变祖国贫穷落后的面貌，以及迅速发展祖国的工业，共同设计好这座重型机器厂，也希望大家在完成设计后，能北上太原，直接参与工程建设。郑汉涛讲完后，支秉渊接着鼓励大家："新中国第一座重型机器厂要由中国工程技术人员自己设计，这确实是个大胆的尝试，是中国工业史上的一大创举。我们为建厂的宏伟目标感到振奋，为自己能担负如此艰巨的任务深感自豪。"

大家听了郑汉涛和支秉渊的介绍和动员后，既为新中国准备建设第一座重型机器厂感到骄傲，又对我国是否有能力建起这样一座重机厂有些担忧。毕竟，新中国刚刚成立，经济尚在恢复期，技术力量也十分薄弱。另外，参会的许多人已经习惯了上海的生活，对位于黄土高原的山西的生活条件，也有几分顾虑。所以，在那次的会议上，大家的心情都很复杂。

对于大家的心情，支秉渊十分理解。会后，他凭借着自己在上海技术界的威望，登门拜访多位技术专家，与他们一一谈心，并动员身边的一切技术力量，希望他们能加入新中国第一座重型机器厂的建设中。在支秉渊的努力下，不少技术人员报名愿意到山西，事务所很快组织起了一批骨干力量。

当时，重工业部要求上海事务所在两个月内完成重型机器厂的初步设计。由于时间较为紧张，上海事务所组织的技术人员在无法前往太原进行实地调查的情况下，由支秉渊主持，根据华北兵工局提供的军用地图作为参考依据，开始了设计工作。

这是我国第一次自主进行重型机器厂的设计。在一无资料、二无图纸、三无经验可以参考借鉴的困难情形下，闻讯而来的上海各所大学的教授、讲师，以及各企业的知名工程师二百多人，召开了十多次会议，为设计提供帮助；还有不少在欧美留过学的人士，也把自己在国外所学、所见、所闻毫无保留地提供给事务所参考。根据这些资料，支秉渊把四十多名设计人员按照铸钢、铸铁、锻工、装配四个专业分成四个小组，进行设计。虽然在这些设计人员中，大部分都是兼职者，但他们对待设计的这份态度十分认真。因为在他们心中，自己手里绘制的，不仅仅是一条条普通的线条，更是新中国重工业发展的希望！

叁拾壹　会聚太原

在同一时间，1950年8月4日，重工业部正式下发文件（重机字第四号）：

重工业部重计字第212号7月29日指示："关于在太原建立重型机器厂问题经呈奉财委指示：认为关系重大，诸如筹备处之成立，计划之拟订，定购设备详单之开列，人才之罗致等等，均需审慎考虑，积极进行。为此，特转知你局，应即切实遵照财委指示办理为要。此示。"特此转示我处所属各工作单位，确实遵行，积极努力完成所担任各项计划及其工作乃不负国家及上级之众望。

文件下发后不久，一个艳阳高照的日子，上海事务所提前二十天完成了重型机器厂的初步设计。在过去的四十天里，他们不分昼夜商讨，通宵达旦绘图，只为早一日把蓝图送到太原，变为现实。

此时，在上海市政府的大力支持下，事务所又面向社会招聘了一批工程技术人员和技术工人，其中工程技术人员五十六名，技术工人三十多名。他们都怀着极大的热情，到山西太原参加新中国第一座重型机器厂的建设。

1950 年 9 月下旬，支秉渊与盛祖筠等十二人，作为首批赴山西的技术人员，从上海启程，前往太原。

行驶的列车上，这群为了同一志向而离开繁华大都市、奔赴黄土高原的才俊们，时时高唱着聂耳作曲的《开路先锋》："我们是开路的先锋，不怕你关千山万重，几千年的化石，积成了地面的山峰，前途没有路，人类不相同，是谁障碍了我们进路，障碍重重，大家莫叹行路难，叹息无用……挺起了心胸，团结不要松，我们，我们是开路的先锋……"

歌声，代表了他们对即将面临的困难所表现出的一种勇往直前的决心和信心。

在途经北京的时候，支秉渊带着大家来到重型机器厂筹备处。筹备处领导看着一张张神采飞扬、自信满满的笑脸，给他们赠送了一面"为我先锋"的锦旗，并叮嘱支秉渊他们："千难万难创业最难，但这正是我们一了夙愿的大好机会，你们先去太原，且做我们的先锋，我们大部队随后就到。"

时逢新中国成立后的第一个国庆节即将到来，首都北京到处洋溢着欢乐的气氛。支秉渊和大家带着这面"为我先锋"的锦旗，怀着节日的喜悦以及对新中国工业发展的美好憧憬，从北京登上火车，奔向太原。

太原工程建设处设在都督东街三十九号。支秉渊他们到太原后，顾不上旅途劳累，在建设工程处副处长汪大勋的陪同下，立即到太原以及太原周边的榆次、太谷等地进行重型机器厂的厂址踏勘。

经过一番比选，支秉渊和大家一致认为，太原的条件远远超过榆次和太谷，尤其是在原料、燃料、动力及技术力量等方面，太原的基础都明显好于其他两地。因此，他们最终确定了新中国第一座重型机器厂的具体位置在太原市汾河西岸的第二工具厂附近。

厂址确定后，华北兵工局开始抽调部分管理干部，加入筹备的行列中；同时，上海张华浜码头那批日本赔偿的重型设备，也做好了向太原调拨的准备。

1950 年 10 月 4 日，在社会的一片关注中，太原重型机器厂正式动工。成百上千名建设者们闻听这一消息后，背起行囊，匆匆赶路，从祖国的四面八方纷纷涌向太原，涌向汾河岸边这片火热的建设工地。他们都想用自己的双手和智慧，为这座工厂的建设贡献自己的力量。一夜之间，昔日空旷的荒野上，成了人的海洋、车的海洋、机具的海洋。建设工地上到处是车水马龙，到处是欢声笑语。

秋天，很快便过去了；冬天，转眼便来到了，但严寒根本阻挡不住人们建设新中国第一座重型机器厂的热情和斗志。尽管所有建设者吃的是粗粮、喝的是冷水、住的是帐篷、睡的是地铺，但每个人的身上，都散发着火一样的热情。与此同时，建厂所需要的材料、器材和生产设备，也从北京、天津、上海、广州、唐山、长春、鞍山、汉口等地络绎不绝地运往太原，运往建设工地。

随着首期工程的破土动工，重型机器厂筹备处的工作重心也转至太原。1951 年 11 月，山西省委在太原重型机器厂成立党总支。5 日，设在北京的重工业部重型机器厂筹备处也迁至太原，改为太原重型机器厂筹备处，由重工业部机器工业管理局直接领导。接着，设在北京、上海的计划处、秘书处、事务所也陆续撤销。

新中国建设第一座重型机器厂之举，受到国内外广泛关注。1953 年 1 月 1 日，元旦，《人民日报》以“新中国的第一座重型机器厂”为题，对此作了报道，报道中写道：

许多青年从四面八方赶来，怀揣着振兴民族工业、产业报国的梦想，聚集到黄土高原腹地的太原，开启了中华民族装备制造的先河。

当时，在全国各地赶来支援的人群中，从上海来的技术工人相对较多。他们虽然都是普通的劳动者，但由于对这座工厂的热爱，每个人都不遗余力、倾其所有，发挥着主人翁的作用。其中，有一位叫贾肇森的钳工。

贾肇森是山西汾阳人，出生于民国时期。十四岁那年，因家庭贫困，他离家到上海谋求生路。在上海，他先是在一家机器店里当学徒工，后来到上海工具厂当了一名钳工。由于他能吃苦、肯钻研，不久便成了工具厂小有名气的技术工人，车铣刨磨等样样俱会。上海解放前夕，有人看中了他的手艺，鼓动他随国民党去台湾，但贾肇森身边的一名地下工作者告诉他：“上海就要解放了，新中国就要成立了，到时候一定需要像你这样的技术工人，你还是留下吧。”

就这样，贾肇森选择留下来，随时准备为新中国建设贡献力量。

1950 年，国家决定在太原建设一座重型机器厂，支秉渊在上海动员有技术、有手艺的人前往太原支援建设。贾肇森得知消息后，一是思念家乡，二是想为我国的重型机器厂建设出力，于是带着师兄刘世杰一起找到支秉渊。在支援太重建设的名单中，写下了自己的名字。到太原后，贾肇森积极投身于太重筹备的各项工作。之后，他又抽时间回了一趟上海，将岳母、妻子及几个孩子全都接到太原，在太重厂区附近的东社村住下。

当时，从上海来的技术人员，全都租住在东社村的老乡家中。村子四周，皆是荒野，狼和野兔时常出没，但艰苦的自然条件，并没有打消任何人心中“为新中国建设贡献力量”的念头，都在以极大的热情工作着。贾肇森看到新招来的工人大多数都不懂得技术，于是就没白没黑、手把手帮助大家掌握各种工具，完成厂里交给的任务。也是在完成这些任务的过程中，贾肇森目睹了太重的建设和成长过程，并深深地爱上了这座工厂。以至于儿女长大从学校毕业后，他又教导孩子们到太重工作，就连儿子贾希涛从部队复员一脱下军装就来到了太重。

而在太重，像贾肇森这样贡献了自己的青春，甚至一生，然后又将后代留在太重的第一代创业者，还有很多。他们都有一个共同的特点，那就是都曾在少年或青年时期目睹过国家遭受磨难、同胞饱受欺凌、家园四处被毁的惨烈情景；都曾深知新中国筚路蓝缕的成立过程，以及国家对重型机器发展的期望。因此，他们对太重的爱，对重机事业的爱，是真真切切融入血脉中的。

叁拾贰　初露锋芒

1953 年 3 月，中央决定撤销安徽马鞍山重型机器厂筹备处。大部分工程技术人员和业务管理干部随马鞍山重型机器厂筹备处主任郭万夫到太原，加入太原重型机器厂的建设中。

郭万夫是山西清徐人，1915 年 4 月出生。1933 年 7 月开始参加革命工作，在抗日战争和解放战争中，他先后担任过八路军先遣支队第一大队政治部主任，太行区三地委武装部部长兼军分区武委会主任，皖西区第二地委书记等职务。新中国成立后，他担任安庆市委书记，安徽城工委副书记、工业部副部长等职。接到中央的通知后，他带人很快便赶到太原，加入蓬蓬勃勃的会战之中。

1953 年 5 月 14 日，重型机器厂筹备处撤销，太原重型机器厂正式命名，任命郭万夫为厂长，支秉渊等人为副厂长，隶属中央第一机械工业部第三机器工业管理局。

太原重型机器厂成立后，山西省委和太原市委高度关注和重视厂子的建设。在出现各类问题时，如太原重型机器厂建成后，可能与富拉尔基重型机器厂生产的主要产品一样，是不是要有所调整？太原重型机器厂建在汾河岸边的沙滩上，地下水如何解决等，在上级领导的关心指导下，太原重型机器厂克服重重困难，使各项建设工作顺利向前推进。

1953 年 10 月，《青年报》在第 399 期报纸上刊登文章《我国机器制造业在前进》，文中写道：

我们的祖国，正沿着社会主义工业化的金光大道前进。要实现社会主义工业化，就不能没有制造机器的工业，因为机器是一切工业的心脏。现在我国的机器制造业，真可说是日夜不停地在成长着。看吧，在今年一年中，我们就要建造二十四个大机器制造厂呢！下面我们来简单介绍几个正在建造中的机器厂。大家可以从这里看出我国制造业的宏大规模和美丽远景。

在这篇文章中，《青年报》主要介绍了我国第一座重型机器厂（太原重型机器厂）、生产纺织机械的制造厂和制造精密的量具刃具厂。在介绍太原重型机器厂时，文中这样描述：

在山西太原，现在正兴建我国第一座重型机器厂。这个厂生产出来的机器，是专门装备矿山、冶炼厂、化学厂和机器厂用的。厂里各种车间来去运送的东西，都是用火车、电车和汽车，单是铁路就有二十千米长。厂里的机器设备，也是大得惊人的。有一部打铁用的水压机，像一座小楼房那样大，它有二百万斤的力气，可以把一万多斤的钢铁随意打扁或压方。这个厂的主要车间，今年底就可以完成了，它将来生产出的大轧钢机，每套机器在一年里可以轧出一百万吨钢！

苏联《真理报》也在显著位置报道了新中国建设的第一座重型机器厂建设的消息。

太原重型机器厂从动工之日，就确定了建厂方针：边基建、边准备、边生产。在建厂的同时，一方面通过自己的技工学校培训职工；另一方面派出优秀干部和经验丰富的同志到苏联的一些重机厂实习，还派出二百多人到国内其他工厂学习，并选送多名干部到国内各有关学校深造。

建设中的太重，每一名工人、每一个车间、每一台机器都随时等待着国家赋予它神圣的使命。

太重一部分车间和设施投产后，很快便为国家生产出了一批急需的机器。1954 年，中央决定将太原重型机器厂的生产正式纳入国家计划，并由国家计委审批，给太重下达了为国家重点工程试制造新产品的具体任务。

这意味着，自 1954 年起，太重便正式参与了国家的一些重点工程项目建设，为这些项目生产急需的新产品。在这些项目中，有一项是 50 吨行车的研发，这是一种电动桥式起重机，被列入一机部直接考核的项目。当时，我国还没有这样的起重机。在设计时，太重唯一的参考资料，是六张黑白照片，而这六张黑白照片，还是从苏联的一本产品说明书上翻拍下来的。

资料缺乏、困难重重，还未完全建成的太重，能否担起重任?

1954 年 8 月，千里之外的海滨城市大连，一行从黄土地而来的人，心切切、行匆匆，走进了大连起重机厂。这行人正是太重派来的工程师们，他们一到大连起重机厂，就拿出介绍信，带着满脸的渴望之情，说明了自己的来意。原来，他们是为寻求 50 吨行车的研发突破口而来的。

大连起重机厂明白了他们的来意后，很热情地接待了他们，并组织专业技术人员配合他们一起进行 50 吨行车的初步设计。

其间，太重工程师们如饥似渴，与对方深入探讨、交流，一分钟也不舍得浪费。

这些太重的工程师大都是第一次来海滨城市，许多人都没见过大海。按常理，利用休息时间去看看那近在身边的大海和沙滩，并不为过，但他们深知自己此行的任务，一门心思埋头讨论、研究、设计。

在经过不断地推倒重来和无数次的图纸作废后，他们终于在冬天来临的时候，完成了 50 吨行车的设计。

按照这套设计，太重先是做了一台只有实物十分之一大小的行车样机，在熟悉了 50 吨行车的结构和性能后，这才放心地开始制造。

制造开始后，一系列的技术难题迎面出现，如大梁焊接、卷筒铸造、吊钩锻造、齿轮箱加工、大小车装配、吊装试车，这些问题大家都是第一次遇到，谁也没有见过，但通过集体的智慧，1955 年 4 月，太重顺利完成了 50 吨行车试制任务。这是我国第一台大型桥式起重机，它的试制和小批量生产奠定了在后来的岁月里，太重不断担负国家重点项目新产品研发任务的地位。有关资料显示，在我国“一五”计划期间，太重为国家成功试制了二十二种新产品，制造了三百八十九台机器设备，其中，绝大部分重型机器都创造了我国第一，极大地支持了我国社会主义事业的建设。

我国是 1953 年开始第一个五年计划的。1956 年，正值第一个五年计划的第四年，党中央向全国人民发出“又快、又多、又好、又省”提前完成第一个五年计划，加快社会主义建设的号召。为此，当年7月，国家决定对正在建设中的太原重型机器厂进行二期扩建，以满足采矿工业、石油工业、巨型水电站以及各大钢铁企业的建设需要，为这些行业提供大型挖掘机和大型起重机产品。也是这一年，太重不负众望，为国家试制成功了100吨电动桥式起重机。

叁拾叁　特殊时期

1958年，太重建设接近尾声，铸铁车间、铸钢车间、水压机车间、一金工车间、三金工车间、热处理车间、工具车间、锻压车间扩建等十四个重点工程先后竣工。自行设计的350小型轧钢机也于当年5月试制成功，这也是太重设计制造的第一台轧机，同时还试制成功了125吨铸造起重机等。也是这一年，刘少奇、朱德、彭真、邓小平、贺龙、罗荣桓、聂荣臻等多位国家领导人先后到太重视察。

1959年3月中旬，太重成功试制出我国第一台1200薄板轧机。这台轧机，是我国生产型号最大的一台轧机，也是国家当时急需的重点产品。因为这样的一台轧机，一年就可以生产钢板三万吨到五万吨。这对当时缺铁少钢的我国来说，可以说是解决了许多钢铁企业和国家建设的燃眉之急。

1200薄板轧机的成功试制，标志着太重的生产能力、技术水平达到了一个新的高度。曾经为工厂建设流下过无数汗水的太重职工，在这份成绩面前也欢欣鼓舞。3月17日，太重隆重举行庆祝活动，上级部门纷纷发来贺电与贺信。山西电影制片厂也组织人员，来到太重，拍摄纪录片。

庆祝活动结束后，国家要求太重必须在 3 月底前再制造三台 1200 薄板轧机。为此，太重集中所有力量，全力以赴。尤其是负责机架浇注的铸钢车间的职工，更是闯过了一道道难关，按期浇注出每片重达 32 吨的机架。还有一金工车间的职工，面对镗床能力不足的现状，大胆采取流水作业和联合加工的办法，将八个机架排成一排，钻、镗、刨等工序同时进行。在此期间，设计部门和工艺部门也抽调出一批技术人员，到车间会同一线的生产工人共同研究、解决生产中遇到的问题。同时，工具、材料和运输部门也抽调力量大力配合。在全厂上下一致的努力下，3 月下旬，太重终于完成了国家交给的任务，而且还完成了两台 275 吨铸造行车和两台 100 立方米高炉。这些产品的完成，有力地支援了鞍钢、太钢、包钢等重点冶金企业的生产和建设。

1960 年，国家又给太重下达了五十四种新产品的试制任务。其中，有 1000 吨装配液压机、350 吨铸造起重机、175 吨脱锭起重机等，这些都属于重大新产品。研发和制造期间，正赶上中苏关系破裂，苏联专家撤走、资料带走、合同撕毁，再加上我国正值三年困难时期，国民经济和人民生活面临严重困难，许多行业都举步维艰。

太重也不例外，除了新产品制造方面出现的困难，全厂职工同样面临着粮食、副食品严重短缺的问题。1960 年，全厂有一百六十五名职工因营养不良等原因患上了浮肿病，而且人数还在不断增加。太重党委为此向上级打了一份紧急报告，并成立营养食堂。凡是经过医生检查属于较重浮肿病的职工，即刻进营养食堂；凡是患一般浮肿病的职工，即刻给予主食和副食方面的补助，并在全厂开展代食品生产，推广培养小球藻和制造人造肉精等。同时开始办农场，种植粮食作物、薯类和蔬菜，陆续收获了高粱、玉米、谷子、黑豆、山药蛋、红薯、南瓜和白菜、大葱、红萝卜，这些食物和蔬菜对缓解职工营养不良起到了一定的作用，但犹如杯水车薪，患浮肿病的职工人数依然在增加。

内忧外患之际，太重人没有忘记国家交给他们的任务。

众所周知，黄河流域是我们中华民族的摇篮和主要发祥地，黄河也被比喻为我们中华民族的母亲河。千百年来，她孕育了灿烂的文化，哺育了华夏儿女，但由于黄河中上游水土流失严重，下游常常遭受洪水灾害。1952 年 10 月，毛主席在河南郑州、开封、新乡和兰考等地考察时，指示当地政府“要把黄河的事办好”。

根据毛主席的这一指示，国务院决定在河南三门峡市的黄河干流上建起一座水电站。这是我国第一座大型水利枢纽工程，它建成后，不但可以使黄河下游不再出现洪灾，而且还可以利用水力发电，满足河南、山东两省数百万亩农田的灌溉，是集防洪、灌溉、船运、发电于一体的一项综合性工程，也是当时苏联援建我国的一百五十六个项目之一。按照设计要求，新建的三门峡水电站拦河大坝上，需要安装两台用于启闭闸门的 350 吨门式起重机。这两台起重机，关系着大坝自身安全和黄河下游人民生命安全。

三门峡大坝建设期间，恰遇中苏关系破裂。苏联专家撤走的时候，还带走了所有的资料、图纸，包括启闭闸门的门式起重机图纸。而此时，大坝即将建起，350 吨门式起重机却还没开始制造。

350 吨门式起重机，在当时我国起重机制造史上，是从未有过的一项新产品，而且将用于我国第一座大型水利枢纽工程。那么，谁能在此危急时刻担负起这项设备的生产制造重任呢？

经过慎重研究，一机部和水电部向国务院上报了《关于三门峡水电（利）枢纽工程 350 吨门式起重机制造的报告》。在这份报告中，一机部和水电部提出，这两台 350 吨门式起重机由新中国建起的第一座重型机器厂——太原重型机器厂来生产。

1960 年 11 月 23 日，百忙之中的周总理看过这份报告后，作出了批示：同意一机部和水电部提出的建议，并要求一机部将此项目列入 1961 年一季度的生产计划。随后，按照周总理的批示，国务院主管工业生产的副总理和一机部党组也作出了批示。

1961 年 2 月，太重正式接到为三门峡大坝制造 350 吨门式起重机的任务。

2 月 20 日，太重党委转发了周总理的批示，并于第二天召开全厂职工动员大会，号召全厂职工积极行动起来，坚决完成周总理亲自下达的生产任务。当大家得知苏联专家撤走时把 350 吨门式起重机的所有资料全部带走，意在“卡住我们的脖子”。而我国在这方面的技术资料一片空白，有着“为我先锋”勇气和精神的太重人，心中油然升起一股为国争气、为国争光的豪气。也是从这一天起，太重全体职工围绕 350 吨门式起重机，发愤图强、自力更生，献计献策、大干苦干。

叁拾肆　国家任务

当时，太重总工程师庄国绅，接到350吨门式起重机制造任务后，按照有关部门要求，带队前往英国考察。

庄国绅1918年8月出生于江苏常州，从小便经历民族积贫积弱之苦。1942年，他以优异的成绩从武汉大学机械系毕业，怀着实业救国的志向离开学校直奔昆明。因为抗日战争全面爆发后，昆明一度成为抗战的大后方，许多厂矿、企业、学校等先后搬迁到了那里。其中湖南湘潭制造航空发动机、动力机械和工具机具的制造厂，也搬迁至昆明，更名为中央机器厂。庄国绅到昆明，正是为了加入中央机器厂，实现其报国志向。抗日战争胜利后，庄国绅被华东工业部调往上海的机器厂。1950年，他闻知刚刚成立的新中国要靠自己的技术力量，在太原筹建一座重型机器厂，于是果断放弃上海的优越条件，与支秉渊等人一起从上海来到位于黄土高原的山西太原，投身于太重的筹备工作。太重建设完毕后，之前从上海来的一部分同志，有的回了上海，有的调至北京，还有一部分同志留在山西。庄国绅便是留下来的人员之一。

庄国绅带队到英国一家水利公司考察时，对方已经了解到了他的身份和能力，所以对他这位从中国而来的工程师处处提防有加，不肯轻易把技术资料拿出来，这让庄国绅很是着急。一天，对方拿出几张门式起重机的图纸给庄国绅等人展示，虽然展示时间不长，但庄国绅还是凭借着超强的记忆力，快速把图纸上的内容一一记在脑海中。回到住处后，他顾不上吃饭、喝水，一言不发，铺开纸张，凭着印象将图纸中的内容一笔一笔绘了下来。第二天，庄国绅提出要到当地的大坝上实地考察一番，意在了解一下门式起重机在现场的安装与使用，但遭到了对方拒绝。几经协商，对方最终只拿出一个门式起重机的模具，让庄国绅等人看了一下，便收了起来，之后再也不肯示人。尽管只是匆匆一瞥，尽管只是一个小小的模型，但庄国绅还是记住了那个门式起重机的样子。回来后，他又凭着记忆，画出了起重机的大致轮廓。回国后，他将这份略显“粗糙”，但又来之不易的草图交给太重的设计人员。

太重负责350吨门式起重机设计的，是设计科起重机设计室一群平均年龄在二十六岁的年轻技术人员。在庄国绅出国考察回来之前，这群年轻人手头拥有的，仅有一张苏联专家撤走时无意中落下的图纸，且这张图纸还不完整。因此，当看到庄国绅从国外带回来的这份特殊草图后，他们倍加珍惜，将两张图结合起来琢磨、研究，开始了门式起重机的设计。

起重机设计室有一位年轻人叫宋恒家。他是辽宁省抚顺县石文镇官山村人，1934年出生。十一岁那年夏季的一天，是他人生中记忆最深刻的一天。因为那一天，全村老少都在奔走相告：日本投降了！当亡国奴的日子结束了！

从小饱尝当亡国奴苦痛的宋恒家，在新中国成立后迎来了新生。他勤奋学习、刻苦读书，于 1951 年考上长春机械制造学校。时值抗美援朝战争时期，宋恒家所在的学校经常有从朝鲜回到祖国的志愿军英雄来作报告。在听了这些英雄们所作的报告后，宋恒家得知志愿军部队在朝鲜战场因武器装备不及对手，许多战士牺牲在了敌人的炮火中，内心很受震动。十七岁的他，立志要用自己所学的知识，为新中国的建设，尤其是工业发展贡献力量。

1954 年 8 月，宋恒家从学校毕业，被分配到太原重型机器厂。

虽然山西离辽宁较远，一个在关内，一个在关外，但想到太原重型机器厂是新中国成立后建设的第一座重型机器厂，国家工业发展正需要人才，而自己所学的专业恰恰是机械制造，到了太重可以更好地为国家工业化出力，于是宋恒家欣然接受分配。

几天后的一个清晨，宋恒家和一起被分配到太原重型机器厂的曾文硕、顾鼎元等五名同学，带着铺盖，扛着行李，告别亲人，跟随太重派来接应他们的同志登上火车，赶往山西。

由于在校期间，宋恒家曾先后到沈阳重机厂、大连起重机厂和大连机车车辆厂实习过，所以，前往山西的路途中，宋恒家想象着即将前往的太原重型机器厂一定是一座气势恢宏、规模巨大的工厂。但当他在火车上度过了两天两夜，来到太原，走进太重后，发现太重还在建设中。

虽然太重还没完全建设好，但那片荒野上所散发出的勃勃生机深深吸引着宋恒家。在这种生机中，他感受到了国家重工业发展跳动的强劲脉搏。

在太原重型机器厂，宋恒家被安排在二金工车间，做见习技术员。两年后，被调入起重设计科工作。令宋恒家没想到的是，他参与的第一项设计，便是350吨门式起重机。当时，起重设计室在三楼，虽然他们知识分子每月有二十七斤粮食，定量平均每天九两，但年轻人饭量大，再加上副食极少，所以他们常常吃不饱，以至于他和大家每天上三楼办公室都十分吃力。有时正爬着楼梯，突然两眼一黑，双膝一软，就摔倒了。可即便这样，他和大家心里想的、装的，都是三门峡大坝急需的350吨门式起重机，勒紧裤腰带埋头研究设计。有时饿得实在浑身发软，连握笔的力气都没有了，他们就用酱油兑一碗水喝下去。就这样，在克服技术和生活方面的重重困难后，他们完成了初步设计，接着他们又三上北京，与有关部门的专家一起细细研究图纸，并参加一机部安排的350吨门式起重机图纸审查会。其间，宋恒家在北京工作的姐姐想把宋恒家调到北京。宋恒家知道，如果姐姐、姐夫帮忙，自己是有可能调到北京的。北京各方面的条件都比太原要好一些，但他舍不得起重机工作，舍不得离开太重，所以回绝了姐姐的好意。

一个月后，宋恒家和设计室的同事们终于拿出了350吨门式起重机的设计图纸。为此，山西省对这些年轻人进行大力表彰，奖励给他们每人一件白色秋衣。捧着这件秋衣，宋恒家和设计室的同事们高兴得脸颊通红。山西省话剧团闻知后，也派人来到太重，与太重设计室的这群年轻人面对面交谈，准备把他们自力更生的先进事迹编成话剧。

350吨门式起重机图纸设计出来后，太重成立了重点产品试制小组。由厂长亲自抓试制工作，同时建立了每周一次重点产品调度会，解决起重机生产中遇到的问题。总工程师庄国绅带领有关技术人员坚守在生产一线，随时准备对出现的难点问题进行攻关。

此时，粮食歉收，副食不足，依旧影响着全国人民，全国城镇市民继续实行定量供应。由于白面少得可怜，大多情况下，人们只能吃玉米面窝头，但就是这玉米面窝头，太重职工也常常吃不饱。当时，一个玉米面窝头用二两面，没有白面可掺，蒸出来的窝窝头又小又硬，职工们吃下去，不一会儿就又饿了。

3 月 29 日，太重在焊接车间举行 350 吨门式起重机投料典礼大会。典礼大会结束后，开始进入起重机制造的关键期，那些日子，加班加点成了职工们的常态，大家常常工作至深夜也不肯休息，唯有点点焊花与他们相伴。此时，太重全厂因营养不良患浮肿病的职工仍在增加。可以说，干部和工人，大家的生活困难和营养不良程度都到了非常严重的地步。即便是在如此艰苦的条件下，面对国家任务，太重全厂职工没有任何怨言。他们表示，即便饿着肚子也要完成制造350吨门式起重机的任务，不让国家着急，不让三门峡大坝和黄河下游人民有危险。

叁拾伍　为国争气

太重生产车间的职工勒紧裤腰带在轰鸣的机车旁忙碌起来，后勤负责食堂工作的人员，包括管理者，也都和大家一样，共度荒年。太重食堂科当时有位副科长叫霍志修。一次，他和大家一起排队打饭，轮到他时，窗口的炊事员悄悄给他的饭盒里多添了半勺饭。看着这多添的半勺饭，霍志修心中很不是滋味。他告诉这位炊事员："多给了我，就等于从其他职工口中夺食，我们不能这么做。"说着把多添的半勺饭又退了回去。

这次事之后，霍志修看着患浮肿病的工友越来越多，十分着急。经过一番琢磨，他让炊事员在蒸窝窝头的时候多加一些酵面，或者延长发酵时间。炊事员按照他说的方法，把发酵的窝窝头在锅中蒸几分钟，然后关火，进行二次发酵，然后接着再蒸。经过反反复复几次试验后，食堂终于蒸出了"个头"比之前大一倍的玉米窝窝头，职工们吃下这种经过二次发酵的窝窝头，扛饥饿时间也有所延长，但营养还是跟不上。因此，除了前期出现的浮肿病，有的职工还患上了十二指肠溃疡病。患十二指肠溃疡的人，常常从每顿饭后两小时开始疼痛，一直疼到下顿饭吃进肚子里才有所缓解，然后半夜再次被疼醒。如此往复，很是折磨人。那些时日，在太重厂区，常常能看到一个个托着肚子在厂房里工作的职工身影。这些职工，一边靠药物减轻病痛，一边用手托着肚子带病坚持在岗位。

后来，国家给患有十二指肠溃疡的人每月调剂了五斤细粮，也就是白面，但这仍旧无法改善职工的身体状况。患病之人，天天增多。

350 吨门式起重机制造的关键时期，也就是 1961 年 6 月，太重全厂因营养不良患上浮肿病的职工已达三千九百零五名。这时，按照中央和省市指示，为了减轻城市粮食和副食品供应的压力，太重开始精简职工。这次精简，上千名职工含泪放下手中的工具，告别昔日的工友，离开太重，全部返回农村。顿时，全厂职工骤然减少，但这没有影响 350 吨门式起重机的生产进度。留下来的职工，更加努力工作，他们都在为完成国家任务奉献着自己的光和热。

6 月 25 日，焊接车间完成了 350 吨门式起重机的全部焊接任务，此时，早已做好准备的二金工车间重点产品攻关队伍迅速接过焊接车间的接力棒。他们拉开阵势、铺开战场，夜以继日地完成后续任务。

看着职工们那一张张面黄肌瘦的脸庞，太重党委根据山西省委和太原市委要求大搞副食品生产基地的指示，决定发扬南泥湾精神，进行生产自救。

很快，太重组织起六百多名职工到阳曲县东郭湫村开荒种地。这六百多名职工，来自全厂各室各车间。刚完成设计任务没多久的宋恒家由于从小在农村长大，干过农活，所以，他也被派去参加生产自救。宋恒家和设计科的十几名同事接到通知，二话没说，放下手中的绘图工具，扛起锄头就来到东郭湫村，住进村子打谷场边上的一间小屋内，准备开荒种地、生产自救。

东郭湫村漫山遍野都是灌木，前来开荒的职工顶着烈日抡锄头，伐灌木，体力消耗很大，时常饿得发慌。

一次，宋恒家和十几个同事在开荒时发现了一只野兔。他们欣喜万分，抓回去交给厨房。晚饭时，大家每人分到了一小块兔肉，尽管这块兔肉只有小拇指那么大，但每个人都觉得特别香。饭后，每人又喝了几碗酱油汤才填饱肚子。

不久后的一天，轮到宋恒家帮厨，他挑起水桶到坡下水井中给厨房挑水。没想到他没走几步就累得气喘吁吁，炊事员看到后，关心地问他是不是病了？宋恒家说自己没病。但他此时其实已经患上了浮肿病，而周围与他一样患病的同事，比比皆是，可大家谁也不说，谁也不肯休息。就这样，太重六百多名职工在二十三天开出荒地两千五百二十三亩，种菜一千一百七十一亩，种秋粮一千三百五十二亩，逐步缓解了太重厂内生产一线职工吃不饱的问题。

8 月 29 日，第一台总重量达五百四十吨、高三十一米的 350 吨门式起重机在太重试制成功。经过国家验收组验收，各项指标和性能完全符合使用标准。不久，这台 350 吨门式起重机被安装在了三门峡水电站的拦河大坝上，担负起十七个泄流孔洞阀门的启闭重任。远远望去，它犹如巨人一般挺立在波涛汹涌的黄河上，保护着大坝安全和下游人民生命安全。

但谁又知道，350 吨门式起重机背后那群一心为国争气、为国争光的太重人所付出的艰辛呢？

在完成 350 吨门式起重机试制任务的同时，太重还遇到一件事情。当时包钢从苏联进口了一台 30 吨吊车，与三门峡黄河大坝上的 350 吨门式起重机情形一样，中苏关系破裂，苏方撤走专家，临走时只把 30 吨吊车的钢结构件和机械部件运到中苏边境的满洲里，然后头也不回便走了。在苏联人眼中，中国人根本没有能力，也不可能把这台大型吊车完整地设计和安装起来。

包钢如果没有这台吊车，会直接影响到钢的产量。

上级把吊车的设计和安装任务又交给了太重，宋恒家又是参与其中的一员。几十年后，宋恒家依旧清楚地记得当时他和大家的心情：我们一定要为中国人争一口气！

宋恒家他们承担的主要设计任务是 30 吨吊车的钢结构大梁、刚性腿和挠性腿三个大部件，每个大部件的设计难度都不小。宋恒家和同事们知道，苏联不给我们任何图纸资料，是想看我国的笑话。

任何一个有骨气的中国人，都不会让这种笑话发生。宋恒家他们也一样。设计开始，宋恒家和另外两名设计人员采取笨办法，在现场把所有钢构件的尺寸一一量出来，然后进行设计。终于使 30 吨吊车在包钢安装起来并试车成功，顺利投产。

太重终于又为中国人争了一口气。

在此期间，太重还担负着其他新产品和新机器的制造任务。1961 年 6 月 21 日，太重成功试制出我国第一台 4 立方米的电铲，自此开始了生产大型挖掘机的历史。12 月 27 日，我国第一套火车车轮轮箍轧制机组也在太重试制成功，其中包括 8000 吨车轮成型水压机和轮箍校正机等。这些产品的重量，都远远超出了太重冶炼、起重和运输等设备的负荷。理论上是根本无法完成的，但太重全厂四台炼钢炉密切配合，一齐超装冶炼、联合浇铸，终于如期完成了试制任务，结束了我国火车车轮轮箍依靠从国外进口的历史，对发展我国铁路运输事业作出了很大的贡献。

1962 年 11 月，太重又试制成功我国第一套弹体制造设备——400 吨穿孔水压机和 2000 吨拔伸水压机。1963 年 3 月完成了 23 辊矫正机试制任务，填补了国内的空白。

23 辊矫正机试制成功后不久，太重又接受了一项更加重要的任务……

叁拾陆　钱学森的到来

1964 年 6 月的一天，正在埋头工作的庄国绅收到一份弥足珍贵的委任状，上面写着“任命庄国绅为第一机械工业部太原重型机器厂总工程师”，时间是 6 月 5 日，编号为“第 7798 号”。这本是一个普通的任命，但再往下看，顿时让人肃然起敬，因为签发这张委任状的，不是太重的领导，也不是国家第一工业机械部的领导，而是国务院总理周恩来。

没几天，国家第一工业机械部也任命庄国绅为太重生产副厂长，主要任务是开发国家急需的重型、大型机械，并组织试制新产品。

其实，早在 1956 年前后，三十多岁的庄国绅便已是太重的总工程师了。赴英国考察门式起重机时，也正是因为他总工程师的身份，所以对方才对他处处提防。

那么，敬爱的周总理为什么此时又会给庄国绅签发一份总工程师的委任状呢？作为一国总理，他又要委派庄国绅什么任务呢？

谜底很快便被解开了。它与我国准备发射的第一颗人造卫星——东方红一号卫星有关。

我国的人造卫星发射，在 1958 年便提了出来。1957 年 10 月 4 日，苏联成功发射了一颗人造卫星。第二年 1 月 31 日，美国也发射了一颗人造卫星。这两颗卫星的发射，犹如一石激起千层浪，在世界各国引起不同程度的反响。

我国自古就有探索宇宙的梦想。根据史书记载，14 世纪末，明朝一位叫陶成道的人，因热爱科学，试制出了火器，朱元璋为此封他为“万户”。陶成道晚年的时候，一心想利用火器把人送上天空，看个究竟。为此他专门制造了一辆飞车，并在飞车四周绑上四十七枚火箭。做好一切准备后，陶成道于某日坐上飞车，一手持一个大风筝，命家中仆人点燃火箭。火箭点燃后，飞车在烈火浓烟中徐徐上升，陶成道也升至半空中。就在大家以为试验会取得成功的时候，飞车突然从半空中掉了下来，热爱科学的陶成道为此付出了生命。

陶成道上天的试验虽然失败了，但中国人探索宇宙的勇气为世界所知。因此，陶成道也被称为“世界航天第一人”。

苏联和美国先后发射卫星，对我国的触动很大。自古就有探索宇宙梦想的中国人，不甘落后。

1958 年 5 月 17 日，党的八大二次会议召开。会上，毛泽东正式宣布：“我们也要搞人造卫星！”

而且，毛泽东还说：“当然，卫星应该从小的搞起，但是像美国鸡蛋那么大的，我们不放！要放，我们就放它个两万公斤的！”

据说，当时与会人员听了，都激动得站了起来，掌声如雷鸣般响起。

这是我国首次发出要搞人造卫星的声音。此新闻一出，全国各地，如北京、天津、上海、南京等地，以及各科研机构和高等院校很快就行动起来。

1960 年 11 月 5 日，我国制造的第一代地对地导弹“东风一号”发射成功；1964 年 6 月 29 日，由我国自主研制的第一枚弹道导弹发射成功；1964 年 10 月 16 日，我国自行制造的第一颗原子弹爆炸成功。而在这一时期，我国的人造卫星也在悄悄研制中，并由刚开始的仿制向着自行设计渐渐迈进。

庄国绅收到委任状的那年底，第三届全国人大代表第一次会议在北京召开。会后，也就是 1965 年 1 月 6 日，地球物理所和自动化所联名向中国科学院党组递交报告，建议尽快加速发展人造卫星的步伐。3 月，国防科工委召开发展我国人造卫星的可行性座谈会；4 月 29 日，国防科工委根据各方的讨论意见，形成报告，上报中央；5 月，报告在中共中央专门委员会第十二次会议上得到批准。自此，我国的人造卫星开始全面启动。

迫于当时的国际环境，一方面是美国对中国长期的技术封锁，另一方面是 1960 年中苏关系的破裂。为了全国协作方便和保密起见，加上搞人造卫星建议的时间是 1965 年 1 月，于是国家把搞人造卫星的代号定为“651 任务”。

人造地球卫星开始全面研制的同时，国家也在酒泉卫星发射基地开始重新建造可以发射多级火箭和人造地球卫星的发射场。

要把人造卫星发射上天，除了发射场，还要有发射塔架。那么，发射塔架的制造任务，交给谁呢？

国家，再一次选择了太重。

1965 年 6 月的一天，有着“中国导弹之父”之称的国防科委副主任钱学森，一路风尘仆仆，来到太原，并亲自找到时任太重党委书记的梁生林和总工程师庄国绅。一见面，钱学森就紧紧握住两个人的手不放，用充满期待的目光看着梁生林和庄国绅，接着把此行的目的告诉他们二人：我们国家要发展人造卫星，一机部决定把制造发射塔架的任务交给太原重型机器厂，塔架设计由工程兵科研设计院为主负责，请太重厂亦参加，相信太重厂能很好、很快地完成任务。

钱学森说到这里，停了下来，他凝视着眼前的梁生林和庄国绅，等待他们的表态。

6 月的太原还不算太热，此时的梁生林和庄国绅却觉得浑身发热，而且有一股热血直往上涌。在此之前，他们通过广播和报纸，得知苏联和美国都先后发射了卫星。他们也盼望着自己的国家能早日发射卫星，但他们从没想过太重能够参与这项工作。

发射卫星，那是多少中国人都在期盼的一桩大事呀。

梁生林和庄国绅一下子感到肩上担子分量之重，随即，内心涌出一种骄傲，一种自豪。因为他们分明感到，太重，又要再一次担负起国家交给的重任了。

他们用热烈的目光回应钱学森，并郑重向钱学森表态：国家发射卫星，太重全厂职工必将全力以赴，保证质量，按期完成任务。

这一刻，三个人的手紧握在了一起，每个人的眼中都闪出了微微的泪光。

接过重任后，庄国绅被任命为总负责。虽然卫星发射塔架究竟是什么形状、什么构造，庄国绅和大家谁都没见过，但他们相信群众的智慧是无穷的。这时，国务院、国家科委、机械部又先后派庄国绅到欧洲工业发达国家考察。其间，也去了日本，这让庄国绅了解到了国外更多的先进技术。

从国外考察回来的庄国绅十分清楚，发射塔架绝不是将一组钢架拼装起来那么简单，它是一座集箭体防护、燃料加注、能源保障、测试检查、智能监控等功能于一体的综合性火箭发射平台。要完成卫星发射塔架的任务，当务之急是尽快组建起一支过硬的产品设计队伍，以及热加工、冷加工的工艺技术队伍和产品质检队伍。为此，他日夜操劳，尤其在人员选拔上，他更是有着慎重的考虑。毕竟，卫星发射塔架制造是一项秘密工程，甚至是绝密工程，牵扯到国防事业的安全，选什么样的人，直接关系到发射塔架是否能够顺利制造出来并运往酒泉卫星发射基地，尤其关系到能否把我国的第一颗人造地球卫星“东方红一号”托举起来，顺利送上太空。

叁拾柒　从太原到酒泉

太重人事处有一个叫曹继山的年轻人，记录下了庄国绅选人的条件。

曹继山，1931 年出生于河北定州的一个农村，十七岁，加入中国共产党，曾在村里担任过支部书记。新中国成立后，他从老家来到太原哥哥家。1956 年的一天，哥哥的房东告诉他，太原的河西建了一座很大的厂子，正在招人，让曹继山去试试。于是，曹继山一路打听，找到劳动介绍所，填写报名表，希望能被招去当工人。当太重筹备处负责招聘的同志看了曹继山的简历后，立刻决定录用他。就这样，曹继山成为太重人事处干部科的一名科员。

当庄国绅把三个条件说出来时，党性极强的曹继山立刻开始协助选拔人员。这些人员既要经过严格政审，还要满足庄国绅提出的三个条件：技术过硬、思想坚定、纪律性强。

三个月后，相关设计院将发射塔架的设计图纸正式交给太重。一机部此时也作出要求，要求太重 1966 年 6 月必须完成制造，全部交货。

拿到设计图纸，并不意味着马上就可以开工。这中间，有一个图纸转化的过程，就是要先将设计院的图纸转化为用于工厂生产的图纸，然后由设计院和太重共同审核后，方能开始生产。所以一机部给太重下达命令后，总负责人庄国绅立即组织技术人员对图纸进行转化。

发射塔架的制造任务属于国家机密。为了对此项任务严格保密，太重在向大家传达任务命令时，将此项产品定名为“1号门吊”，并且规定所有参与发射塔架制造的人员都不能向家人透露一点点关于“1号门吊”的消息。有时，职工的家属来厂里送饭，也只能送到厂区门口便止步。

这是太重第一次参与如此重大的军工产品生产任务。虽然他们大多人还不懂得发射塔架是火箭和卫星进入宇宙前在陆地上的最后一个停泊地，质量好坏直接影响着我国第一颗人造卫星的发射，但他们知道，这个任务十分艰巨、十分重要、十分神圣！所以每个人都以百倍、千倍的努力在完成着这项国家任务。

可是，没多久，就在发射塔架正在紧张制造的时候，“文化大革命”开始了，太重生产一时陷入混乱状态，全厂所有生产都停了下来。虽然后来有部队进驻，对太重实行军管，但太重的生产秩序依旧难以恢复，发射塔架的制造任务也不可避免地受到了严重影响。

而放眼全国，此时所有研制卫星发射的单位和部门都和太重一样，受到严重影响。党中央、国务院了解到这一情况后，于1968年8月15日在北京召开全国国防军工会议。太重两派群众代表、生产管理干部代表、老工人代表和专门负责发射塔架制造的工程技术人员四十多人，由军管会主任带队，到北京参加了这次会议。

会议进行小组讨论期间，周总理在人民大会堂三楼的一间会议室专门接见了太重全体代表，并就发射塔架的生产问题和大家进行了座谈。在听完大家的发言后，周总理语重心长地对大家说，“今天专门请太重的代表同志们开个小会，重点审议一下军工产品的生产问题。有人反映说‘太重，太重，推不走，拉不动’，这样不准确嘛。我说‘太重，太重，太重要了’！太重是新中国自己设计、兴建的第一座重型机器厂，为我国经济建设作出了应有的贡献。现在你们太重承担的军工产品生产任务，可不是一般的军工产品。它是国防尖端产品，有了它就能打败帝国主义、霸权主义的核垄断和核讹诈。你们两派群众组织代表回去后，在军管会的领导下，要互相携起手来，搞好军工产品的生产。”

太重的双方代表听了周总理的话后，清楚了“1 号门吊”的重要性，表示回去后一定尽快完成发射塔架的生产任务，绝不拖国家的后腿。周总理听了，高兴地对大家说：“我在北京等待你们的好消息！”

经过几个月的努力，太重完成了发射塔架的生产制造任务。不久，这座上千吨重的发射塔架，被装上火车，从太原启程，运往千里之外的酒泉。为了保证安装成功，太重派出几十名富有经验的技术工人，跟随这座发射塔架，前往酒泉卫星发射基地，协助部队安装。

这座塔架，正是 1970 年 4 月 1 日，大漠深处酒泉卫星发射基地的司令员李福泽准备去迎接“长征一号”火箭和“东方红一号”

卫星专列时，深深凝望的那座发射塔架。

为了保密，太重前往酒泉的职工，出发时都没有告诉家人自己是去哪里。他们简单收拾行装，与发射塔架一起，朝着祖国的大西北方向而去。

酒泉卫星发射基地，地处西部大漠戈壁，那里的自然条件和工作生活条件，尤其是20世纪60年代工作在那里的官兵的工作生活条件，至为艰苦。且不说它的空旷寂寞、远离人烟，单就那一年从头刮到尾的猎猎长风和扬起的漫漫黄沙，就让人难以适应。据说1966年3月下旬的一天，邓小平同志前去慰问卫星发射基地的官兵们。接见完后，官兵们反映没看清邓小平同志的脸，希望能再被接见一次。邓小平听说后，又和基地的官兵们见了一面。不久，夏日的一天，周总理乘坐专列从基地附近的一座小站经过，看见一名小战士在飞舞的狂沙中巡查线路。烈日下，这名小战士浑身上下又是泥，又是汗，双眼眯成一条线，嘴唇也干裂得起了皮，于是周总理忙让工作人员给这名小战士送去一个西瓜。小战士接过西瓜，在风沙中大口吃了起来。

另外，酒泉的艰苦，从当地一首流传了千百年的民谣也可知一二：天上无飞鸟，地上不长草。沙飞天地黑，风吹石头跑。

由于当时铁路运输也时不时处于混乱、瘫痪状态，从太原护送发射塔架的太重职工历经数日，才风霜满面地到达酒泉卫星发射基地。接下来，他们开始配合部队对发射塔架进行安装。其间，有的职工被风沙吹得控制不住双脚，东倒西歪，随风满地乱跑；有的职工在发射塔上部几十米高空中作业，更是有一种一撒手就会被风吹下来的危险；还有的职工因不适应当地环境气候，一天流好几次鼻血……

尽管条件如此艰苦，太重职工还是配合部队官兵将发射塔架高高矗立在了酒泉卫星发射基地。

1970 年 4 月 1 日，“长征一号”火箭和“东方红一号”卫星运抵发射基地。经过连续数日的检查测试，正式安装到了发射塔架上。

在此之前，除了苏联和美国各发射了一颗重量为 83.6 公斤和 8.22 公斤的卫星外，法国也于 1965 年 11 月 26 日发射了一颗重 38 公斤的卫星，日本于我国“长征一号”火箭和“东方红一号”卫星抵达酒泉卫星发射基地前的一个多月，发射了一颗 9.4 公斤重的卫星。

我国要发射的这颗“东方红一号”卫星，重 173 公斤。重量超过苏联、美国、法国和日本的卫星，此时正被发射塔架高高地托举着。

傲视苍穹、剑指太空，是对此刻发射塔架最形象的比喻。它紧紧拥抱着我国科研人员呕心沥血研制出的人造卫星，准备接受党和国家以及全国人民的检验。

叁拾捌　托举起“东方红一号”

1970年4月24日21时，令人激动的时刻即将到来。酒泉卫星发射基地，之前还被漫天遮蔽的乌云逐渐散开，星空灿烂，夜色迷人。周总理对发射工作提出的“安全可靠，万无一失，准确入轨，及时预报”十六个大字，被醒目地写在一块巨幅木牌上，悬挂在发射塔架上。塔架之下一百米远的地方，“导弹之父”钱学森正远远地凝望着发射塔架及塔架上的火箭和卫星。

“东方红一号”就要发射升空了，这注定是一个让许多人难以入眠的夜晚。21时35分，随着发射指令下达，一级火箭的四个发动机瞬时喷出橘色火焰，火焰产生的强大气流，将发射塔架底部导流槽中的冰块冲出很远，紧接着，载着“东方红一号”卫星的火箭，从巍然挺立的发射塔架顶部腾空升起，直冲云霄，呼啸着飞往太空。东方破晓，气贯长虹。屹立在苍茫大地上的发射塔架，在第一次完成自己的庄严使命后，久久地注视着从自己的身上腾空而起，飞往太空的“东方红一号”卫星。

21时50分左右，《东方红》的乐曲声从遥远的太空传来，被国家广播事业局清晰地接收到。

“东方红一号”卫星成功发射后，我国成为继苏联、美国、法国、日本之后，世界上第五个靠自己的能力把人造卫星送入太空的国家。

4 月 25 日晚 6 时，新华社向全世界发布了这一新闻公报。我国国内的广播、电台、报纸也迅速把这一喜讯告诉全国人民。

消息传来，举国欢庆。无论是城市，还是农村；无论是工厂，还是田间，到处都是欣喜万分、奔走相告的人们。八亿中国人终于可以抬起头，骄傲地仰望星空，等待属于自己的那颗卫星。据说，新华社的新闻公报刚刚发布两个小时后，也就是那晚的 8 点半左右，首都北京的市民听说一会儿卫星要从北京的上空经过，于是无论男女老幼，全都早早走出家门，抬头仰望，眼睛一眨不眨地争相目睹我国第一颗人造卫星飞过时的风采。28 日晚，当卫星从香港上空飞过的时候，香港市民也都戴着望远镜、指南针、收音机，各自早早找到最佳观看位置，静候卫星到来。当卫星飞过香港上空时，大家都用恋恋不舍的目光始终追随着它，直到看不见为止。事后有人赞叹：祖国的卫星是从东方升起的一轮华夏小月亮！

华夏小月亮，多么生动而形象的比喻呀。

全国各地的人们都在欢庆我国第一颗人造卫星成功发射，山西也不例外，尤其是为这颗卫星发射作出努力的太重职工。其实从把发射塔架安装在酒泉卫星发射基地的那一天起，他们就一直在等待着。当 4 月 25 日新华社的新闻公报发出后，太重职工与全国人民一样，激动得大声欢呼、热泪滚落。还有的职工，找来收音机，聚拢在一起聆听由卫星传回的《东方红》乐曲。在他们心中，那滴滴答答的声音，比世上任何声音都悦耳、动听。

激动归激动、兴奋归兴奋，但为了保守秘密，他们没告诉任何人，那曾经用自己粗糙的双手制造出来的“1号门吊”，就是托举“东方红一号”卫星飞向太空的发射塔架。周围也没有人把那神圣的卫星发射和那轮华夏小月亮的升空，与他们这些普通的太重人联系在一起。

为了国家，太重人选择继续保密。历史，不会忘记属于他们的荣耀，必将在后来的岁月中，让太重从幕后，走向前台，为世人所知。

“东方红一号”卫星发射后，又有多颗“中国星”“小月亮”通过这座塔架发射升空。1975年11月26日，在这座塔架上，成功发射了我国第一颗科技探测和技术可回收型卫星；1981年9月20日，在这座塔架上用一枚运载火箭成功地发射了三颗卫星。

其间，考虑到我国洲际导弹和同步卫星也在研究和开发，全国只有一个酒泉发射基地，于是，国家决定在四川的西昌和山西的岢岚再增加两个发射基地。筹建中，两个基地的发射塔架，国家依旧交给了太重来负责生产。这座新中国成立以来的第一座重型机器厂的忠诚与担当，在“东方红一号”卫星发射中，已经得到了充分地检验。

西昌和岢岚两个卫星基地的发射塔架设计，还是由原来的设计单位完成。由于此前酒泉的卫星发射塔架是在轨道上移动的塔架，另外附有脐带塔，造价偏高不说，使用起来也不太方便，所以在接下来的西昌和岢岚两个基地的塔架设计中，太重提出了自己的意见，首先是将原来的移动式，改为固定式，其次就是把脐带塔并入到塔架中。这样一来，虽然新塔架制造起来有些复杂，但结构更为合理。塔架两侧的多层工作台，可闭合，也可开放。卫星装配时多层工作台闭合，发射时工作台打开，使用起来较之前的塔架方便了许多。不久，两座分别高 77 米、重 1080 吨的发射塔架先后制造出来，被安装到西昌和岢岚的卫星发射基地。20 世纪 80 年代至 90 年代初，从这两个基地的发射塔架上，先后成功发射了多颗卫星。其中西昌卫星发射基地的发射塔架 1983 年矗立起来后，于 1984 年 1 月，成功发射了我国第一颗通信卫星；1984 年 4 月，成功发射了我国第一颗地球同步轨道卫星；1986 年 2 月，成功发射了我国第一颗通信广播卫星——东方红二号。“东方红二号”的成功发射，结束了我国租用外国卫星收看电视的历史。岢岚卫星发射基地也于 1988 年 9 月 7 日成功发射了我国第一颗风云一号气象卫星；1990 年 9 月 3 日，成功发射第二颗气象卫星。

而就在生产两座发射塔架的期间，太重还接到了国家下达的另外一项重要任务。

1978 年 12 月 22 日，党的十一届三中全会闭幕。第二天，上海宝山区的长江之畔，即将建设的上海宝钢打下了第一根桩。

当时，为了实现国民经济的根本好转，国家进行了一些重大调整。机械工业这一领域也不例外，鉴于我国的机械工业整体水平还不能为这次的国民经济调整提供具有世界先进技术水平的成套机器设备。因此，国家决定以引进技术、合作制造、国内分交的方式，为宝钢一期工程完成 φ140 毫米连轧管机成套设备（简称 140 产品）

的制造任务，以期采用适用的国外先进技术，迎头赶上世界先进水平，使我国的机械工业在调整中迈出具有重要意义的一步。

28 年前，上海支秉渊等一批机械专家和技术人员北上山西，来到太原，为太重的筹备和建设贡献力量。

28 年后，历史在冥冥之中让山西、让太重与上海再一次产生交集。

叁拾玖　难忘的 140 产品

1983 年 4 月，时任中国机械设备进出口总公司总经理的贾庆林被调至太重担任厂长。当时，太重正在努力完成一项重点任务。这个任务正是三个月前国家下达给他们的 140 产品任务。

140 产品是党的十一届三中全会召开后，机械工业部与国外合作生产的第一项大型成套设备，是上海宝钢一期工程的重点项目，合同双方由上海宝钢与德国曼内斯曼—德马格公司签订。按照合同规定，140 产品的一部分设备由中国自己制造，这些设备的重量达到 12000 多吨。根据宝钢建议和要求，经过机械工业部同意，留在国内制造的这 12000 多吨设备，由太重负责完成。太重为此成立了一个特殊部门——宝钢办公室，专门负责 140 产品的质量、进度和后续的现场服务等。

140 产品在 20 世纪 80 年代初属于具有世界先进技术水平的设备，设计年产量为 50 万吨热轧成品管，最高可达 58 万吨。其轧制速度也将属于世界上同类轧机中的最高速度，每秒 18 米。由这样的设备生产出的油井管，质量也将达到美国石油工业学会的标准。因此可以说，140 产品所具有的先进技术性能、较高质量标准和严格的技术要求，都是太重有史以来从未遇到的。何况，太重无论是产品设计技术、生产制造技术和检测手段，当时都比世界同行至少要落后二十年。试想一下，用落后别人二十年的装备，去制造具有世界先进水平的机器产品，将会面临怎样的困难？

尤其是热轧区生产的成品管，最长可达 165 米，可直径最小却只有 21.3 毫米。这种又细又长并处于红热状态下的钢管，要在冷床上冷却。而冷却过程中，这些细长的钢管要被冷床举起、旋转、移动，且为了防止钢管产生弯曲变形，要求 1155 片齿条的齿距必须严格保持一致，高度方向上的偏差不得大于 3 毫米。

冷床的占地面积比一个足球场还要大，设备重量 2400 吨。要想保证热轧区生产的成品管在被举起、旋转、移动中，偏差不超过 3 毫米，难度之大可想而知。

可太重没有忘记自己是新中国建起的第一座重型机器厂，没有忘记“为我先锋”四个字的深刻含义。为了用较少的投入为上海宝钢制造出具有世界先进技术水平的 140 产品，太重从我国的国情出发，学习国外先进技术的同时，紧密结合本厂实际，淘汰落后工艺流程，全面改造焊接技术，用微电子技术改造现有设备。冷床被他们改造后，成为全世界少有的一张技术性能较为先进的冷床。

140 产品的各项生产任务向前推进着。

1984 年 1 月 27 日，厂长贾庆林在全厂劳模大会上，号召全厂劳模先进从思想上真正重视起来，行动上大干起来。那一天，寒风扑面，但大会上劳模先进们的掌声异常热烈。会后，劳模先进以更加积极主动的姿态投身到140产品的生产任务中。太重各级领导更是把140产品作为全年的重点工作来抓。

1984年5月10日，太重召开第十届职工代表大会第三次会议。会上，贾庆林进一步向全厂职工发出“全厂总动员，奋战一百三十天，为完成以140产品为重点的各项任务而奋斗”的号召。

每一名太重人都知道，太重能不能按期交货，直接影响着宝钢重点工程的顺利进行，甚至影响到我国在国际交往中的声誉。

为了国家，有什么不能克服的困难呢?

140产品，进入攻坚阶段。

那些日子里，所有的太重人都在克服时间紧、任务重、质量高等诸多困难，一如既往地发挥自己的聪明才智和创造精神，呕心沥血地推进着140产品的生产任务。

在这群人中，有一位叫秦文彬的车间主任。秦文彬是辽宁大连人。1950年，刚满二十岁的他作为大连机车厂的一名车工，因吃苦耐劳、勤奋好学，被评为厂劳动模范。1954年，当国家作出全面支援太重的决定后，已是六级车工的秦文彬向大连机车厂报名，要求前往山西，支援新中国第一座重型机器厂的建设。

当时，秦文彬的妻子正怀着六个多月的身孕，不适合长途跋涉，但为了支援太重建设，秦文彬将个人的家庭困难抛到了脑后。在得到单位批准后，2月下旬，秦文彬带着父亲、妻子和妹妹，以及大包小包的行李，还有满腔的热忱，动身前往太原。

3月1日，秦文彬带着家人来到太重，被安排在单位一间十几平方米的宿舍里。论条件，太重的条件远不及老家大连，但秦文彬对这一切早有思想准备。因此，简陋的生活条件，并没有让秦文彬后悔自己的选择。他知道现在无论是国家还是太重，都还在建设中；他也深信只要每个人都努力为国家建设、为太重建设添砖加瓦，明天必将会无限美好。于是，在安顿好家人后，他立即开始了工作。

太重的建设依旧在热火朝天地进行着，秦文彬被分配到刚建起不久的二金工车间。在这里，他很快进入工作状态，每天工作十几个小时，将在大连机车厂所掌握的本领全使了出来。短短半年时间后，秦文彬从一名六级工升为了七级工，并且还入了党，接着又担任二金工车间的团支部书记。

此时，太重正在进行50吨行车的研发和制造。秦文彬虽刚到太重不久，但由于他技术过硬，也被太重安排参与这项重要任务。后来的事实也证明，秦文彬没有辜负大家的期望。50吨行车上的卷筒、吊钩、车轮轴等大构件，都是出自他的双手。《太原日报》为此还采访并刊登了他的事迹。

50吨行车任务完成后，已是二金工车间脱产团支部书记的秦文彬响应“干部能上也能下”的号召，在一个夜深人静的夜晚，认真写下自己的申请。第二天，他拿着申请，来到党委，要求下车间到最需要的地方当一名工人。

从干部到工人，秦文彬没有一丝丝、哪怕一闪念的后悔。他依旧怀着一颗炽热的心，在新的工作岗位工作着。他的努力和赤子之心，太重领导都看在眼里。

1958年，太重各项建设基本结束。领导根据岗位需要，又把秦文彬从工人岗位调至新建成的一金工车间，担任轮轴工段长。

秦文彬在这里发明了宽刃光刀。这种 400 毫米宽的刀具，可以提高机器的加工效率和精度，是当时生产水压机立柱关键部件的主要刀具。因此，刚一发明出来，便在全国同行业内产生了很大的影响。秦文彬也因此与北京永定机械厂的钻工倪志福被人们称为“秦大刀”“倪钻头”。两人同时成为我国工业领域家喻户晓的名人。

1964 年，秦文彬被提拔为一金工车间副主任。140 产品研发生产的时候，秦文彬已是一金工车间的主任。一金工车间主要负责轧钢和锻造设备，所以太重将 140 产品的主要生产任务交给了一金工车间来完成。秦文彬接到任务后，心想：国家把 140 产品交给太重，是对太重的信任，自己的一金工车间说什么也要拿下这项任务。那时候，能生产无缝钢管的只有德国、美国、日本等几个国家。我国还生产不出这种钢管，于是太重派出一支四十多人的考察组，分成不同小组，到德国的公司去考察。秦文彬被分在工艺组，他和太重工艺处处长袁力生带着十六名工艺组成员开始了认真地学习。

140 产品有四组机架，每组机架四五十吨重，且工艺复杂，特别难干。在太重考察组到来前，德国公司对太重的能力已进行了了解、评估。因此，在见到秦文彬他们后，开门见山地说：“原本四组机架有两组是由你们来完成的，但由于你们中国在这方面的工艺装备和技术都不行，所以四组机架将全由德国公司来完成。”

秦文彬和袁力生听了，心中很不是滋味。他们遥望祖国的方向，心想：难道，就这么放弃两组机架的生产任务吗？难道，我们真的就技不如人吗？难道，我们只能干一些粗糙的边角活吗？不，国家建设太重的时候，对太重是寄予了很高的期望的。

经过商量，两人一起找到德国公司有关负责人，提出那两组机架由太重自己干。德国公司有关负责人提醒他们：“你们设备不行，根本不可能完成。”秦文彬他们回答：“我们设备虽然不行，但我们有克服困难的决心，而且不管困难多大，我们都愿意克服！”

也许是被眼前这两位黄皮肤黑眼睛的中国人折服了，德国公司最终将那两组机架的生产任务交还给了中国、交还给了太重。接下来的日子里，秦文彬和袁力生带着工艺组的人员考察和学习了德国公司在这方面的生产技术。

回国后，面对自己厂房内的设备和工人技术都明显不如德国公司的现状，他们没有打退堂鼓，而是拿出百倍的勇气，开始画图纸、上机床、一鼓作气拿出了生产方案，接着开始在镗床上加工生产。

在生产中，由于机床本身的原因，两组机架的关键部位还是出现了精度不足的问题，机架的平行底差出现了 0.3 毫米的误差。怎么办？向国外公司认输吗？不，这事关国家的尊严、国家的信誉。

经过一番商量，秦文彬决定带领三名经验丰富的老钳工，手持刮刀以铁杵磨针的办法，细细地消除两组机架存在的问题。为了消除这 0.3 毫米的误差，秦文彬和三名钳工，历时一个月，熬红了双眼，磨破了双手，也累驼了脊背，终于使两组机架的精度达到标准要求。当德国公司得知这一消息后，震惊之余，也不由得为秦文彬他们竖起了大拇指。

秦文彬知道，那拇指不是为他一个人竖的，而是为千千万万像他一样的中国工人竖的。

1984年9月，在攻克了上百项技术难题后，太重不负国家重托，提前三个月完成了12000多吨重的140产品的生产任务，向建国三十五周年献了一份厚礼。

从投料开始，到完成制造，太重人用了两年时间，完成了140产品留国制造的12000多吨设备。当ϕ140毫米连轧管机被成功制造出来的消息传至德国的公司后，对方执行技术合作合同的负责人简直不敢相信这是事实。因为按照他的推断，中国工人不可能在这么短的时间内完成如此庞大、如此复杂的设备制造，何况，太重的设备还如此简陋。10月，当这位负责人从德国飞到中国，来到太重，亲眼看到太重生产的140产品，不由得对眼前的这群太重人以及他们身上所迸发出的奋发精神和创造能力表示了极大地赞叹。

140产品生产出来后，太重派人护送这套设备运往上海宝钢，并在宝钢进行安装、调试。1985年11月25日，ϕ140毫米连轧管机在上海宝钢安装调试完毕，并试轧成功。机械工业部和德国公司负责人对太重生产的设备以及现场安装、调试的过程也都给予了极高的评价。机械工业部的领导表示：我们今后的工作就要像太重这样，从产品质量上为国家赢得信誉，为机械工业部赢得信誉。

140产品完成总装试车后，实现产值七千五百万元，为国家节省外汇两千六百多万美元。太重也在140产品制造中，锻炼了职工队伍，引进了数控切割机、数显划线机、大型镗床数控装置、对刀仪等先进设备，并采用微电子技术对现有的设备进行了改造，在三十多台设备上安装了数控显示装置，修整了一百五十多台机床，形成了多层次及技术装备并存的结构。为后来担负更多的重要设备生产任务奠定了基础。

历史的车轮滚滚向前，太重即将再一次接受国家重任。

肆拾　功勋塔架

时间弹指一挥，转眼进入1992年。

1992年9月21日，中央正式批复载人航天工程可行性论证报告。中国载人航天工程正式立项，代号“921工程”。

其实早在我国第一颗人造地球卫星“东方红一号”上天之后，钱学森就提出要搞载人航天，并将飞船命名为“曙光一号”。因为此时苏联和美国已经先后把航天员送入太空，由于我国当时综合国力还十分薄弱，所以这项计划一直被搁浅。直到1992年，我国的空间技术取得了较大的发展后，才再次启动这项计划。

彼时，太重已为我国几大卫星发射基地生产制造了五座塔架，且太重每次都能高标准地完成任务。因此，“921工程”立项后，国家把发射塔架的生产制造任务又放心地交给了太重。

由于是载人航天工程，所以921航天发射塔架与之前的发射塔架有所不同。它将是我国规模最大、功能最全的全天候发射塔架，所以生产制作起来，难度也非同一般。但太重历来都把国家任务看得高于一切。虽然此时，曾经参与“东方红一号”等多座卫星发射塔架制造、有着“太重航天发射塔架的奠基人”之称的庄国绅在一次去大同调研的路途中撞坏了左腿，调离了太重，但太重的后来者解思泽、王强等人，还是勇敢地接过了这个重担。另外还有一部分老牌大学生，也心系国家航天事业发展，如赵钰琛。他 1965 年从哈尔滨工业大学毕业时，正赶上国家将我国第一颗人造卫星发射塔架的制造任务交给太重。赵钰琛和几位工科毕业的大学生被分配到了太重，主要从事发射塔架的相关技术工作。可在“文革”期间，他被下放到电铲车间，根本没有机会参与“一号门吊”的设计和制造。如今，他遇到了 921 发射塔架，怎能不全力以赴呢。

1994 年 7 月，太重组织技术人员对 921 发射塔架的设计图纸进行转化、对工艺方案进行制订，对两千多吨原材料和一百五十万件构件进行采购。这些准备工作，用了十个月的时间。1995 年 5 月，太重带着对我国载人航天事业的支持和热爱，开始了 921 发射塔架的生产制造工作。

与 20 世纪 60 年代生产制造卫星发射塔架时一样，太重人接受任务后，上下齐心，严守秘密、通力合作。为了保证质量，制造伊始，太重专门制订了塔架制造质量计划和质量保证组织体系。并针对塔架制造工作量大、时间紧、技术标准高、结构件占地面积大等实际困难，动员全厂联合攻关、携手作战。所有参与制造的车间工人和技术人员，也都以 921 发射塔架为重，每天天刚蒙蒙亮就到岗，晚上 11 点后才回家。常常是，在焊接车间偌大的厂房里，大家测的测、切的切、焊的焊、拼的拼、钻眼的钻眼、看图的看图。

921 发射塔架有一百多米高，由于焊接车间厂房没那么高，在后期的生产制造中，大家只能将塔架卧倒平放在地上。这一下，整个厂房被占得满满当当的，所有的人只能在钢架与钢架间、电锯与电锯间、焊花与焊花间来回穿梭、作业。放眼看去，焊接车间此刻就像一个钢铁的海洋，而那忙碌的太重人，就是那钢铁海洋中的一朵朵浪花。其间，许多人由于长时间劳累，再加上车间内温度高，空气干燥，鼻子常常出血。每当这时，他们谁也不肯休息片刻，而是用随处可见的粉笔头塞住鼻孔。据说有一天，一位领导来车间检查工作，看到几名职工鼻孔里塞着粉笔头，很是不解。后来，当他了解事情原委后，不由得双眼湿润。

多么可爱的太重人呀！此时，他们的心，与921发射塔架、与我国的载人航天事业紧紧地联系在一起。虽然他们深知生产制造一座塔架需要付出很多的心血，但他们还是甘愿为祖国的航天事业付出全部力量，并且把这种付出，当作一生的荣光——一种可能永远都不为外界所知的荣光。

在一次次的忘我付出中，太重先后攻克了薄铝板焊接、超长件焊接、塔体拼装、回转、吊车超负荷试车等一系列难题。1996年4月12日，921发射塔架制造完毕，并通过了出厂验收，同时受到了国防科工委特装部、机械部军工司、基地和科工委设计所首长与专家的一致好评。

921发射塔架运往酒泉卫星发射基地的那一天，正是初春，太重厂区锣鼓喧天，高大的彩虹门上，挂着“太原重工为我国航天事业发展再作新贡献”的醒目横幅。现场所有的人，不管是领导，还是工人，都喜气洋洋，并在蒸汽机车鸣响汽笛驶离厂区的那一刻，深情地注视着饱含自己心血的发射塔架，慢慢离去。

由于921发射塔架构件较多，且高度超过一百米，所以在装运过程中，太重先后从铁路部门调用七个专列近三百节车皮，才将这座两千三百多吨重的塔架运至酒泉卫星发射基地。

921发射塔架运到酒泉基地后，太重技术人员配合基地开始拼接和安装，这也是一项艰巨的任务。气候条件自不必说，单单是塔架上那三万多个高强度螺栓孔的连接，就极具考验。但由于太重在生产塔架时，精益求精，所以这三万多个高强度螺栓孔在酒泉基地现场穿孔时，一次成功，合格率达100%，创造了我国发射塔架安装史上的奇迹。

安装初期，老牌大学生赵钰琛恰好去国外进行为期一个月的考察。回国后，他直奔酒泉。在卫星发射基地的塔架安装现场，他看到一群满脸“高原红”的人，仔细一看，原来是太重的技术工人们正在忙着安装。

当时在太重安全技术科工作的郭晋怀对921发射塔架安装记忆犹新。郭晋怀1971年通过招工到太重四金工车间；1976年因国家需要，二十二岁的他参军入伍；1979年复员后又回到太重，曾在车间任团支部书记、党支部委员；1989年调安全监察部门。921发射塔架安装期间，他一直守在酒泉。那些时日，风沙大、海拔高和缺氧常常造成大家头疼、流鼻血、患肠炎，但为了塔架的安装，谁也没有抱怨过环境的艰苦，而是每天起早贪黑，与时间赛跑。

安装完毕的921发射塔架，成为酒泉基地一座极具标志性的建筑。它在风霜雪雨中，高高地耸立在茫茫戈壁上，像前面几座塔架一样，等待着党和国家的检验。

党和国家，没有忘记太重。

1999 年 9 月 18 日，中共中央、国务院、中央军委在人民大会堂隆重表彰为我国“两弹一星”事业作出突出贡献的二十三名科技专家。作为曾参与主持制造五座卫星发射塔架、年已八旬的庄国绅进京参加了表彰大会。在表彰大会会场，庄国绅被安排在前排中间就座；与会的三百多人合影时，庄国绅又被安排在第一排第四个座位，与党和国家领导人同排合影。

这是党和国家对太重为“两弹一星”事业所作努力的最大肯定！

也是在那一次大会上，我国将“两弹一星”精神概括为：热爱祖国、无私奉献，自力更生、艰苦奋斗，大力协同、勇于攀登。

谁能说，这二十四个字，不是太重人的真实写照呢！

太重为我国航空事业所作的贡献，终于从幕后走向前台。国人们这时才知道，原来把我国第一颗人造卫星——东方红一号托举上天的塔架，竟然是新中国成立后依靠我国自己的力量建起的第一座重型机器厂——太原重型机器厂生产的。

1999 年 11 月 20 日，“神舟一号”无人飞船从 921 发射塔架上成功发射升空；2001 年 1 月 10 日，“神舟二号”无人飞船也从这座塔架上发射升空；2002 年，搭载模拟人的“神舟三号”和“神舟四号”也被 921 发射塔架托举升空。

2003 年 10 月 15 日，“神舟五号”飞船即将发射，这是我国第一艘载人航天飞船，所以它的发射备受各界瞩目。这天的清晨，酒泉卫星发射基地，一位来自太重的身影，早早就站在了 921 发射塔架旁，心情略显紧张而激动地望着这座钢筋铁骨的塔架。他叫王强，是921发射塔架最核心的设备——液压自动控制系统的设计者。

921发射塔架，从一开始就是为发射载人航天飞船而设计、生产制造的。今天，它终于要去完成它的使命了，我国的首位航天员就要通过这座“登天塔”飞向宇宙了。作为一名太重人，一名参与“登天塔”设计制造者，王强此时紧张和激动的心情是可以理解的。

9时，随着指挥员“十、九、八、七、六、五、四、三、二、一，点火”的指令下达，火箭点火，浓烟从发射塔两侧滚滚涌出，“神舟五号”载人飞船在一团红色的火焰中缓缓升起，冲向云霄，载着我国首位航天员杨利伟飞向浩瀚的太空。

中国人几千年的飞天梦想，终于在那一刻实现了。看到“神舟五号”成功发射，基地上的人们顿时沸腾起来。大家欢呼着、拥抱着。在人群中，王强流下了滚烫的、自豪的热泪。

10月17日，中国人民解放军“921工程”指挥部专门给太重发来感谢信，感谢太重为航天事业作出的贡献。

这封信，是写给太重的，也是写给太重许许多多像王强一样忘我付出的职工的。

肆拾壹　从神舟到嫦娥

2004年的春节前夕，山西电视台文体中心的《魅力人生》栏目推出一档大型互动联欢节目——《欢歌太重》，其中有一个节目《我是太重人》，讲述的正是王强的故事。作为太重的一名工程师，王强为了我国的航天事业，远离亲人，在酒泉卫星发射基地负责921发射塔架的相关工作。当他的妻子千里迢迢赶到酒泉基地探亲时，见到的却是满头华发的丈夫，一时哽咽，不敢相认。节目的最后，扮演王强及其妻子的演员相拥而泣，并说出了一句“谁让咱是太重人呢”。这句话，引起了台下许多太重人的共鸣，更让许多观众流下了感动的泪水。

谁让咱是太重人呢！这不仅仅是王强一个人内心的声音，更是所有太重人内心的声音。王强，只是无数太重人的一个缩影。

在这些太重人中，有男性，也有女性；有白发苍苍仍不改心志者，也有带着朝气蓬勃之气投身到太重这座大火炉中接受锤炼的年轻身影。

就在备受瞩目的“神舟五号”载人飞船发射前的一个深夜，

一阵急促的电话铃声将太重的发射塔吊设计师，五十六岁的李朗明从睡梦中叫醒。

电话是从相隔千里的酒泉卫星发射基地打来的。原来，“神舟五号”正准备组装，塔吊排绳机构却发生了故障。这个问题，迫在眉睫。接完电话，已是午夜，李朗明匆匆赶到单位，直奔办公室，然后搬出所有的相关资料，一一查询。第二天清晨，当天空露出鱼肚白的时候，塔吊排绳机构的故障终于被李朗明分析清楚，她将解决方案及时反馈回酒泉发射基地，保证了“神舟五号”发射前的成功组装。

李朗明出生于 1949 年，与共和国同龄。父母之所以给她取这个名字，是受当时人们共同欢唱的一首歌的启发。“解放区的天是明朗的天，解放区的人民好喜欢……”在那欢快的旋律和歌声中，父母给尚在襁褓中的她取名“朗明”。

1976 年，李朗明从太原工学院毕业，被分配到太重有关设计部门。也是从那一天起，她便与发射塔架结下了不解之缘，曾亲身经历和目睹 921 塔架的生产制造。其间，她还参与了多座水电站相关起重项目的设计。当时，我国的起重行业一直面临着一个难题，即“大吨位、高扬程起升机构布置”。90 年代，在起重机行业一路遥遥领先的太重，承担起万家寨水利工程部分项目，李朗明担任此项任务的设计师，同样的难题也摆到了她的面前。李朗明是一个善于总结并勤于思考的人。经过一段时间的钻研，她发现如果能突破起升机构卷筒的缠绕问题，便可攻破这个困扰我国起重界的难题。于是，身材纤弱的她运用自己所学的知识，日夜构思、绘图。一个多月后，当绘制的图纸厚达约三十五厘米时，她终于找到破解这道难题的密码，发明了“大吨位、高扬程、多层缠绕折线卷筒”技术。之后，三峡等水电站也采用此项技术，并被列为国家科技成果重点推广项目。

冥冥中，李朗明与神舟系列飞船的发射有着不解之缘。除了那个夏日夜晚的电话，李朗明与“神舟五号”飞船的发射又有了一次“更为亲密地接触”。

李朗明是921发射塔架的塔吊主任设计师。在审查设计方案过程中，解放军原总装备部设计总院对李朗明设计的电机型号不赞同，要求改为原总装备部提供的电机型号。李朗明是攻破“大吨位、高扬程、多层缠绕折线卷筒”技术的第一人，是这一技术的发明者，她始终相信自己的选择，于是她极其肯定地回答对方：“我对我的设计负责，我对航天事业负责。”然后用翔实、严谨、准确的计算数据说服了对方。

“神舟五号”载人飞船发射之际，李朗明也在发射现场，亲眼见证了我国第一艘载人飞船从太重制造的发射塔架上成功发射。“神舟五号”载人飞船升空后，李朗明在基地遇到了原总装备部的负责人。那位负责人一见到她就脱口赞道：“你为祖国的航天事业立了大功！”

在李朗明心中，为祖国航天事业立功的，还有许多和她一样矢志不渝、一心报国的太重人。

2005年10月12日，“神舟六号”飞船发射之际，李朗明再次来到酒泉基地，为飞船的发射“保驾护航”。其实，从神舟一号至神舟六号，乃至后来的神舟七号、八号发射，她都守在发射现场，为的是一旦塔吊发生故障，能够立即处理。神舟九号之后，由于塔吊技术已经十分成熟，李朗明这才不再去发射现场。但每当飞船发射之日，她都会习惯性地把手机攥在手中，以便能在第一时间接听从发射中心打来的电话，第一时间解决技术问题。

“神舟六号”飞船成功发射后，与酒泉卫星发射基地遥遥相望的西昌卫星发射基地，正在为我国的探月计划中的第一颗绕月人造卫星发射作准备。

探月，中华儿女的千年梦想；这一点，从神话嫦娥奔月就能看得出来。

我国的探月工程，于 2004 年正式立项启动，并以古代神话人物嫦娥命名。2005 年，为了满足“嫦娥一号”人造绕月卫星的发射需要，西昌卫星发射基地决定对既有的三号发射塔架进行拆除并重建。

许多企业闻听后，纷纷把目光投向这一工程。那年秋天，太重派出十几位在发射塔架制造中颇有建树的同志，来到西昌卫星发射基地进行谈判。最终，在激烈的竞争中，太重以绝对的优势和实力成为三号发射塔架的制造单位。

2006 年初，在拿到设计院的设计图纸后，太重与四十年前生产制造“一号门吊”时一样，先组织人员对图纸进行转化设计。时间较紧，太重为此从技术中心抽调了十二名设计人员，组成了一个设计组，投入图纸的转化工作。四十多天后，五千多张图纸设计转化任务完成。太重接着组织相关车间和人员，用时五个月，一举完成了高一百一十七米，重两千六百多吨的“奔月天梯”制造，同时还生产了用于吊装火箭卫星的专用工具塔吊。这样的速度，在太重以往生产制造塔架的历史上，也是绝无仅有的一次。

很快，近一百节火车皮装着“奔月天梯”，飞快地驶向西昌卫星发射基地。

2007 年 10 月 24 日，又一个将被载入史册的日子，西昌卫星发射基地，被人们称为“通往宇宙之门”的三号发射塔架上，“嫦娥一号”静静矗立，即将发射！

这是我国探月计划中第一颗绕月人造卫星，承载着国人的奔月之梦，所以备受瞩目。

发射前，太重各车间的电视机前，也挤满了一张张喜悦的面孔。大家都在等待着那个激动人心的时刻。

同一时间，西昌发射现场，李朗明在发射前一小时登上塔架，代表太重对塔架进行最后的检查。“嫦娥一号”发射在即，她对眼前这座由自己企业生产制造的塔架充满了信心。

18 时 05 分，随着“三、二、一”的点火指令发出，“嫦娥一号”在巨大的橙色火焰和气体包围中，从发射架上徐徐升起。李朗明在距离火箭发射现场最近的地方看到，在整个发射过程中，塔架运行始终处于平稳状态。

“看，咱亲手参与制造的发射塔架把“嫦娥一号”送上天了，多神气呀！”与此同时，数千里之外的太重，围观在电视机前的人们也都眼睛一眨不眨地盯着“嫦娥一号”的发射。当看到“嫦娥一号”顺利升空时，大家再也抑制不住心中的兴奋，大声地欢呼起来。顷刻间，热烈的欢呼声和掌声在太重厂区响成一片，接着，大家把早已准备好的烟花点燃，登时，璀璨无比的烟花在太重上空绽放出迷人光彩。

这一刻，太重人有资格沉醉于骄傲中、自豪中。因为他们在推动我国航天事业的发展中，又迈出了令人欣喜的一步。而这每一次的进步，无不凝结着他们的心血、智慧和汗水。

“嫦娥一号”发射升空后，山西日报的记者第一时间连线西昌卫星发射现场。在采访中，李朗明告诉记者：“国内顶尖航天专家称，升级后的三号发射塔架更为先进可靠，是世界上最为先进的发射塔架之一。”

太重的能力，在我国的探月工程中得到了检验。

肆拾贰　后起之秀接重担

2008 年 9 月 25 日，“神舟七号”载人飞船在酒泉基地成功发射，这是我国第三艘载人飞船，翟志刚、刘伯明、景海鹏三名航天员顺利升空，其中航天员翟志刚还进行了 19 分 35 秒的出舱活动。我国自此成为世界上第三个掌握空间出舱活动技术的国家。27 日，“神舟七号”飞船顺利返回。

一个多月后的一天，两位神秘的客人走进太重。他们是航天英雄翟志刚与英雄航天员景海鹏，在太重展览馆的塔架模型前，身为太重技术中心专家的李朗明向他们讲述了 921 发射塔架生产制造的往事。两位英雄听完后，十分感动，赞叹道:“真是太了不起了，原来就是你们生产的发射塔架，将我们安全顺利地送入太空！”

2011 年 9 月 29 日，921 发射塔架又托举“天宫一号”成功升空。“天宫一号”升空后，酒泉基地开始为“神舟八号”发射做准备，而就在此时，基地发现塔架上有一处翻板出现断裂。

而此时，已是 10 月中旬，“神舟八号”的发射已进入倒计时。

于是，一个电话从酒泉基地紧急打往太重。

太重当时正在为我国首个开放性滨海航天发射基地——海南

文昌航天发射基地生产制造发射塔架。接到电话后，太重连夜派出一名技术熟练的焊接工赶往酒泉。

这是一名年轻的焊接工，他的名字叫樊志勤。临走时，领导只叮嘱了他七个字：“发射任务无小事！”

经历了几十年塔架生产制造的太重，每一名职工都懂得发射任务的重要性，所以不需要多言。

樊志勤回家匆匆与家人告别，然后和厂里设计所一位姓吴的所长坐火车前往北京，第二天从北京某部队的军用机场乘军用飞机直飞酒泉。飞机在高高的云层上飞翔，许多往事也随之涌上樊志勤的心头。

1996年,正在读技校的樊志勤在老师的带领下,来到太重实习。那是一个火热的夏天，樊志勤和同学们所实习的车间，是太重的焊接车间。当他带着一脸的青涩走进这里，正遇到太重的师傅们在焊接921发射塔架。彼时，他并不知道眼前的这座“庞然大物”是做什么的,也没想到这座百米高的钢架,将服务我国的航天事业。更不知道，自己多年后将与这座塔架再次重逢。

实习的日子，如走马观花一样，没给十七岁的樊志勤留下什么太多的印象。1998年的夏天，十九岁的樊志勤从技校毕业，被分配到太重。确切地说，是被分配到他当初实习的焊接车间，成为一名焊接工人。这让樊志心里产生了不小的落差，虽然在学校的时候，他也知道自己将来毕业后会成为一名蓝领，却不是拿焊枪的蓝领。直到有一天，他从师傅那里得知“一号门吊”制造时的艰难往事，以及“一号门吊”与我国第一颗人造卫星发射之间的关系。他才发现自己手中那把普通至极的焊枪，原来也能为国家作出巨大贡献。不久，厂里因为要组装一件国家需要的重要产品，其中要将一块 200 毫米厚的钢板割成圆形。在完成这一环节的工艺时，樊志勤亲眼看到厚厚的钢板在一位前辈的手中一下子就被割成了圆形，这让他对自己从事的焊接工作有了更进一步的认识。

从那时起，樊志勤立志要练就一身好本领。白天在单位，他认真观察师傅们的操作技巧、焊枪角度、摆动幅度、移动速度，掌握焊接要领，一有机会就拿起焊枪，在废弃的钢板上练习焊接技巧。常常是一练就是好几个小时，溅起的火星钻进他的衣服里，在他的前胸和后背，还有脖子、手臂上烫起一个个血泡。晚上回到家，他又独自一人关在屋内练习基本功。为了保证焊接时蹲得稳，他用右手拿一个装满水的杯子，模仿焊接时焊枪的动作，直到杯子里的水一滴都不洒出来，才算满意。吃饭的时候，他也不忘记练习基本功，为了练出一手流畅自如的送丝本领，他总是把筷子当焊条，一遍遍地练习。一年后，在太重一批出口产品的焊接中，樊志勤的焊接技术被大家知晓。2005 年，他被调入焊接技术培训中心，培训中心云集着太重的顶尖焊接高手。他们焊接钢板时，焊缝像鱼鳞一样美观整齐；焊接钢管时，焊缝像手镯一样圆润光滑。樊志勤来到培训中心后，下决心也要练出这样的高超本领。

2006 年 5 月，山西省举办焊工技能大赛。樊志勤跃跃欲试，但当时他们正对一项国家重点工程进行攻坚，时间极其紧张，于是樊志勤压缩睡眠时间，挤出练习时间，进入比赛队伍。

在那次大赛中，樊志勤取得了太原市第一名、山西省第三名的好成绩。赛场上，当一位裁判看到樊志勤脖子和胳膊上曾被焊花烫出的伤疤，非常感慨。

可樊志勤并没有觉得自己有什么不一样，在他的印象中，太重的焊接工，哪一个不是这样在焊花中烫伤、在烫伤中愈合，又在愈合中成长起来的！

为此，樊志勤成长的脚步一直没有停下来，随着参与越来越多的重要产品制造，他也越来越深爱自己的事业。尤其是每当有神舟飞船成功发射时，他都总会骄傲地告诉家人和朋友："那高大的发射塔架就是我们太重生产的！"

有时候，他也会在寂静的深夜，仰望深邃的夜空，想象远方，思考未来。

一次，为了完成国家需要的一个重要产品，樊志勤所负责的团队在某个生产环节上想借鉴国外的技术，但对方一听说他们来自中国太重，直接就拒绝了他们。樊志勤为此和大家憋了一股劲：我们中国人哪里比不上外国人了！在接下来无数次的试验和失败中，一遍遍闪过的电焊弧光，让樊志勤眼睛流泪、脸上蜕皮，但他始终不言放弃。几番摸爬滚打，几番跌倒重来，几番长夜漫漫，几番曙光熄灭后重燃，难关终于被攻克！

年轻的樊志勤，就这样用一身过硬的本领，时刻在准备着。

这一次，当厂领导接到酒泉基地的紧急电话，并通知他立刻奔赴西北大漠，叮嘱他"发射任务无小事！"时，樊志勤心中一阵激动。虽然从参加工作至今，他已参与过数座发射塔架的生产制造，但他知道，作为新一代的太重人，真正接受检验的时候到了。

此时的酒泉卫星发射基地，无论是将军，还是专家，都在焦急地等待着太重派来的人。樊志勤下了飞机后，乘坐前来接应的汽车，直奔发射基地。

看到太重派来的人到达后，发射基地立刻召开会议，组织大家现场分析翻板产生裂纹的原因以及整治的措施。樊志勤对现场认真检查后，根据自己多年来积累的经验，拿出一套修复方案。

方案通过后，樊志勤立刻全副武装，登上了太重制造的 921 发射塔架。

来不及回忆前辈们为了塔架生产制造付出的艰辛，也来不及仔细观看这座功勋满满的发射塔架，樊志勤专心致志地投入修复翻板的工作中。

酒泉的秋天，已是冷风扑面。樊志勤在高高的塔架上，任凭西北风如何吹打，也纹丝不动，每天连续修补十五六个小时。

塔架下的人，来来往往，不时朝半空中的樊志勤投去复杂的目光。

“神舟八号”已经完成调试和组装完毕，发射任务在即。太重派来的这个年轻小伙，到底行不行呢？每个人都担忧不已。

大家的担忧，不是没有道理。因为如果翻板问题处理不成功或处理时间延长，都将直接影响到“神舟八号”的发射任务。

三天后，樊志勤向发射基地交上了一份满意的答卷。

所有的人，验收过他处理的翻板后，都长长地松了一口气，并连声赞叹。其中一位部队首长走过来，拍着他的肩膀说：“好兄弟，留下来吧，部队需要你这样的人。”

樊志勤婉言谢绝了首长的好意，说自己想回太重。那位首长不无惋惜地问他：“回去前，你有什么愿望？”

樊志勤回答：“虽然每次火箭发射时，我们太重人都会在电视机前收看，但从没真正见过火箭，能不能让我替大家看一眼真正的火箭？”

第二天，在对翻板裂纹问题进行举一反三的过程中，樊志勤的心愿得到满足，他近距离地站在了火箭的面前，触手可及。那一刻，庞大的火箭让他感到一种从未有过的震撼，伴随着这种震撼，是心中涌起的骄傲——他为祖国的航天事业感到骄傲，为祖国的强大感到骄傲！

当然，他也为太重而感到骄傲。

2011年11月1日，神舟八号如期成功发射。新一代太重人经受住了考验。

之后的十年里，神舟系列载人飞船陆续发射升空。在这些发射过程中，921塔架一次次完美地保障着火箭和飞船安全升空。同时，由太重生产制造并矗立在西昌、岢岚、文昌三个卫星发射中心的每一座发射塔架，也一次次见证着我们中华民族一个又一个的航天“第一”和世界航天的“首次”。

从20世纪60年代国家将“东方红一号”卫星发射塔架交给太重，到如今我国四大发射基地的十多座发射塔架；从东方红、神舟一号，到嫦娥探月、太空家园等，在我国航天事业取得的一个又一个具有里程碑意义的进程中，太重从未辜负国家的信任和重托，始终默默担负着新中国第一座重型机器厂的重任。而那一座座挺拔在四大发射中心的塔架，在完成发射任务的同时，更是成为我们国人心中的航天精神高地。一批批怀着梦想的年轻人、天文爱好者不远千里、万里，来到它的面前，驻足仰望，久久不肯离去。

回头望，几十年来，太重始终秉承着“为我先锋”的初心，在成为我国最大的航天发射装置生产基地的同时，还把振兴民族装备制造业作为自己的使命。自 20 世纪 60 年代起，第一代太重人就下定决心甩掉洋拐棍，靠自己独立行走，为国争气，至 90 年代末，他们生产的 800 吨铜管矫正机、2000 吨单动板冲压机、4000 吨双动板冲压机、2500 吨冲孔水压机、6000 吨金刚石压机、3150 锻造液压机、秦山核电站 75 吨电站专用桥机等产品填补了我们国家的空白。其中，15000 吨橡皮囊油压机，可以压制国产飞机 80% 以上的薄壳形零件，也可以应用于军用飞机、导弹等壳形体制造。为龙羊峡水电站生产的 500 吨单吊钩门式起重机，更是称雄亚洲。

历史的接力棒，在太重代代相传。21 世纪以来，太重为三峡工程先后研制的 1200 吨、1300 吨桥式起重机，均创当时单钩起重量世界最大；自主研发的 WK—75 型矿用挖掘机，是当前世界最大、挖掘能力最强、生产效率最高的挖掘设备；研制生产的 ϕ219 毫米三辊连轧管机组等成套设备，一举打破了国外多年技术垄断局面，填补了国内空白，成为世界上掌握此技术的第三家公司；自主研制的 225MN 单动卧式短行程铝挤压机，整体水平居世界领先地位。同时还自主开发生产制造了各类海陆用风力发电机组，海上风电升压站在全国首创 220 千伏全预制舱组块，开行业之先河。另外，还有许多数不胜数的创新产品问世。

如今的太重，已成为我国最大的起重设备生产基地、最大的挖掘设备生产基地、最大的大型轧机油膜轴承生产基地、最大的矫直机生产基地、最大的多功能旋转舞台生产基地、唯一的管轧机定点生产基地、唯一的火车轮对生产基地、国内品种最全的锻压设备生产基地。而在这些骄人的成绩背后，是一代代为了祖国的强大，义无反顾选择奉献一切的太重人。他们的故事，必将是一部更加精彩、更加动人的篇章！

参考文献

[1] 首钢长治钢铁有限公司 . 百年陆达 [M]. 北京：冶金工业出版社，2014.

[2] 王国钧 . 为特殊钢理想奋斗的一生 [M]. 太原：北岳文艺出版社，1994.

[3] 太原钢铁公司史志办公室 . 太钢六十周年回忆录 [M]. 北京：冶金工业出版社，1994.

[4] 太钢八十年口述史编委会 . 太钢八十年口述史 [M]. 北京：方志出版社，2014.

[5] 徐剑 . 大国重器: 中国火箭军的前世今生 [M]. 北京: 作家出版社，2018.

[6] 李春雷 . 钢铁是这样炼成的 [M]. 北京：中国文联出版社，2001.

[7] 冯育栋 . 太钢的故事 [M]. 太原：山西人民出版社，1959.

[8] 李鸣生 . 走出地球村 [M]. 北京：解放军出版社，2001.

[9] 李滔，易辉 . 刘鼎 [M]. 北京：人民出版社，2002.